四国演义

江左龙王

韩小博 著

中国国际广播出版社

Ⅲ

564 年对天下四分的中国来说，是个不平静的年份。

在北方，隔黄河对峙的北周兴兵二十多万，大举东征，妄图蚕食北齐，开启统一北方的大幕。不料，北齐兰陵郡王高长恭英勇盖世，在邙山脚下以一己之力大败北周众将，令其铩羽而归。

在南方，陈国皇帝陈蒨经过大半年的苦战，终于灭掉了国内最后一个公开割据的地方军阀——衡州刺史周迪。至此，安内的任务完成，攘外的大计摆上了桌面。

陈国国力在四国中位列倒数第二。本着柿子要捡软的捏的常识，陈蒨将目标锁定在了倒数第一的西梁身上。

一则西梁的半数领土位于长江以南，一旦攻占，陈国便可彻底控制江南，将长江作为与北周、北齐的界河；二则西梁的国都江陵居于长江之中，向西可沿江溯流而上，威胁巴蜀，向北可进抵河南，图谋中原；三则北周、北齐经过厮杀，可谓两败俱伤，无心南顾，正是陈国出手的好时机。

因此，陈蒨从这一年的冬天开始大举扩军、造船、筹粮，积极准备攻打西梁。经过一年的准备，到了 565 年的腊月间，陈国终于万事俱备，只等春暖花开，便开启灭梁之战。

西梁再次到了生死存亡的关头。

目录

同饮一江水，却为四国人，这不仅是长江的悲哀，也是天下每一个人的悲哀……萧岿不免感叹。所谓上善若水，水善利万物而不争，人却要因为私欲将长江分出个你我，这是何等的差距？

最强盛的时期，却迎来了最惨烈的毁灭方式。只有心头时时悬一把利剑，才能时时保持清醒！

我只想拉陈顼垫背，保当今陛下一世安稳。既然天命已归他陈顼，我忠尽于此，只能随先皇去了。

萧岿的太爷爷萧衍起兵造反前，就是雍州刺史。以至于南朝历代的皇帝们有个共识，每一个刺史都是造反的预备队，因为他们中很多人就是从刺史变皇帝的！

已变成全军旗舰的萧岿座舰上，回首这一望无际的船队，西梁众臣都是壮志在胸。就连一向矜持的傅准竟也变得颇为激动，随口将《易经》中的一卦当诗吟道："时乘六龙以御天，壮哉呀，壮哉！"

第一章
陈国磨刀指西梁
萧岿巧获天助攻

　　"武陵太守急报：陈国湘州刺史华皎伐去境内千亩树林，正日夜赶造三百艘金翅大船，意欲攻伐我国！"

　　"巴陵太守奏报：陈国招募江州、扬州、东扬州、南豫州、南徐州等诸州十万青壮年入伍，并京城原有十万精兵，合计二十万大军，日夜操练于边境！"

　　"监利太守密报：陈国大将吴明彻斩去郢州三座大山，赶制出八万发石弹，以备攻打我国之用！"

　　……

　　近一年以来，西梁皇帝萧岿的案头隔三岔五就会摆上一份紧急情报，内容无一不是陈国如何磨刀霍霍，准备攻灭西梁的坏消息。

　　在众臣看来，陈国坐拥江南半壁，国力强大，想灭掉小如弹丸的西梁，简直不费吹灰之力。因而他们雪片般地向萧岿上书，希望这位皇帝陛下向宗主国北周求援，请执掌大权的大冢宰宇文护派遣大军，保护西梁不受南陈的侵略。

　　岿者，坚固独存，屹立不摇。萧岿人如其名，奏疏、情报都摞得高可等身了，他依然视而不见，不为所动。

不仅如此，他还颇有七叔爷、南梁亡国之君萧绎的昏聩风范，经常把群臣叫到宫中来，向他们讲解《老子》，全然不把陈国的威胁当回事。

这一天，江陵下了入冬以来的第一场雪。雪片大如鹅毛，仿佛要把一冬天的雪赶在一天内下完似的，仅仅一个时辰积雪就达到了四五寸厚。

雪助雅兴，萧岿索性罢掉早朝，将宰相刘盈、度支尚书傅准叫到宫中的无为殿，为其讲解起《老子》中的小国寡民一章来。

大殿之中，西梁天子的声音洋洋盈耳："小国寡民，使有什伯之器而不用，使民重死而不远徙。意思是说地小民少的国家，首先要爱护百姓，视其为珍宝……"

在跪坐于下首的傅准看来，萧岿纶巾飘飘、白衣翩翩，连整个人都生得温润如珠玉在侧，端的是萧家龙脉强大，完好地继承了太爷爷梁武帝萧衍、爷爷昭明太子萧统的名士之风。但治国不能凭风度、文才，要靠器度、霸才，尤其是如今卧榻之侧，有人正虎视眈眈。

想到这里，已年近五旬的傅准噌地拔地而起，行揖礼道："陛下，小国寡民是老子最理想的国度这不假，但当今天下是乱世。乱世者，道义全无，信义不存，唯一的真理就是你死我活。现在陈国剑拔弩张，一等来年开春就要将我灭国，陛下可不能再视而不见了！"

萧岿终于放下了手中的《老子》，和颜以对："依爱卿看，朕正视之当如何？"

傅准精瘦的脸上立即泛起和面前的火盆一样的炙热："当然是高筑墙、勤练兵，磨光了刀子，备足了箭弩，与陈贼对砍、对射！"

傅准的声音高亢激昂，哪里像是文臣，倒更像是挥斥方遒的猛将。

"哦？可据朕所知，陈蒨准备了足足二十万大军，而我西梁经过这几年的休养生息，全国民户加起来不过五十余万。他们只需每人砍个两三刀，我西梁便要举国遭屠，爱卿以为朕以倾国之力相抗，有胜算吗？"

傅准迟疑了一下，旋即反驳道："三年前，北齐、南陈南北夹击江陵，我西梁当时同仇敌忾，上下一心，不照样将之一一击退了！"

"爱卿是度支尚书，掌管全国民户、财政，你倒是说说当年一战，我国损失几何？"

"这……"傅准语塞了。那一场大战虽然西梁获胜，却是惨胜，仅民户一项的损失就达两成之巨！

然而他转念一想，眼前的这场大战已箭在弦上，想躲是躲不过去了，难不成陛下真要像其他大臣建议的那样，向宇文护求援？那样的话，无异于前门拒狼，后门进虎，让北周借机彻底控制西梁。

想到这里，他斗胆问道："陛下打算怎么做？如果是向宇文护乞援，我宁可投奔陈国！"

在他看来，南陈、西梁均为两百多年前永嘉南迁时北方迁来的华夏正朔，好歹是同宗同脉。北周、北齐则源于北方边塞的六镇草莽，三代之前都是丘八，粗鄙至极，绝不可与之为伍。

萧岿没有立即回答，而是意义不明地指了指头顶："朕乃真龙天子，自有天帝相助。用不了多久，天神便会降罪于陈国。"

"天帝……降罪？"傅准认真望着御阶之上的萧岿，这位天子也正认真地俯视着他，眼中没有一点儿戏谑。

"对，朕近日梦见一位身高百丈的金人，头戴十二色冕旒，亲切地呼朕为'皇儿'。"萧岿一脸自豪道，"他说陈霸先、陈蒨叔侄篡位立国，得国不正，当遭天谴。岁在丙戌，月在孟喜，日可再旦，陈国不存。"

傅准执掌国家财政，对数字、日期最为敏感。丙戌年就是明年，孟喜月就是正月，"日可再旦"意味着天要亮两次。所谓天无二日，太阳在一天之中出现两次，那就意味着要亡国！

但他一向不信神鬼之说，更羞于将国家、百姓的福祉完全托付给素未谋面的神祇们，因而调门儿比刚才更高。

"陛下！"他腰板挺得笔直，目光灼灼地正视着御阶上的萧岿，"如果靠做梦就能横扫天下，那还要什么《黄帝四经》《孙子兵法》？我等天天翻看《周公解梦》便可！"

何况民间还有人说梦是反的！

萧岿还真是块屹立不倒的山石，摆了摆手道："爱卿差矣，周公文治武功盖世，当然是有神相助，不然后来的孔老夫子也不会时常梦到他老人家，受其指点。"

"是呀，"一向不打诳语的刘盈忽然开了口，"你饱读经史，当知孔子天天挂在嘴上的就是'吾不复梦见周公矣'。"

去岁老宰相蔡大宝过世后，刘盈便替补为尚书令。傅准原指望他能调和鼎鼐，辅佐萧岿成为一代明君，想不到越活越糊涂了。

他的暴脾气正要发作，就听萧岿不疾不徐道："此番有天帝相助，江南半壁必再为我兰陵萧氏所有。望卿恪尽职守，暗中筹备粮草辎重，以备朕横扫江左之用！"

见这位陛下执迷不悟，傅准气哼哼地应了一声，然后告罪先行离开了。后来他才得知，无论是起部尚书岑善方，还是五兵尚书魏益德，在劝谏萧岿时都和自己一样，被告知西梁有天帝相助，陈国会不攻自破，各自都要做好分内之事，随时准备攻灭陈国。

好好的一个睿智青年，怎么突然变得迷信鬼神了？傅准不禁想起了少智老昏的梁武帝、梁元帝，难道这是兰陵萧氏的宿命？

不久，经过西梁群臣的口口相传，"日可再旦"的荒诞之言像是长了翅膀，不仅传遍了西梁全国，更是传到了陈国的大街小巷，乃至朝堂之上。

陈蒨听完不觉莞尔一笑，对亲信、执掌禁军的右军将军韩子高道："看来兰陵萧氏真是气数已尽了。有此昏君，我颍川陈氏何愁不能一统江南、荆襄，进而问鼎天下！"

为了印证萧岿是痴人说梦，陈蒨特令中（京城）外（京外）五品以上官员在正月第一天，也就是元日，都到宫中向他贺岁。他还特别声明，为了预祝来年，也就是丙戌年的西征大获全胜，将于当日大封天下，为官员们各晋一级。

萧岿亦不示弱，不仅要百官在元日上贺表，更要京城百姓上万民书，甚至厚着脸皮向北周的皇帝宇文邕要封赏，预祝西梁在新的一年开疆拓土。

于是乎，包括北周、北齐在内的局外人都翘首以待，等着看两家这场闹剧如何收场。宇文护甚至已经做好了准备，如果萧岿在天下人面前出尽洋相，那就废了他，换其年幼的儿子萧琮继位。

在万众期待中，丙戌年的正月终于到了。

元日这天，陈国的文武百官由宰相到仲举领班，宗室外戚则跟随安成王陈顼，天不亮便早早在宫门前按品阶、爵位列好队。此时的宫中从正门到各殿，都有宫人及侍卫手持宫灯侍立，把整个建康宫照得亮如白昼，出现了一年一度的"火城"盛景。

吉时一到，百官、宗室在鸿胪寺司仪的引导下，排着整齐的队伍来到宫中的正殿太极殿。众人身着紫、赤、青、蓝等各色袍服，如彩虹一般列于大殿的御阶之下，场面蔚为壮观。

在"彩虹"的迎候下，陈蒨身披绣有日、月、星辰等十二章纹的冕服升殿。司仪对时机把握得刚刚好，陈蒨稍一落座，群臣便俯拜在地，山呼万岁。与此同时，新年的第一道霞光喷薄而出，穿越了层层山峦与阙门射入大殿之中，将御座上年逾不惑的陈蒨染成了金色。

虽然重病缠身，面黄枯瘦，但这一刻，陈蒨仿佛如天帝降临人间，接受着"彩虹"的臣服和阳光的独宠。

唯我独尊，便是当下！

山呼声罢，陈蒨没有急于让大臣及宗室们平身，而是直视着冉冉升起的一轮新日，直至确认其完全冲出地平线，且这轮新日始终独一无二。

什么"日可再旦"，天上永远只会有一个太阳，陈国也只会有朕一个天子！

"众卿平身。"陈蒨终于赦免了群臣的膝盖。

这时，一个面容端方、蓄着一口三绺胡须的中年紫袍官员出列，正立于御阶之下向陈蒨深施一礼道："元日新日东升，普照我大陈的万里河山，此乃吉兆！臣恭祝陛下万寿无疆、福泽无量！"

有了宰相到仲举领头，其他大臣也纷纷跟进，拣各种吉利话恭贺陈蒨。

由于早年家道中落，饱尝人间冷暖，陈蒨原本对这些奉承话是不怎么感冒的。但自七年前继承内忧外患中的陈国以来，他无一年不是在与地方割据势力作战，无一岁不是面临着北齐、北周的各种明枪暗箭。为此他日日起早贪黑，不敢有丝毫懈怠，以至于成就了"宵衣旰食"这个成语。

然而即便自己如此辛劳，还要被萧岿那黄口小儿造谣，说什么当遭天谴。朕就是要让你瞧瞧，朕的付出上天是看在眼里的。当今天下，能执江南牛耳的只能是我颍川陈氏！

接下来，按照事先吩咐好的，由到仲举打头阵，群臣依次上贺表，当场诵读，为陈蒨歌功颂德。在中外官员的马屁接力下，陈蒨俨然超越三皇五帝、秦皇汉武，成了古往今来第一贤君。

群臣的贺表足足诵读了五个时辰才完毕。拜多年勤政的耐力所赐，陈蒨一直精神饱满地从头听到尾。随后，陈蒨开始大肆封赏群臣，尤其是贺表写得最好的到仲举、副宰相江总，二人分别增加采邑一千户。另外对于爱弟陈顼，听说他三日前刚刚新添了一子，陈蒨还特意恩赏小侄子一个侯的爵位。

一生节俭的陈蒨忽然间慷慨了一次，令众臣皆受宠若惊。然而陈蒨做梦也想不到的是，一场滔天大祸就此埋下。

引发这一切的不是某个乱臣贼子，而是今天格外给面子的太阳公公。

第二天，陈蒨按照惯例领着众臣卯时出发，直奔圜丘坛举行祭天仪式。破晓时分，他身着庄重的大裘冕登上圜丘坛，正欲在鸿胪寺卿的引导下面朝东方，正式开启仪式。突然，他就见冉冉初升中的太阳底部缺了一大角！

一旁的鸿胪寺卿也是吃惊不已，茫然若失地看看陈蒨，这可如何是好？

圜丘坛下的文武众臣起初有些纳闷儿，好端端的祭天仪式怎么停了？到仲举原本正要用眼神质问鸿胪寺卿，稍一抬头，忽然发现今天的太阳像是被什么洪水猛兽吞噬中，正从底部一点一点地消失。

这……难道是日食?!

夫至尊莫过乎天，天之变莫大乎日食。这是上天在警示我朝天子——你错了，你错大了！到仲举顿时也是六神无主，手足无措。

他身后的文武大员们一时纷纷交头接耳起来。有的说这正月初二是狗日，狗为至阳之畜，按习俗京城要在东门烹狗，使阳气勃发，蓄养天下万物。如今突发日食，这无异于断了大陈的阳气。有的说陛下受命于天，治理这万里河山，一定是他私德有亏才惹怒了上天，降下这日食予以警告。

到仲举大为不满，正欲回头申斥一番，这时，身旁突然传来一声撕心裂肺的吼声——老天爷，请宽恕大陈吧！

到仲举转头一看，竟是中书侍郎江总！髯须飘飘的江总一向举止优渥，颇有古臣之风，今天怎么这么沉不住气？

孰料，江总一带头，大臣跟着呼啦一下跪倒一片，都是对着素未谋面的老天爷告饶不止。但只是求老天宽恕陈国，却没替陈蒨开脱一丝一毫。

到仲举仔细一瞅，这些人平日里无一不是和江总、陈顼走得很近。

他们到底想干什么？到仲举有种不祥的预感。

这时，天渐渐暗了下来，阴暗，灰暗，直至最终，天地一片黑暗。

祭天大典原本是要祭祀上天的，现在天都黑了，总不能改祭夜游神吧？鸿胪寺卿还从没遇到过这种情况，忙向陈蒨请示该怎么办？

陈蒨默然不语，只是面色凄然地仰望着天空——此时的太阳两侧簇拥着两条翅膀形的光带，整个日食就像一只巨大的眼睛，正冷冷地盯着自己。

老天爷是在敌视，准备换一个新的人间代理？还是在怒视，嫌自己做得不够好？陈蒨无比委屈，又无比惶恐地与那只"眼睛"对视着。他想起了被平定的东阳太守留异、建安太守陈宝应、临川太守周迪，更想起了扶自己登上皇位的老大哥侯安都，以及先帝的嫡子陈昌。这些人无一不是死在自己手中，但杀他们真的有错吗？

如果不将他们一一除掉，当今之江南，不知几人称帝，几人称王？朕不一定是最好的，但与这些人相比，一定是最适合坐在这大陈的龙椅上的！

朕这就告诉百官，朕没错，朕这七年来平内乱、退外敌、轻徭役，没有辜负陈国的百姓……

"快看，天要再亮了！"圜丘坛下的众人不知谁喊了一声。

因为这突如其来的一出，群臣早已忘记了臣子之礼，这也让从思绪中惊醒过来的陈蒨惊恐不已——日可再旦！

果然，日食渐渐散去，天空重新一点点放亮，直至一轮红彤彤的新日悬于东方。

岁在丙戌，月在孟喜，日可再旦，陈国不存……陈蒨默念着这个今天之前还听起来很荒诞的谣言，如今前三句却实实在在地在眼前上演了。

难道，江左真要变天了？——虽然声音细如蚊鸣，但陈蒨还是听到了鸿胪寺卿的自语。

陈蒨瞪了他一眼，转身面朝圜丘坛下的众臣。此时有人在相互咬耳朵，有人在朝天叩拜，如蒙大赦，几乎清一色的御前失仪状。他忽然倍感胸口发烫，一股热流蠢蠢欲动，就要冲上咽喉。

但他以常人难及的毅力憋住了，憋不住这一口，明天就要江山易主！

"陛下，臣要弹劾太史令宋景！"一个血气方刚的声音突然从坛下传来。

发声者剑眉星目，一袭银甲、白袍格外英气逼人。他不是别人，正是陈蒨的心腹，负责大典护卫重责的右军将军韩子高。

"讲。"陈蒨干脆道。

"宋景专掌天时星历，身兼推算天象之责。然宋景对今天的日变事先竟毫无奏报，实乃玩忽职守，其罪当诛！"

到仲举拉上中书舍人刘师知也一同附议。

老迈的宋景那个冤枉呀，连忙跪下，自辩说前朝南梁先后遭逢侯景之乱、江陵失陷两场大难，建康、江陵两都精通天象的官吏不是被杀，就是被北周劫持到了长安。如今的太常寺不仅缺乏人才，就连浑天仪都是二三十年前的旧物，难以使用。非臣不为也，实不能也！

陈蒨知道宋景委屈，但七年来兢兢业业的他更委屈。于是便顺从韩子高等人的意思，将宋景当场免职，交由大理寺定罪。

但大臣们可不是那么好糊弄的，他们自幼浸淫儒家典籍，对"天人感应"之说深信不疑。所谓天人感应，就是天和人同类相感，上下互相感应、心灵相通。人间的天子如果有错，弄得百姓怨声载道，上天必然以天灾、日变降世，予以警示。所以以江总为首，一群大臣当即提出要陈蒨下罪己诏，向天下人谢罪。

尤其满腹经纶的江总侃侃而谈："日变修德，月变省刑，星变结和。日变为上天所有警示之中最为严重的，且是空前绝后的'日再旦'，陛下当效仿汉文帝刘恒，亲笔撰写罪己诏，以示对过往失德败政的反省。"

这个讨厌的刘恒！陈蒨暗暗骂道，干什么不好，偏偏自己写检讨，开了日食之时皇帝必下罪己诏的先例。

"江侍郎，"韩子高质问道，"当今天下四国皆受同一个太阳的恩泽，你怎么知道这日变一定就是上天在警示大陈，说不定是在警告君上昏庸无度的北齐或是权臣乱政的北周，抑或是甘为北周鹰犬的西梁！"

"这……"

粗眉大眼、长相颇为喜庆的都官尚书王劢出列道："日变乃国之大事，谨慎一点儿是应该的。不如先等一等，如果其他三国皆遭遇日变，那就另当别论，如果只有我大陈一家出现，陛下到时再下罪己诏不迟。"

陈蒨想了想，也只能先这样了。旋即罢停了祭天大典，在韩子高的护卫下闷闷不乐地返回了建康宫。刚入寝殿，他就一口血痰喷出，惊得韩子高赶紧又是推背顺气，又是叫太医。

如此折腾了好半天，陈蒨总算是稳定了下来。屏退左右后，陈蒨在韩子高的服侍下脱去沉重的一整套大裘冕，然后在床榻上躺了下来。约莫躺了大半个时辰，浑身的疲惫感总算是退去了四五成。

待他再次睁开眼，韩子高依旧静静地跪坐在榻边，一双端丽的眸子中除了自己，没有一丝杂质。

陈蒨享受着片刻的慵懒，眼睛盯着雕梁画栋的殿顶轻声问："蛮子，你跟了朕多少年了？"

"十四年。"韩子高不假思索道。

"已经十四年了啊。记得那年侯景之乱，朕在建康遇到你，你不过才十五岁，尚在舞象之年。"

韩子高微微感慨道："当年如不是陛下的一饭之恩，臣怕是早就饿死街头了。"

"试问天下有几人，能将一饭之恩铭记一生？"陈蒨苦涩道，"朕御极天下以来，每天起得比太阳还早，睡得比宫女还晚，只为让百姓家家有口饱饭吃，百官不再任意被北周、北齐的虎狼之辈肆意屠杀。可如今日变一出，谁又记得朕的恩情了？"

"江总这帮忘恩负义的东西！"韩子高双手立即握成了双拳，"我看他、王劢等人互为朋党，投效……投效于安成王门下，怕是早有二心！"

一听韩子高提起弟弟安成王陈顼，陈蒨就倍感心寒。十二年前，江陵城破时陈顼被北周掳到长安，这一生离就是八年。是自己念及兄弟情深，不顾百官的激烈反对，用偌大的一个鲁山郡换回了他。归国后，又将他提拔成了中书省、门下省的一把手，成为比到仲举地位更高的真宰相。

如今他翅膀硬了，看到自己重病在身，儿子们尚幼，就想着抢班夺权了。可气的是，他还撺掇江总等人逼朕下罪己诏，无非是想败坏朕的名声，进而否定朕的子嗣的德行，好让他成为储君！

"休想！朕打下的江山，只会属于朕的子孙！"

韩子高看到他眼中闪过一丝杀气，立即拱手道："只要陛下一声令下，臣愿肝脑涂地，为太子扫清继位之路。"

一郡之恩，恩将仇报；一饭之恩，却终身不忘……陈蒨心中不免苦笑一声。

"放心，朕自有办法不动一刀一剑，让他们乖乖投降。"

由于日变事关重大，到京贺岁的外郡官员一时也不敢离去，纷纷坐等其他三国的情报送来。两日后，消息终于传来：北周、北齐、西梁均无日食发生！

日变单独"照顾"陈国，这不是上天问罪于陈蒨又是什么？更重要的是，难不成真的是天帝托梦于萧岿，要降天命于兰陵萧氏，让其在建立南齐、南梁两朝后，第三次坐拥江南半壁？

由于现在尚属新年休沐，皇帝要等到正月十五才开朝办公，所以群臣们只得纷纷上书，以书面形式向陈蒨谏言。

百官的奏疏大致分成三类：一是相对中立的，建议陈蒨下令停止攻伐西梁，因为日变预示着兵事失利，日食之后不宜用兵；二是想拍陈蒨马屁的，希望陈蒨立即大赦天下、减免税赋和整顿吏治，以示修德，向上天"认错"；三是以江总为代表的，强烈建议陈蒨下罪己诏，以一人之罚免天下之灾。

当然这是明面上的，暗地里一些官员，尤其是州郡的刺史、太守等地方实力派与西梁暗通款曲，免得一旦江左变天，遭受池鱼之灾。

陈蒨虽然不想立即开朝，但姿态还是要做的，便满足了前两类大臣的要求，宣布暂时搁置攻梁计划，同时颁布多项惠民举措。

但江总等人不依不饶，认为这都是隔靴搔痒，于事无补。

陈蒨便又颁布明诏：即日起宫中停止一切宴乐，并暂停使用正殿，改到偏殿办公。

恰好这几天建康城外的一处山林着火，江总借题发挥，认为是天子诚意不够，再次要求陈蒨立即下罪己诏。

萧岿那边也没闲着，散布消息称天帝再次托梦于己，亲口面授天机曰：天嘉天嘉，天不假年。昙蒨昙蒨，昙花易谢。天嘉是陈蒨的年号，昙蒨是陈蒨称帝前的名字。前后连起来，便是暗示陈蒨命不久矣。

陈蒨体弱多病已是公开的秘密，于是乎江总等人一面继续上书，一面开始公然串联，准备在陈蒨拒绝后，公然上书请其禅位于太子陈伯宗。陈伯宗少不更事，大权自然会旁落于身兼宗室之首和百官首领的陈顼手中。

就在他们满以为陈蒨会继续拖字诀的时候，后者突然于正月初十开朝，宣所有在京五品以上官员到无碍殿议事。

出乎朝臣们的预料，一是安成王陈顼竟然没到场，二是今天的陈蒨格外精神，面色红润，步履稳健。在御座上坐定后，陈蒨首先宣布将于下月改元，新年号定为"天康"。原因是因为近些年天灾不断，黎庶未康，改元天康以祝风调雨顺，百姓安康。

天康天康，天子康健，还真是会起名字……江总心中腹诽道，等着听他还有什么措施向上天"认错"。

岂料陈蒨话锋一转道："朕翻阅了前朝帝王们在日变之后的举措，一为避正殿，二为停止宫中宴乐，三为举行祛阴助阳大典。前两项朕已照做，最后一项朕会择吉日委派到仲举到爱卿举行。

不知众卿还有异议否？"

江总迈着优雅的步伐出列，手持笏板向御阶之上的陈蒨奏道："臣启陛下，向天认错贵在一个'诚'字，罪己诏是最为诚恳的方式。还请陛下效仿汉文帝等历代贤君，降罪己诏。"

"侍郎此言差矣！"韩子高边说边从西边的武将队列中走出，来到御阶前与江总并立。今日的他头戴武弁冠，身披赤罗绛纱袍，不着片甲，但英武之气丝毫不减。

"臣翻阅史籍发现，汉文帝降罪己诏乃是特例，汉魏以来成为成例的乃是罢免宰相、太尉等三公辅弼重臣！"

韩子高还举例说汉成帝时发生日变，丞相薛宣被免职。汉灵帝时也是因为多次日变，先后罢免了太尉刘矩、刘宠、郭禧等人。

江总是辅弼重臣之一，也在策免之列，他当然不会坐以待毙，当即反驳道："但此次日变发生在新岁的首月，又是千年不遇的日再旦异象，岂能策免三公了事？"

"江侍郎说得没错，所以策免三公之外，还有一种更显'诚意'的办法，赐死三公。比如薛宣的继承者翟方进，就是因为日变而被赐死的！"

看到已经傻了眼的江总，韩子高手持笏板朝陈蒨朗声道："臣请陛下赐死中书监兼侍中陈顼！"

此言一出，满朝文武皆是倒吸一口凉气，韩子高乃是陛下的亲信，难不成陛下真要拿亲弟弟开刀？

江总更是吃惊不已。他原本和陈顼商量好了，由他冲锋在前，扮演直臣逼陈蒨就范。后者最近都称病在家，以避免落人逼迫王兄的口实。没想到陈顼不在场，反倒给了陛下和韩子高下手的机会。

"陛下不可！"江总顿时风度全无，嗓门儿扯得老高，"安成王乃国之砥柱，陛下唯一在世的兄弟，切不可赐死呀！"

同党王劢也赶紧出列劝阻："陛下明鉴，赐死宰辅之旧例久被诟病，被民间斥责为天子没有担当，拿大臣当替罪羊的寡恩之举，所以在曹魏时期便遭废止。臣万望陛下慎行！"

曹魏篡汉前，曹操位居丞相，大权独揽，自然不会拿自己的性命祭天。所以从那时起每逢日食，大权旁落的汉献帝罪己诏照常写，但策免三公、赐死三公统统废除，自此成为惯例，延续至今已逾三百多年。陈顼、江总等人正是基于此，才敢步步紧逼，强迫陈蒨下罪己诏的。

在江总、王劢二人的带头下，陈顼的一干党羽纷纷出列，向陈蒨求情。陈蒨放眼一看，这些人中既有武州都督陆子隆这样的地方实权派，也有都官尚书王劢这样的中央一部之首。果然，他这个好弟弟羽翼已丰且显逼迫君王之势。

看来，朕不能犹豫了！

他清了清嗓子，面有难色道："绍世（陈顼的字）乃是朕的爱弟，朕也于心不忍。但我陈家既然坐了这天下，就要有所担当，所以朕决定大义灭亲，赐死绍世，以我陈家之血向上天谢罪！"

"陛下……"江总"扑通"一声跪倒在地。

这时尚书省的一把手到仲举忽然出列，用高亢的声音盖过江总道："臣亦为宰辅之一，岂能独活，请陛下也一并赐死臣和江侍郎吧！"

江总一下子蔫了，这是要一次性连根拔起呀！

他身为朝中第三号人物，还不能推辞，否则刚才大义凛然地逼迫陈蒨就会被众人斥责为宽律于己，严律于人。这真是偷鸡不成蚀把米。

江总万分不安地偷瞄着高高在上的陈蒨，此刻他才明白了什么叫生杀大权——不过天子上嘴唇一磕下嘴唇的事。

"把生死置之度外，德言（到仲举的字）乃真宰相也。"陈蒨颔首道。"但宰相乃天子辅弼，朕怎可一日连失三相？这样吧，朕就免去二卿之职，降为中书舍人，仍领原有差事。"

江总一听被大赦，犹如从地狱回到人间，顿时磕头谢恩不止——原来这就是翻手为云，覆手为雨……

"御史中丞何在？"陈蒨朝殿中一扫。

御阶下，一个长着浓密的尖刀眉，胡须修剪得有棱有角的老者霍然出列，快如一阵风般来到到仲举、江总等人的身后。由于其身形高大，身影竟一下子将前面的江总囫囵"吞噬"了。

老者朝陈蒨一拱手："臣徐陵在此。"

他的声音大如洪钟，在殿中引得回声连连。陈蒨微微点了点头，君子是天地的法度，徐爱卿身形、举手投足无一不是如楷书一般方正笔直，当为我大陈的直臣。

"徐爱卿，朕命你带牛一头、酒十斛，即刻赶往安成王府。"

江总与王劢偷偷交换了下眼神——看来事情彻底无法挽回了！按照汉朝旧例，这是日变后赐死宰相要给的最后一餐，算是天子最后的恩赏。

"臣遵旨。"徐陵领命便向殿外走去。就像事先丈量好了似的，他走到殿门口时不多不少，正好一个大衍之数——五十步。

一场将北周、北齐、南陈、漠北和西梁全部卷入的风暴就此拉开了帷幕。

第二章

南陈三路猎北周
梁主二施离间计

　　此时的陈项正在府中一边品着香茗，一边坐等皇兄下罪己诏的好消息。

　　与自己相貌伟岸的皇兄相比，陈项生得面庞宽大，却眼睛小如花生，嘴巴微如樱桃，偌大的一张脸上"留白"太多。他为此常常自嘲：留白方多，只待一飞冲天之时，挥毫这锦绣河山！

　　仿佛冥冥之中自有天意。在这个平均寿龄只有四十岁的乱世，他如今已是三十有六，却依旧一事无成，还因为四年前被皇兄用鲁山郡赎身，被朝臣们戏称为"身价一郡"。

　　既为颍川陈氏子孙，当建功立业，扬名立万。迟早有一天，孤会让天下人知道，孤的身价何止于一郡一国，整个天下才刚刚好！

　　正在他肆意展望大好前程的时候，王府的管家忽然一溜烟儿跑进了他的卧室，告知宫中有旨意来。

　　陈项赶紧脱下外袍，躺到床榻上盖好被子，然后一边装出四肢无力状，一边让管家将宫中内侍请进来。

　　他略感意外的是，往常宫中不管哪位内侍来，都是一脸热忱，而今天这位瘦巴巴的内侍却和当下的天气一样寒气十足，毫无暖意。

但内侍再卑微，也代表了天子，所以他只能在管家的搀扶下起身，一面告着罪，一面颤巍巍地下跪领旨。

内侍连宽慰的话都省了，直接宣口谕：朕听闻辅弼不德，布政不均，则天示之灾以戒不治。今乙卯月初二，日有食之，谪见于天，灾孰大焉。朕五内如焚，忧心社稷，特循汉制，赐朕之股肱，中书监兼侍中陈顼一死，以泄上天之怒。钦此。

陈顼如五雷轰顶，顿时瘫坐在地上，这次是真的四肢无力了！

内侍还嫌他受的打击不够，特意嘱咐一会儿御史中丞徐陵就会赶来，赐下一头牛和十斛酒，为王爷送行。按照汉朝的成例，王爷应该写好一份辞呈，让人骑快马赶在徐中丞回程的半路递进宫中。等徐中丞回到宫中时，王爷的死讯就要传到陛下耳中了。

陈顼听得两眼发黑，和着老子连那一头牛、十斛酒都只是看看，没工夫消受呀！

内侍说完，不愿多停留一瞬，便告辞离开了，房中剩下面无人色的陈顼不知该如何是好。

想不到孤千算万算，还是没算计过皇兄……陈顼万般不甘心，如果当初在江陵被俘虏的是皇兄，而留在先帝身边的是孤，那么先帝驾崩之日，孤作为先帝在江南唯一的子侄，必为大陈天子，何来今日的杀身之祸？

这时，房门忽然推开了，一个身形精瘦、留着一小撮精干的山羊胡须的五旬老者来到近前。

"毛公，你可来了！"陈顼一见是心腹、王府参军毛喜，立即情绪崩溃，失声大哭起来。

毛喜一边伸手与管家一起将陈顼扶起来，一边宽慰道："王爷

四国演义 Ⅲ

江左龙王

莫急，徐陵不是还没到嘛。咱们不妨如此这般……"

陈顼一听，心情总算是平复下来，然后吩咐府中的奴仆立即照做。

由于御赐的黄牛行走缓慢，过了大半个时辰，徐陵才坐着四匹白马拉的特使专用马车来到安成王府。王府位于建康城中一条狭小的巷子，但徐陵打马车上下来，却颇为感叹：王谢故居，豪门华堂，还真是敢挑地方！

原来这条小巷就是大名鼎鼎的琅琊王氏、陈郡谢氏当年居住的乌衣巷，曾经王马共天下的名相王导、书圣王羲之、淝水之战的统帅谢安、文坛宗师谢灵运都出生、长居于此。只是数百年过去，王家、谢家早已没落，不想却沦为陈顼的府宅。

即便是山水宝地，无德之人居之，也不过寻常巷陌！徐陵心中不屑道。

徐陵命随从牵着牛、捧着酒跟随自己，正要直趋府中，却发现两扇绯红的门板大开，门中跪着一个麻布粗衣的中年人。仔细一看，不是别人，正是安成王陈顼！

身份贵重的亲王兼"真宰相"跪于前，徐陵却丝毫不改身形，笔直上前道："本官受陛下差遣，特送来一头牛、十斛酒，请王爷领受。"

陈顼完全没有往日的威仪，"嘭"的一声将额头磕于地上，感激涕零道："臣叩谢陛下天高地厚之恩！"

见他没有出什么幺蛾子，徐陵转身便要离去，陈顼忽然又道："中丞慢走，孤有一事不明，还请明示。"

"请讲。"

"陛下可曾嘱咐孤应该怎么个死法？"

"并未交代。"

揣着明白装糊涂！徐陵心中不悦，汉朝的成例之所以要宰相递辞呈、自杀，就是让史官编写史书的时候，言明这是宰相主动担责，向上天谢罪，与陛下无关。

陈顼眼中的泪花更甚："孤明白了，陛下赐一头牛，是因为此次日变前所未见，乃是上天十分震怒所致。所以陛下想让孤五牛分尸，以平息上天的雷霆之怒。"

说完，他起身吩咐府中的仆人又牵来四头牛，合徐陵带来的一头共计五头，一并牵到建康宫的正门大司马门前。他要当众五牛分尸！

好你个安成王，是想置陛下于不仁不义之地呀！徐陵的厌恶之情更浓。

他虽未亲眼见过，但知道这五牛分尸源于五马分尸，其残酷程度胜于后者十倍。因为牛蹄子比马蹄子慢多了，五马分尸不过瞬间的痛苦，这五牛分尸却是慢悠悠地分裂躯体，足以疼死受刑者。况且五马分尸过于残忍，早在西汉景帝时就已被废除。陈顼当众自裂身体，就会让百姓误以为是陛下的授意。如此一来，陛下就成了遇事没担当还心狠手辣的昏君。

想到这里，徐陵大步来到门内，冲着陈顼及府中的仆役厉声道："都听好了，王府中人一个都不得跨出府门半步，否则格杀勿论！"

没有大风加持，徐陵的声音如虎啸一般震得众人双耳发聩。与此同时，随行而来的几十名宫中禁军全部宝剑出鞘，将府门堵得密不透风。王府的仆役们顿时吓得原地不动，不敢造次。

陈顼自封王拜相后，还从未受过如此威胁，他当即戟指徐陵道："徐孝穆（徐陵的字），你想干什么？"

徐陵一双尖刀眉同时翘起，像是要左右开弓，一同劈下："自然是恭送王爷上路，就在这里。"

"你敢！没有圣旨，没有口谕，你这是矫诏，是诛九族的大罪！"

"这是陛下的事，不劳王爷费心。"徐陵不为所动道。"倒是王爷你，罪行累累，本官今天就让你死得明明白白。"

说罢，他大手一挥，让两名禁军上前扣住陈顼的双臂，将其按倒在地。尔后，他那洪亮的声音如清脆的耳光一般，重重扇向了陈顼——

你纵容王府属官鲍僧睿横行京城，霸占民田三百顷，当铺二十间，其罪一也；你为赎身，令陛下割让鲁山郡，但居相位四年却未能给陈国增加一城一地，其罪二也；你串通中书侍郎江总、都官尚书王劢，结为朋党，意图不轨，其罪三也……

起初陈顼还激烈挣扎着，但越听越没了气力，最后竟汗雨如下，乖乖接受训斥。

"……有此八条大罪，即使没有此次日变，汝罪也当诛。现在还妄图到大司马门外演苦肉计，罪加一等。本官执掌国家监察之权，天下官员、勋贵皆可弹劾纠察，我今天就治你个违抗圣意之罪，就在你的王府中五牛分尸，以谢罪于上天、陛下！"

徐陵说干就干，立刻让禁军动手，三下五除二就把陈顼四肢及脖子系于五头牛身上。陈顼吓得大喊大叫，向徐陵告饶不止，但后者丝毫不予理睬，还让禁军封闭府门，准备行刑。

这下玩儿砸了……身体悬于半空的陈顼肠子都悔青了，无奈地闭上了眼睛等死。

徐陵右手高高抬起："行……"

"圣旨到！"门外忽然传来一阵急促的马蹄声。

难不成还要灭我全家？陈顼还未断气，心已凉了大半截。

徐陵虽然很想立即结果了陈顼，但圣旨大于天，于是便命人打开府门，将前来宣旨的韩子高迎了进来。

一看来的是皇兄的铁杆心腹，陈顼的心彻底凉了。

"圣旨下，安成王接旨！"韩子高看了一眼陈顼，也不管他还被绑于五头牛身上，径直宣读圣旨。

陈顼哪里还顾得上这些，他现在只想知道皇兄是要杀他一人，还是要顺带捎上他的二十个儿子。于是他竖起了耳朵，默默听着。让他意外的是，皇兄竟然赦免了他的死罪，至于活罪，不过是免去了他的本兼各职，安成王的爵位依旧保留。

"……钦此。"

听韩子高道完结束语，陈顼总算是长出了一口气，同时心中无比凄凉——自己贵为堂堂一国宰相、诸王之首，但生死之事却身不由己，全在天子的一念之间。之前还以为自己距离皇位只有一步之遥，现在看来这一步之别就如天上的云和地上的泥！

"安成王，还不速速进宫谢恩？"韩子高这时才摆了下手，示意禁军为其松绑。

陈顼全身自由后第一件事就是跪倒在地，面向皇宫三叩九拜，大呼"陛下圣明"。

"你何止要感谢陛下，还要感谢太子，是他在大殿之上求情，愿用储君之位为你抵罪，才换得陛下恩赦的！"

真是我的好大哥！陈顼这下彻底服了，自己的命是侄子陈伯宗救下的，将来他荣登大宝，自己只能尽心辅佐。如有二心那就是忘恩负义，为天下人所不齿……

很快，陈国朝堂的这出大戏便为西梁群臣所知。他们之前对萧岿的万般失望旋即转化为万般敬仰，更有不少人深信是上天眷顾西梁，眷顾兰陵萧氏，所以两次泄露天机，助陛下啥也不用干，就平息了陈贼的灭国企图。

别人都以圣眷为荣为幸，而吾皇却有天眷加身，看来上天也是萧姓中人呀！

于是一时间，百官纷纷上书，请求萧岿征兵征粮，准备攻伐为上天所弃的陈国。

然而萧岿的回应再次惊呆了群臣——他非但不加征兵粮，还大赦西梁全境，免除今年一半的税赋。

度支尚书傅准纳闷儿了，陛下年前要我筹足粮草，准备东征，怎么现在又要减征？但他知道有些话不能当众交代，所以便在下朝后来到寝宫求见。

中书监刘盈、录尚书事兼尚书右仆射王操早已赶到，正与萧岿议事。见他赶来，萧岿便赐座赐茶，让他把身体弄热乎了再说。

傅准先是告罪，就之前的御前失仪向萧岿认错。

萧岿不以为意道："是朕想借爱卿及众臣之口迷惑、离间陈国君臣，该致歉的是朕才对。"

说完他举起茶杯，示意傅准赶紧把热乎乎的茶喝了。

傅准呷了一口，赶忙问："这么说，上天根本没有托梦于陛下了？"

"当然没有了，"刘盈朝他微笑道，"只是陈国精通天象历法的人才要么归于我西梁，要么被掳到北周、北齐，根本无法预知日食何时发生，所以才被我们钻了空子。"

傅准大惊，难道日食能被准确预知？据他所知，虽然汉朝时已能对月食预测个大概，但日食乃是所有上天的警示中最为严重的，所谓天怒难测，对其预测一直是有时准，有时不准。即便一半次预测准了，蒙的成分也很大。

"那是因为其他三国的太常寺还以为太阳的运行是均匀的，一天走恒定的一度。"刘盈捋着灰白的胡须道。"北齐有位奇人张子信，隐居荒岛数十年，他经过多年的观测，认为太阳的运行并不均匀。只是他的见解过于大胆，所以无人敢信。"

说着，他微微仰视了下萧岿，正是陛下独具慧眼，发现了张子信的才具，暗中寻访并将其接来江陵，始有今日之妙计。

傅准却想的是，既然陛下知道日食有规律可循，那就是不相信日食乃是天降警示了？

萧岿正色道："朕自然不信，魏孝文帝曾说过'圣人惧人君之放怠，因之以设诫'。所谓天人感应，不过是儒生们怕皇帝无所畏惧，导致怠政、荒政、暴政，所以用'天人感应'之说告诫天子权力是有边界的，不可以为所欲为！"

萧岿并非不信鬼神，但在日食这件事上他是不信天命的。傅准则听得肃然起敬，陛下已经成熟了，在他眼里，天象、天气和他人的愚昧、猜忌、野心统统都可以成为供他驱使的"士兵"，为他所用。

如今，陈国已然停止了进攻计划，那么接下来便是我西梁反戈一击，利用陈国上下对日变的恐惧，攻占江左！

傅准不免心潮澎湃，主动向萧岿请命，愿效犬马之劳。

萧岿点了点头，下令道："爱卿表面上就按朕在朝堂上吩咐的，在全境减税、减赋，但暗中分发巴蜀引进的高产稻种，这样粮食增收与税赋相抵，保证朕东征时有足够的粮草支撑。"

妙计！傅准当即领命。

"另外这次的风波虽然让陈蒨、陈顼兄弟二人心生芥蒂，但陈蒨显然只是想敲打一下，让陈顼有所收敛，将来好规规矩矩辅佐儿子陈伯宗。所以——"萧岿又转向了王操，"舅爷要多费点儿心，通过我们安插的眼线，怂恿陈顼有所动作，激化他们兄弟的矛盾。能祸起萧墙最好！"

前两年萧岿远赴长安，西梁的政务一直由刘盈、蔡大宝操持，王操则专心于情报和整顿军务。西梁的军队人少兵弱，要攻伐江左需要做的工作太多。一番操劳下来，年过半百的王操看着好似年过花甲。

但一听有重任相托，他立即剑眉飞扬，慨然领命。

傅准不解道："现在陈顼已被彻底打翻在地，他时下应该韬光养晦才对，如何敢顶风涉险？"

萧岿笑而不语，王操代答道："韬光养晦是一种笨办法。陈顼跋扈了两年，得罪了不少朝中、地方的大臣，众人一定会趁其病，要其命，所以最好的办法反而是有所作为，将功补过。"

"朕可不只要他将功补过，朕希望他最好能功高盖主，让陈蒨再起杀心，进而两败俱伤。"萧岿如玉的脸上划过一丝杀伐之气，"值此大争之世，筑再高的墙自卫，不如打碎敌人的墙，磨再快的刀防身，不如把刀插进敌人的心脏。这一次，朕要趁其内乱拿下江左，让江南再为我兰陵萧氏所有！"

萧岿的眼神冰冷至极，但气势更甚，那是一种帝王才有，既可伏尸百万，亦可大赦苍生的王霸之气。傅准以前只道他是个还算宽厚仁爱的皇帝，今天才第一次透过那玉色的外表，看到了一颗无愧于这乱世的雄心。

不出萧岿的所料，陈顼被免去本兼各职后，不仅朝中的官员争相弹劾，就连那些被他的党羽欺压过的百姓都趁机敲响宫门前的登闻鼓，向陈蒨告御状，要求铲除奸恶，还庶民以公道。

陈顼见大事不妙，忙问计于毛喜、江总等党羽。江总那天在朝堂上差点儿丢了脑袋，自然希望陈顼韬光养晦，以待时日。毛喜则强烈建议陈顼再次进宫请罪，请求改任祠部尚书，好将功折罪。

陈顼原本樱桃大的小嘴惊得足有梨子大："毛公何意？祠部尚书不过执掌典仪、祭祀、学政等庶务，在六部尚书中权力最弱、油水最少，孤要这冷板凳何用？"

毛喜捻着下巴底的一小撮山羊胡微微笑道："正因为祠部尚书

权轻利小，陛下才会放下猜忌。"

"就这一个原因？"陈顼觉得比祠部尚书权力更小的职位多的是了。

"还有一个原因，祠部尚书执掌外交大权，可以在北周、北齐之间纵横捭阖！"

陈顼恍然大悟，多年来北周、北齐、大陈之间以攻伐为主，外交降为其次，使得祠部备受冷落。但如今北周、北齐刚刚大动干戈，元气大伤，无力南顾，正是祠部折冲樽俎的大好时机。

毛公不愧是孤的孔明啊！陈顼倍感幸运。他哪里知道，这条锦囊妙计乃是毛喜从王操安插的门人处转手来的二手货。

随后陈顼不顾天寒地冻，即刻光着上身，背负荆条，来到建康宫中向皇兄请罪。陈蒨由于身边抱恙，是躺在床榻上召见他的。

陈顼这次很干脆，一到殿中就跪下，将纵容部下不法、与江总等人结为朋党之事一一坦白，然后哭着叩请陈蒨不要顾及兄弟情谊，秉公处置便是。

陈蒨看他堂堂亲王之尊哭成了泪人，头磕得像砸核桃一样，便动了恻隐之心，表示只要从此收敛，便不再追究。

陈顼的脑袋立即重重砸在地上，听得殿中之人都是倒吸凉气，直到他活生生地再次抬起了头。

"陛下，"陈顼连"皇兄"二字都不敢再提，"微臣之罪可赦，但罪过已然犯下，无法一并抹掉。微臣只希望陛下能给予机会，让臣将功补过，以弥补心中愧疚。"

陈蒨见他一张"留白"颇多的大脸上满是真诚，便问他想怎么弥补。陈顼便自请担任祠部尚书，为朝廷培养人才，为国家守护礼仪，为陛下未来的西征营造良好的外部环境。

祠部尚书……陈蒨心中盘算了片刻，最终同意了。

"师利，"陈蒨轻唤着弟弟的小字，"希望你从此兢兢业业，不要辜负朕的厚望，还有伯宗的期许。"

"陛下、太子大恩，微臣永世不忘！"地板上又传来一声闷响。

第二天，陈蒨便降下明诏，将闲置了数日的陈顼改任为祠部尚书。陈顼本着新官上任三把火的觉悟，当天就向陈蒨上书，建议派特使聘问北齐的高湛、漠北的木杆可汗、吐谷浑的慕容拾寅，争取与这几方势力结为同盟，一同对付北周。

到仲举、刘师知等人随即提出反驳：一则，陈国与漠北、吐谷浑的疆域互不相连，特使如何到达；二则，日变在前，今岁不宜大动干戈，何必生事？

陈顼自然是有备而来，到宫中亲自向陈蒨奏陈：与漠北陆路不通，走海路便是。与吐谷浑陆路、海路相隔，到时再借道漠北即可。至于威胁北周，只是为了夺取江陵的外交手段，并非真的要兴兵攻伐。

陈蒨原本是想在闭眼之前拿下西梁的，只是因为太阳公公横插一杠，才不得不搁置了计划。现在他的身体一天不如一天，也许真的会如萧岿所胡言的那样，天不假年，昙花易谢。所以，他等不起了！

"准奏，"陈蒨乏力地靠在床榻上，但眼睛分外雪亮，"你要谨记，拿下西梁的江南之地和江陵即可，免得过分刺激北周，引起战事！"

陈顼信誓旦旦地保证一定会让陛下满意的。

"还是称朕皇兄吧，朕在这世上只有你一个兄弟了。"

"微臣诚惶诚恐！"陈顼的脑袋大概已练成了铁头功，"嘭"的一声就磕在了地板上。

陈蒨的声音略显疲惫："诚惶诚恐是必须的，但只要你做到弟恭，朕自会做到兄友。"

陈顼的腰弯得几乎要折断，头恨不能插进地里："微臣视陛下、太子为君父，万死不辞！"

很好，陈蒨满意地点点头，只有心怀敬畏，又不舍亲情，才能成为第二个周公。

陈顼先为南梁的直阁将军，后在北周做过八年的俘虏，又执掌陈国相位数年，如此丰富的经历给他带来的最大益处就是看人极准。此次想要成功联合北齐、漠北、吐谷浑，派出的特使必须有胆有识，有勇有谋，且要为三国的主政者所欣赏。他挑来挑去，最终选中了御史中丞徐陵。

此任命一出，举朝震惊，不少人对他另眼相看，夸他不计前嫌、胸襟开阔。而徐陵也没有辜负他的胸襟，经过两个月的长途聘问，成功地说服了高湛、慕容拾寅。至于木杆可汗，虽然并未同意未来一同攻打北周，但愿与陈国、北齐结盟。并约定，如果北齐、南陈遭到北周的进攻，他一定以一己之力"劝阻"。

前脚刚送走徐陵，木杆可汗就写信给北周的当家人宇文护，宣布要废止两国的婚约，考虑将自己的爱女三公主嫁到北齐去。不久，吐谷浑、漠北、北齐、南陈四国结盟的消息又传到了长安，北周上下顿时紧张起来。尤其是大冢宰宇文护，他集朝中的政权、军权、财权于一身，却在两年前大败于洛阳金墉城下，如今又恶化了周边的邦交关系，将北周置于孤家寡人的境地。如果不尽快摆脱困境，无论是百官，还是百姓，都会认为他才不配位的。

宇文护只得将亲信吕思明、侯伏侯龙恩等人叫到府中，商量对策。经过一番筹谋，宇文护决定一面派人多带金银，前往漠北王庭，争取说服木杆可汗履行周主宇文邕和三公主的婚约；一面派人前往此次挑头的南陈聘问，试探和解的可能。

聘问即访问，这是个极有技术含量的活计。首先要做到眼口如一，能见人说人话，见鬼说鬼话；其次要足够圆滑，能八面玲珑、左右逢源；最后还要韧性十足，当强则强，当屈则屈。

于是宇文护又为派谁聘问发愁起来。按照约定，木杆可汗早在前年就该把女儿嫁过来了，但由于双方两次合兵攻打北齐失利，在北方所向无敌的木杆可汗感到颜面无光，因而将婚期一拖再拖。

这时，脸、鼻子、人中奇长无比，面相上谓之"三诈"脸的吕思明建议道："一事不烦二主，当初是梁侯萧岿亲赴漠北王庭，说服木杆可汗定下这门婚约的，不如还由他去。"

宇文护想了想，萧岿口才无双，在长安、漠北王庭时皆颇有人缘。他身为大周的藩国之主，韧性方面自不必说。看来还真是只有他最合适！

至于南陈一路的特使，宇文护选中了当年攻破江陵时，掳到长安的庾信。这庾信乃是文坛宗师，早在江南时就名震天下，为江南文人、门阀所推崇。以他的声望与在江南的人脉，应该能不辱使命。

第二天，宇文护便假借天子宇文邕之手，将自己的决定变成圣旨下发。庾信领旨后，第一时间就出发了。让他意外的是，一向唯唯诺诺的萧岿竟然"抗旨"，拒不奉诏前往漠北，而是派人回了一封信，推荐之前和他一同出使漠北的御伯大夫杨荐、左武伯王庆二人。

宇文护气得在朝会上要废掉萧岿的帝位。不料隋国公杨忠、武安郡公李穆等人认为现在陈国剑拔弩张，大周的荆襄之地与其相邻，必首当其冲。而江陵北据汉沔，西控巴蜀，乃是保护襄阳等地的一道屏障。如果萧岿仓促离国，正好给了陈国偷袭的机会！

"但他抗旨就是不对！"宇文护一对黄豆大的瞳仁瞬间缩成了针尖。如今他威望不足，最烦别人公然逆自己的意。

这时，一个洪亮的声音从朝臣队列的后排传来："梁侯特上请罪书，并附上一个锦囊，请臣转呈大冢宰。"

说话的是年过六旬的沈重，乃萧岿做皇储时的授业恩师。四年前出使北周时，宇文邕仰慕他的学识和人品，遂强行一直"慰留"在长安至今。宇文护刚才还在想平日懒得上朝的沈重今天怎么突然来了，原来在这儿等着本座呀！

不过当他打开萧岿的锦囊时，竟怒气顿消，转而眉目舒展——这个萧仁远，还真是口才了得！

他将锦囊收好，吩咐交于杨荐、王庆，令他们即刻出发，照锦囊行事。

他没注意到的是，下面的杨忠和李穆相视一笑——梁侯果然有好手段！

自三年前萧岿随他们一起千里奔袭北齐的别都晋阳，一路上萧岿妙计不断，帮了不少忙，二人遂对他心生感激。此次萧岿暗中托他们代为说项，自然义不容辞。

半个月后，庾信从江左回到了长安。他没进家门，便立即赶到大冢宰府，向宇文护禀报：陈国全程接待的是祠部尚书陈顼。这位王爷待人很客气，但提出的条件十分苛刻，要求我们必须交还巴蜀之地，否则就将联合其他三方势力攻打我大周！

"休想！"宇文护气得重重一拳砸在书案上，"巴蜀乃我钱粮之源，全国的几十万大军全指着那里的粮食养活呢，怎么可能便宜了他陈国？"

更为重要的是，一旦交出巴蜀，南陈不仅可以完全控制长江的上、中、下游，还能与西北的吐谷浑疆域相连。如此一来，大周将完全陷入南陈新筹建的大同盟包围中！

宇文护盛怒之下，让庾信在一旁研墨，然后亲笔给陈蒨写信。他在信的开口毫不客气地称陈蒨为"岛夷"，告知其巴蜀之地取自陈国的前身南梁，就算是索要，也该是南梁来要，干你陈国何事？

写完用印，宇文护便让人送往建康。不久后，陈国回送来了国书，执笔的是陈顼。书中陈顼客气地称宇文护为"晋国公"，声称不给巴蜀也可，只要把江陵和西梁的江南之地交到陈国手上，陈国立即断绝与漠北、吐谷浑的邦交。至于北齐，未来一旦与北周开战，陈国承诺两不相帮。

一听只要江陵和江南数郡，在场的吕思明觉得这个代价不大，也不算伤及大周根本，倒是可以考虑。他建议绕过群臣，让陛下直接下圣旨，免得群臣阻挠。之后再委派亲信之人为特使前往江陵，与陈顼约好一手交地，一手拿来与漠北、吐谷浑断交的明诏。

宇文护明知吕思明这是在公报私仇，报复之前在江陵被西梁群臣殴打，咬掉脸肉的奇耻大辱，但还是基本同意。不过他额外要求一点，南陈必须与北齐断交，与大周结盟，否则他就助萧岿东进，攻打江左。

国书的草稿递到宇文邕面前时，这位北周名义上的当家人看都没看，只是让近臣长孙览念了一遍，便同意用玺了，恪尽"活图章"的职责。然而他的内心是极其震动的，因为江陵位于长江的中点，如同一道闸门，在抵挡南陈强悍的水军同时，拱卫着大周的巴蜀、荆襄安全。这两块地方乃是诸葛亮在《隆中对》中大谈特谈的霸业之资，一旦丢失，北周便只剩下关中一片狭小的地盘，实力必然在周、齐、陈三国中垫底。

所以宇文邕暗中命令心腹、下大夫王轨，连夜派信使赶在宇文护的人前头，赶往江陵告知萧岿，让他早做准备。

密信送到江陵时，萧岿正在与刘盈、王操、傅准等重臣视察城外的一处水军军营。江陵的长江水面枝杈繁多，有百洲之数，这处军营位于一条偏离主干流的洲中，附近树林茂密，颇为隐蔽，一向不为外界所知，正是萧岿为了东征所秘密建造。

经过王操数年的锤炼，西梁如今兵强马壮，尤其水军战力不俗，目前已拥有两百余艘金翅大船，两万多精锐水军士卒！

萧岿在岸上望着水面上神龙一般见首不见尾的金翅船队，信心十足道："有此劲旅，何愁江左不平！"

在他看来，西梁与陈国共用一条长江，两国的国都江陵、建康分别坐落于长江的西头与东头。无论谁想灭掉谁，水军都是最为称手、最为直接的利器。虽然目前西梁的水军数量还比不上陈国，但数量从来不是决定胜负的唯一力量。

王操见他志得意满，又为他加油鼓劲道："如果一切按陛下所料，未来我军还可再添三百艘金翅大船。到时五百艘巨舰在手，即便是陈国把所有的家底拿出来，也超不过此数！"

萧岿点了点头，我的预料一定不会错的，只要陈蒨一死，他们的这三百艘大船必为我萧仁远所有……

这时，一名年轻的宫中内侍一路小跑直趋近前，呈给萧岿一个蜡丸。这是宇文邕跟他秘密联络时常用的通信方式，此刻身边都是心腹，他便毫不避讳地当众打开。

看完内容，他一边将其撕得粉碎，一边眉头微蹙起来。他不是没料到陈顼会出此损着儿，只是没想到宇文护的决定会如此轻率。江陵乃是四面通衢、天下之腰，他竟这么干脆地答应送与南陈，如此鼠目寸光，注定这辈子不能百官之首竿头，更进一步，成为天子！

不过他现在可没心情替宇文护的未来操心，他将内容透露给众人后，令他们做好应对各种情况的准备。

刘盈领命后叹了一句："我们的这支军队是留着开疆拓土的，希望不要耗费在防御上。"

"应该不会的，"萧岿平静道，"等北周的公文一到，朕就去见田弘。"

田弘是北周的江陵总管，带着数千人驻扎在江陵西城，名为协防西梁，实为监视萧岿。不过与尖酸刻薄、锱铢必较的前任崔士谦相比，此人更崇尚以和为贵。只要不触及北周的底线，他尚能在一定程度上兼顾西梁的利益。

按照宇文邕的密信上所说，宇文护的亲信、卫国公宇文直作为特使，不日便会抵达江陵。在此之前，北周朝廷会有公文送到田弘手上，以便他做好一应准备。萧岿虽然着急，却不能暴露与宇文邕的关系，只能耐着性子等公文送抵后再去。

三日后，朝廷的文书到了，一共两份：一份是送到西城嘱咐田弘的，令其严密监控好西梁，保证与南陈交割顺利；一份是送到东城，告知萧岿准备让出一半疆域，然后把都城迁到监利去的。

萧岿做急匆匆状，立即赶去西城的总管府。

武将出身的田弘今年不过五十三岁，但由于常年征战留下了一身的病，如今是药罐子不离身，看上去足足有六十多岁。而且他的左肩受过伤，明显低过右肩一截，远远看着像是要随时歪倒在地。然而他离府门还有老远，就朝萧岿拱起了手——无论是见上官还是下属，这位老将军都是腰杆笔直、极重仪表，即便这样让他的身体很是吃不消。

"未曾远迎，还请梁侯恕罪。"

黑云即将压城，萧岿面上依旧风轻云淡："是我事先未有通报，贸然前来，还望使君不要介怀。"

田弘客气一番，将他引进了总管府的议事厅。田弘没前任那么霸道，请萧岿居上座，自己则居下首，然后才问梁侯可是为了周、陈媾和之事前来？

萧岿就喜欢他的干脆劲儿，便正色道："没错。虽然此事涉及的是我西梁存亡，但我想问一句，使君对此事什么态度？"

"此乃误国之举，不敢奉诏！"田弘掷地有声道。

萧岿没想到他如此直接，就直言："大冢宰怕是心意已决，抗命也于事无补。"

田弘闻听霍然起身，目有怒色道："我田广略（田弘字广略）本是一介平民，如今能成为天子敕封的雁门郡公，全是沙场征战、为国开疆拓土换来的。从没听闻割地辱国，还能加官晋爵的！如果江陵在我手中丢了，我就以死谢罪于未央宫的北阙前！"

萧岿赶紧起身，请老将军莫要激动，坐下慢慢说。

"其实我有一计，不用抗命，就能让陈贼的企图落空。"

"梁侯要我做什么？"

"帮我拖延一个月时间，我就有办法让陈蒨弃江陵不要……"

田弘听得连连点头："梁侯不愧是英察之主，洞察人心可谓已至化境。"

萧岿听出了他话中的弦外之音，就推心置腹道："将军之心，日月可鉴，无须洞悉。"

田弘默然领受了这个马屁。

数日后，宇文直在数百名随从的簇拥下，来到了西梁。他一进入西梁地界，就受到了田弘的款待。每到一城一郡，皆有美酒美食招待，歌姬舞姬助兴，好不快活。

宇文直刚刚二十出头，正是野心、虚荣心膨胀的年纪。他平日里在长安又得捧堂兄宇文护的臭脚，又得在四哥宇文邕面前俯首称臣，明明是弟弟，却得当孙子，十分憋屈。如今被当成神仙一样供着、尊着，别提多得意了，完全把西梁当成了北周的地盘，不仅随意索要，还夜夜笙歌，顿顿奢靡，到江陵不过一天的路程，他竟然走了五天！

原本田弘只是想把他招待舒服了，结果几天下来自己倒不舒服了，因为宇文直一顿饭要摆至少五十道菜，包括只看不吃的"看菜"，每天光牛就要消耗整整一头！这让生性节俭的田弘十分厌恶，但萧岿说只要能拖慢这位特使的行程，一天十头牛他都供得起。

于是乎，宇文直被伺候得似神仙一般快活，竟然萌生了在江陵常住的念头。然而等他跟着田弘来到江陵城下，情形却大为不同。

原本田弘已经嘱咐好了，要江陵城大开北面的长阳门，西梁文武百官出城一里迎接。但等到了城下一看，一个迎接的官员都没见到。宇文直正要让田弘把萧岿叫来兴师问罪，却见长阳门里跑出一匹快马，骑马者他认识，正是三年前押送万斤黄金到长安的傅准。

傅准纵马奔来，不等马蹄停稳就翻身下马，来到近前拱手匆匆行礼道："特使可算来了！大事不好，陈国特使江总现在正在城中巡视国库，让我主交出全部的账簿！"

"什么?！这匹夫已经到了？"宇文直眼睛瞪得斗大，心头涌上一股被人公然入室抢劫般的屈辱感。

第三章
国库门前起争执
陈蒨狮子大开口

　　傅准告知宇文直，江总昨日就到了。他一入城中就以主人身份自居，要求梁侯前来觐见，当面命令现在城中的一针一线只能进，不能出，他要验过后全盘接收。

　　好大的口气！宇文直怒气更甚，便问："梁侯怎么说？"

　　"我主身为大周的藩臣，哪敢自作主张，自然是言明一切都听特使的。特使没到之前，恕难从命。"傅准极尽恭敬道。

　　宇文直心里这才舒服了些许，让傅准头前带路，直奔城中的度支部国库。

　　度支部位于皇宫正南御街的东侧，因为内有国库及全国民户档案，所以防护措施格外严格，其院墙高达五丈，内外皆有重兵把守。

　　宇文直人还未到内院的国库，就听到一个中气十足的声音回荡在半空——用不了几天，这里就全为大陈所有。地之所产，皆为陈属；民之所有，皆为陈产！

　　"放屁！！！"宇文直不顾身份，冲着头顶的那道声波反斥道。

　　他不等傅准、田弘引路，便大步冲进内院，迎面就见一个身披陈国官袍的中年儒生正在库门前挺立。在其对面，一群西梁官员组成人墙，在萧岿的带领下，正护于大红漆的库门前。

"这位是……"

"你个老白脸就是江总？"宇文直冲到面前，与"老白脸"正面相对。

江总的一张白脸顿时变得铁青，声如洪钟道："敝人正是江总持（江总字总持）。所谓面由心生，江南处处教以效化、民以风化，所以人人皆是面如冠玉、知书达礼，敝人生副白脸也就不足为奇了。"

宇文直原本不爱读书，但久在御前，受到庾信、王褒等江南客臣的耳濡目染，自然听得出这老白脸是在暗讽他不通教化，粗鄙无礼。

不过人家骂人不带脏字，他一时竟不知如何回敬，只能苍白地怒目而视。

这时，面容比江总更白润的萧岿来到宇文直身旁，微微笑道："我看江紫微郎知书是真的，达礼倒未必。请问现在的江陵总管可是陈国所任命？百姓可入了陈国户籍？"

"没有。"江总没好气道。

"那如何这里的一人一物全成了你陈国的所有？还要今天便接管我国的国库，你可告知大周特使了？"萧岿做出请宇文直主持公道状，"不告自取是为贼，紫微郎你应该读到过吧？"

宇文直可算找到反击的话头了，胸膛抬得老高："就是，本特使受陛下钦命，全权处理江陵事宜。你不告知本使就擅作主张，真乃……真乃白首老贼也！"

二人一唱一和，江总的脸色更难看了。但随口就骂人匹夫、老贼，他可干不出来。于是便冲宇文直拱了拱手道："卫国公请恕我唐突，没有事先知会。但我听闻梁侯近日成车成车地往城外转移财物，有掏空江陵、留给我大陈一座空城之嫌。所以才前来索要账册。"

还有这事？宇文直正要询问萧岿，一旁的田弘上前轻声耳语：那是梁侯心念特使的饮食起居，每日将宫中的上好食材派专人送往沿途的州城。

原来如此，宇文直欣慰地点了点头，然后面向江总道："没有的事，你是从哪儿道听途说的？"

江总自然不能说是陈国安插在西梁的细作所报，只能含混一句"世上没有不透风的墙"。

见两人彼此的第一印象都是非常之差，萧岿决定再添把柴。

他朝宇文直拱了拱手，正色道："孤收到的公文上只是说交出江南之地和江陵，并未言明民户、国库的归属。但我西梁既为大周藩属，一草一木皆为大周所有，孤窃以为民户应该迁徙到剩余的国土，以待来日为大周效力，国库也应该搬迁到监利，未来以充大周军需。不知国公以为是否妥当？"

一听民户，宇文直首先想到的是日日歌舞助兴的舞姬、歌姬；一听国库，他又想起了每日田弘供奉的锦衣玉食。这些个好东西都是我宇文氏的，岂能便宜了陈贼？

"梁侯说得对！"他重重点了点头，然后冷冷地看向江总，"听清楚了，你和我来江陵只是办理地盘的交接，地盘之上的人和物不在交割之列。"

没有人，没有物，我大陈要这光秃秃的地皮做什么？江总连说不可，一定要连人带物连同地皮一同交付。宇文直这几日被捧上了天，哪里受得了他这威胁，便与其争执起来。

身旁的萧岿与田弘会心一笑，这下事情简单了，矛盾从西梁转移到了代表长安的宇文直和代表建康的江总身上，我等只需推波助澜即可。于是二人一左一右，在一旁帮腔，让宇文直的气焰更加嚣张，连"陈贼贪得无厌"这样的话都冒了出来。

江总虽然说话斯斯文文，始终没说出一句恶语，但态度异常坚决，连一文钱都不相让。

两人相持不下，最终不欢而散。不过江总并未就此打道回府，而是一面住进了驿馆，准备亲眼看住江陵的一草一木；一面向长安方面提出抗议，指责特使宇文直毫无诚意，要求宇文护做出明确的答复。

萧岿早就料到他会如此。这江总从中书侍郎降为中书舍人，由决策圣旨内容的变成了写圣旨的，由坐着拍板的贬成了站着做记录的，心有不甘是一定的。所以他一定会借此行大力表现，立下大功，好恢复往日的荣耀。

因而他提前放出风去，要把江南数郡和江陵的一草一木全部搬走。为了把戏做真，他先是令江南的长沙、武陵、南平等郡部分百姓往监利迁徙，然后每天又从度支部拉出三辆大车，招摇过市后从长阳门送出。如此一来，陈国的细作便纷纷上钩，将情报传到了江总耳中。

江总认为这正是立功的好机会，遂加快行程赶到江陵，准备抢先一步拿到西梁的国库账簿和民户总册，并在国库贴上封条，以阻止萧岿进一步转移其中的财帛。

同时在田弘的配合下，宇文直的行程放慢成了游山玩水、吃喝玩乐，导致江总"如愿"抢先到达江陵，上演了今天的一幕恶少舌战老白脸。

萧岿决定再接再厉，怂恿宇文直也向长安上书，力陈将民户和国库丢给陈国的危害，恳请宇文邕下明诏，只予陈国土地，绝不予一人一钱。当然了，宇文直是没能力写出好奏疏的，所以萧岿安排由刘盈代笔，奏疏中还引用了三国时孙权虽然一度臣服曹丕，却坚守底线，从未让出一个民户给曹魏的例子。

奏疏完成后，萧岿请田弘派自己的亲信，骑快马连夜出发，八百里加急直抵长安。

在紧赶慢赶下，奏疏终于赶在江总的国书前送到了宇文护的书案上。宇文护一看内容倍感头大，同时大呼失策——之前他在吕思明的怂恿下，急于绕开群臣，把割让江陵一事变成既定事实。不料正是少了群臣廷议这个环节，当地民户的划分、国库的交割与否等细节竟被忽略了。

脑子慢半拍的他在宇文直出发数天后，也想到了此节。不过他想了想，既然诏书中已言明割让江陵和江南之地，多一事不如少一事的从弟宇文直一定能明白其中的意思，连人带地一块给了南陈的。毕竟这些地方的民户加起来不过二十来万人，丢之无伤大雅。

孰料这个豆罗突竟然不嫌事大，刚见面就和江总闹翻了，这不是给自己找麻烦吗？

吕思明认为不必为难，直接让陛下再下一道诏书就是。

"糊涂！"宇文护这下异常清醒，"割让土地已经是奇耻大辱，再下明诏，让天下人知道连民户和钱库都要拱手献给南陈，你说天下人会怎么看待本座？"

吕思明连忙告罪，待宇文护怒气稍解，便指出这封奏疏一定出自萧岿的授意。宇文直胸无点墨，如何得知孙权之事？

宇文护对此倒不甚在意："豆罗突乃是朝廷钦命的特使，梁侯代劳一二也在常理之中。"

依豆罗突那个少爷脾气，指不定在江陵干出多少荒唐事！要不是他死心塌地跟着本座，想让他立个大功，这次绝轮不到他去江陵。

吕思明却不这么看，认为萧岿一定在其中没少作祟。

"江总如此飞扬跋扈，总不会是梁侯教的吧？"宇文护愤然道。地盘还没交接，就先把自己当成了主人，南陈也欺人太甚！

但生气归生气，现在南陈咄咄逼人，不是意气用事的时候。所以宇文护为了妥帖，只得一面召开中外集议，商讨对策，一面在接到江总的国书后，派人前往江陵好生宽慰。

在除掉赵贵、侯莫陈崇后，现在的五官中除刚刚提拔起来的冬官大司空杨忠外，其余的四人全为宇文护的党羽。可以说如今的北周朝堂上，宇文护没有想办而办不成的事。

所以宇文护将事情的经过讲出来之后，多数人虽然对江总之举怒不可遏，但却不敢擅作主张，只能等着宇文护拍板拿主意。唯有杨忠、郑国公达奚武、李穆等寥寥数人敢于建议回绝南陈，只予土地，不予人、财。

"那陈国一旦因此彻底翻脸，联合北齐三国围攻我大周，该当如何？"宇文护更想听到的是解决方案，而非态度。

杨忠再次出列，面向御阶前挺立的宇文护及龙椅上木头一样毫无表情的宇文邕道："保定三年、保定四年，我大周两度联合木杆可汗东征北齐，其皆是出工不出力。何况南陈与漠北、吐谷浑相隔千里，联络不便，就算是四国真的联合成行，也未必能同心协力。"

说了这么一长串话，杨忠感到有点儿吃力，不得不顿了顿——自从保定三年与北齐兰陵郡王的交手中受伤以来，他的身体便每况愈下。尤其今岁他年满花甲，更觉气短，连走路都要时不时地扶墙小憩。

气息总算是调匀后，他又进一步指出，木杆可汗与吐谷浑以骑兵为主，出击一般选择秋冬。南陈水军强悍，一般多在夏秋时节进攻。几方势力即便想对大周动手，恐怕时间上也难以统一。所以陈国之威胁，不足为虑！

吕思明却不这么看，他反驳道："但北齐必然与南陈联手，如果两国一东一南来袭，我们除了要倾力应对他们，还要分兵于漠北、陇西两线，以防木杆可汗、吐谷浑落井下石。仅需要的兵力一项，我们就难以承受！"

杨忠不屑道："陈国可以聘问，难道我大周就不能聘问？吐谷浑求财，木杆可汗求面子，北齐国主高湛刚刚给自己升官成了太上皇帝，一心为刚刚扶上位的儿子高纬求稳。我们对症下药便是。"

达奚武、李穆等纷纷表示赞同，不妨先拖住陈国，再试着去聘问其他三国，也许到时连土地都不用割让了。

宇文护想了想，也是这么个道理，只是杨荐已去漠北，归来尚需时日。遣使再去吐谷浑、北齐，没有半月二十天是不行的，如何能让江总耗在江陵这么久？

"这就是梁侯的问题了。"杨忠笑道。

宇文护明白他的意思，萧岿此人虽然胸无大志，但小聪明还是有点儿的。拿定了主意，他便一面派出使臣赶赴吐谷浑、北齐，一面八百里加急传信于萧岿、宇文直。

拿到密信后，萧岿在自己的寝宫中展颜一笑，总算是争取到了时间。他立即请宇文直以特使身份在江陵总管府召见江总，告知长安方面正在商议民户、国库归属问题，请贵使少安毋躁，在江陵安心住上一段。

"尊使可是在说笑？"江总虽然不满，却也没一惊一乍，"请问住上一段是多久？半月还是半年？"

宇文直嘿嘿笑道："无可奉告。"

江总便起身做离开状："那本使只能就此告辞，回国复命去了！"

宇文直依旧懒散地坐于上座，抬手做送客状道："请便，只是你走了，连一寸土地都别想再要。"

为了表示不在意，他还强调这是大冢宰的原话。

江总的脚尖僵住了——宇文护难道想鱼死网破？不行，一旦真的开战，那立功的就是韩子高、吴明彻这些武将，没我江总持什么事了！

再者，日变那档子事的阴影犹在，如果不慎引起战事，自己不仅连紫微郎都没得做，怕是安成王都要受牵连……

"好吧，本使就再等等。"江总转过了身，"十天为限！"

宇文直两手一摊："这我可说不好。"

"你……"江总咬了咬牙，"那就这样，本使再等二十天。二十天后，不管贵国同意与否，我陈国大军都将进入江陵！"

为了给北周足够的压力，陈顼已奏请陈蒨派大将吴明彻屯兵五万于西梁交界的郢州一线，摆出随时可以接管江陵的阵势。

"你的话我会带给大冢宰的。"宇文直起身做打发状道。

接下来的日子，不少西梁大臣变得惶惶不可终日，生怕期限一到，陈国大军便杀到江陵。他们中一些胆小的，都开始收拾行李，随时准备逃往监利郡。反倒是西梁最大的官萧岿稳坐钓鱼台，整日讲《老子》、下围棋，甚至还亲自做向导，领着宇文直乘船游玩于江陵一带的河洲之间，好不惬意。

如此到了第十三天头上，长安方面突然传来宇文护的口信，勒令萧岿主动上奏，请求将民户和国库一并交于陈国之手！

宇文护呀宇文护，你明明是个婊子，却要朕来替你背这骂名，亏你还有脸坐在大冢宰的位子上！

萧岿不用猜也知道，一定是北周派出的两路使臣吃了闭门羹，这才铁了心要跟陈国讲和的。

这并不出乎他的意料，北齐虽然现在求稳，但高湛之前一腔热忱想与宇文护讲和，将其老母阎氏好生送到长安，孰料换来的却是北周的二十万大军犯境。这口恶气他说什么也要出的！至于吐谷浑，其疆域多年来一直止步于陇西一线，全是因为北周的存在挡住了东下和南进的道路。他猜测在长安做了多年俘虏的陈顼正是基于对这几国的了解，才敢于撒开大网围绕北周进行此番外交围猎的。

看来，朕今后一统江南的最大对手极有可能就是此君……萧岿隐隐有种不安的感觉。

第二天，萧岿如宇文护所愿向宇文邕上奏疏：臣无德无才，致使西梁民生凋敝，所以臣奏请将西梁江南诸郡及国都江陵割让给陈国，并以上诸地二十六万民户、国库存银两千斤金子一同交出。

消息一出，天下震动。

北齐方面，高湛眼红不已，自己当政之初派出手下最能打的兰陵郡王高长恭前去争夺江陵，结果损兵折将一番，连一寸地皮都没占到。如今陈国不动刀枪，就轻易拿下了西梁的一大半疆土，真是羡煞寡人！

当然，他也终于回过味来：前几日朕还傻呵呵地拒绝与北周议和，那厢陈国的岛夷就扯着自己这张虎皮拉起了大旗，轻易占了这么大一个便宜，可恶至极！

南陈方面，则是举国欢腾。只要西梁献出这片地盘，陈国就将彻彻底底拥有江南，从此与周、齐两国划江而治。

最震惊的还是北周的百姓，他们之前完全被蒙在鼓里。现在一听北周的东南大门要丢了，顿时物议沸腾，纷纷指责西梁忘恩负义，背弃旧主。但很快他们就口风一转，怒斥宇文护丧权辱国，因为萧岿的奏疏竟然被批准了，虽然批准的人是宇文邕。

好在宇文护大权在握，没人敢在朝堂上公然指责他。宇文护想来想去，觉得由宇文直作为大周的全权代表，执行最终的国土交割仪式非常不妥，这样就等于承认这些地盘是在他的手上丢掉的。他遂立牌坊立到底，让宇文直回避，而是勒令萧岿单独率西梁众臣前往，将地图、国库账册、民户图册奉于江总之手。

得到长安方面来的最终消息，江总可谓志得意满：堂堂西梁天子之尊竟然要向本使低头，献上国土，一定不能便宜了你！

于是，江总提出在献土仪式上，萧岿必须肉袒牵羊、舆榇衔璧。

傅准、魏益德等西梁众臣一听差点儿气炸了，这肉袒就是光膀子，舆榇就是拉着棺材，衔璧则是嘴里叼着一块象征国家权力的玉璧。按照历朝不成文的规定，这一整套劳什子就是亡国之君投降的标准装备！因为国君与国家一体，亡国等同于亡身，抬棺前行即是承认西梁已亡，所以要袒胸露背接受惩罚。至于牵一头羊，则是国君表明自己和手中的羊一样温顺，不会反抗，任由贵国处置。

萧岿自然不会同意，便派刘盈前去与其理论。经过一番争执，仪式最终简化为萧岿着白色素衣，持半块玉璧连同一应图册献于江总手上。

时间约定在两天后的上午。萧岿着一袭白袍，头裹白色纶巾，如同服丧一般在刘盈等心腹大臣的跟随下，由江陵南边的枇杷门而出，向南徒步二里地。在那里的二里亭中，江总早已等候多时。今天的他头戴进贤冠，身披赤罗袍，满面红光，与萧岿一行人的凄白之色形成极大的反差。

萧岿来到亭前，朝亭中的江总拱了拱手："让紫微郎久等了。"

江总只是简单地拱手还了礼，并未像使臣见一国之君那样行天揖大礼。

"的确等了很久。我大陈立国已有九年，九年来我君臣一直在等你兰陵萧氏的这一天，如今终于得偿所愿了！"

"哦？"萧岿仰了仰头，睥睨着这个陈国忠臣，"记得十七年前，我太爷爷梁武帝尚在的时候，你曾以太子洗马的身份供职于御前，还为他老人家捉刀，写了《述怀诗》。不知那时你的愿望是什么？"

江总年轻时以诗文成名，在南陈的前身南梁时期颇受梁武帝赏识，写了不少的马屁诗。如今南梁为南陈所取代，身为曾经的梁臣便希望从前君父的子孙亡国亡家，这不是贰臣小人又是什么？

江总满脸的红光立时收拢为两片红晕，不过他还是反驳道："我江总之心日月可鉴，侯景之乱时一直追随元帝萧绎，为武帝复仇。此后正是你父亲萧詧引狼入室，陷江陵，杀元帝，差点儿将江南拱手于宇文氏。如果不是陈国先君奋力一战，怕是整个江南已为北虏所有！"

"那贵国的先君陈霸先为何不为元帝尽忠到底，而是杀了他的第九子萧方智，自立为帝？"萧岿冷冷地问道。

"……"江总语塞。

萧岿身后的傅准哼了一声："无主无父之人，安敢以家姓为国号，徒增笑耳。"

江总更觉羞愧。古往今来的朝代中，或以建国者之前的爵位为国号，比如汉太祖刘邦曾为汉王；或以本族、本部落的名称为国号，比如周朝；或以前代的知名朝代为国号，比如当今之北周。唯独陈国以皇帝自家的姓氏为国号，堪称另类。

江总本想以颍川陈氏为天下一等门阀为由进行辩护，但转念一想，人家兰陵萧氏同为一等门阀都不曾如此，何况是比之兴起晚了几百年的颍川陈氏！

这个萧岿，果然辩才无双！江总决定放弃无谓的口舌之争，因为接下来的献土仪式才是高下立判之处。

想到这里，他往前迈了两步，来到亭口，将头仰得老高以俯视萧岿。

"时辰不早了，"江总大手一挥，做命令状，"请梁侯献土吧！"

再尊贵的血统，没了实力做支撑，与土鸡瓦狗何异？

"古往今来的君王中，梁侯怕是第一个将国都割让出去的。"

刘盈、傅准等西梁臣子无不脸色发紧，就因为国强兵盛，一个小小的五品紫微郎也敢对国君颐指气使、出言不逊。这就是乱世，想讲人道纲常，也得凭实力说话！

萧岿倒是面如止水，让身旁的侍从将衬有蜀锦的托盘递给自己，然后双手平举于胸前，缓步向二里亭走去。

"慢！"江总忽然抬手制止，"按照成例，梁侯得把玉璧含在嘴里，谓之'衔璧'。"

萧岿故作不解："这是哪国的成例？"

"非哪一国的成例，乃是历朝历代的成例。"江总如数家珍道，"春秋时许僖公向楚成王投降，便舆榇衔璧，反绑双手。衔璧之礼自此发端，算起来已有千年之久，梁侯岂能不知？"

言下之意，没让反绑双手已是便宜你了！

"那许僖公之前呢？"

"这……春秋时礼崩乐坏，许国之前哪有什么固定的成例？"

"诚如紫微郎所言，春秋礼崩乐坏，楚国僭越称王，无视周王室的存在，始有许国如此低声下气。一个始自僭越者的所谓成例，紫微郎还奉为圭臬，真是令朕大开眼界！"萧岿明明话中带刃，口气却和风细雨。

"就是，"傅准眼中噌噌冒火，"我西梁又不是投降，凭什么舆榇衔璧？"

江总刚才已输了一阵，可不想再输第二阵，口气竟变得蛮横起来：“这可由不得梁侯！如果你不衔璧于本使，本使今天就不接这土地账册！”

萧岿止水般的双眸中顿时涟漪阵阵：“紫微郎当真不接？”

江总将双手收于后背：“不接。”

萧岿忽然露出阴晴不定的一笑，然后侧向随行官员队伍中偏后的一人道：“烦劳使君做个见证，是陈国特使故意挑衅，不接我的图册的！”

使君？！哪里的刺史？江总踮起脚尖，恍然发现田弘从队列中闪出，打后排来到萧岿身边。

田弘先朝萧岿行了天揖礼，然后转身朝江总冷色道：“好你个江总，梁侯毕恭毕敬前来献土，你却推三阻四，故意刁难，你是想挑起两国争端吗？”

江总虽然有些意外，但他认定北周、西梁不敢造次，便将刚才吃的憋加倍回敬道：“本使就故意刁难西梁，使君当如何？我看你还是劝劝你身边的梁侯，人在矮檐下，还是低头的好。”

“等的就是你这句话，都记好了吗？”田弘忽然朝身后问道。

这时，一个文书模样的人手持笔和纸，从队列中闪出，回答称都记好了。

田弘一指江总：“那就请尊使签字画押吧！”

说着，他大手一挥，让文书拿着纸张和一队武士上前，直入亭中。

江总蒙了，大叫：“你们要干什么？”

他赶紧让身边的侍卫前去阻挡。奈何他带来的不过五六人，很快便被田弘的大兵全部制服。尔后他也被两个虎背熊腰的粗壮武士摁住，拇指蘸上朱砂印泥，在纸上摁下印记。

“你们……你们是想命染黄沙吗？”江总使劲挣扎着。

田弘示意武士放开了他，然后将证据拿与萧岿看过。二人相视一笑，这下江总要吃不了兜着走了。

萧岿眼中终于涟漪散尽，露出峥嵘："你听好了，我西梁虽然是小国寡民，但一息尚存，断无割土弃民的可能！"

江总伸起刚被粗暴对待过的手臂，指着萧岿怒道："好你个萧仁远，你说的话我也记住了，定会如实上报给我家陛下！"

萧岿侧头看了看身后的随从、大臣，问道："你们听见朕说什么了？"

刘盈、傅准皆是躬身道："陛下毕恭毕敬，请陈国尊使勿要意气用事，免得兵戈相见。"

"我也可以作证。"田弘拍着胸脯道。

江总气得手直发抖，直说："你，你……"

"你没有朕的签字画押，空口无凭，怕是你家陛下也不会信的！"萧岿同情地看了他一眼。

随后，他又在江总的亲眼见证下，嚣张地逼迫后者的随从们在纸上签字画押，以为佐证。

在江总看来，这些把戏不过是徒劳的，自己身后有吴明彻的五万大军，只需开进西梁，不动一刀一剑，就能吓破北周的胆子！

打定主意，他撂下一句"你们等着"，就在随从的护送下坐上马车往郢州方向奔去。

路上他满脑子想的都是怎么报复萧岿和田弘，见到吴明彻的第一句话就是："通昭（吴明彻的字）公，请速速点齐兵马，随我入西梁去！"

吴明彻年长江总几岁，如今已五十有四，被称为长江里的老泥鳅，自是稳重不少。他先是让江总坐下喝口水，然后才问："紫微郎是要老夫随你攻打江陵，还是连同巴蜀一起收复？"

江总听得莫名其妙，当然是逼北周交出江陵了！

吴明彻却告诉他，就在原先约定萧岿献土的当天，朝廷已派新特使、祠部侍郎前往江陵向宇文直交涉，提出新的条件——北周需在割让西梁数郡的基础上，再交出蜀中、汉中两地，否则大陈绝不会与其他三方断交！

祠部侍郎到江陵的时间与萧岿献土竟是同一天？！江总脑袋里像是飞进了整整一窝的马蜂，如此一来，问题就复杂了。

因为祠部侍郎将新的国书交与宇文直的同时，萧岿却按原先的约定在献土。那么当时自己"故意刁难"就是真的故意了，而且是代表陈国意志的，故意羞辱萧岿。

更糟糕的是，自己还签字画押承认了此事，这不是授北周以把柄吗？

他难以置信地抓住吴明彻的手，追问："这是谁的意思？怎么我事先一点儿消息都没听到？"

"据闻，祠部侍郎手上拿的是祠部尚书的亲笔照会。"

安成王？江总终于明白了，一定是陛下忌惮于王爷此次的功绩，故意在献土仪式前夕逼迫王爷提高谈判价码，向北周索要更多的土地。因而祠部侍郎带去的不是陛下亲笔的国书，而是祠部的照会。这样的话，北周一旦拒绝，两国关系陡然恶化，那么作为此次外交交锋的主导者，王爷眼看到手的功劳就成了大大的罪过，即日变之年为大陈带来战事的罪人！

事情好端端的，怎么就变成了这个样子？江总心中无比失落。

他还没来得及搞清其中的缘由，很快，北周大冢宰宇文护一口回绝的消息就传来。这次宇文护的态度很坚决，任命襄阳刺史为征南将军，调集兵马随时准备进驻西梁，保护西梁每一寸土地、每一个子民不受"陈贼"的侵扰！

而他本人为难萧岿的"罪证"先是在北周、西梁两国广为流传，引得官民皆是愤怒不已。宇文护顺应民意，让宇文邕降旨慰藉萧岿，并承诺今后永不拿西梁与别国做交易。随后，此物的传抄本又在陈国境内大肆传扬，让众人以为是他受主子陈顼指使，得意忘形，从而做出此等昏聩之举，同时激怒了北周和西梁。

陈蒨顺理成章罢免了江总的中书舍人职务，逐出中书省，改为曾经在南梁的旧职太子洗马。

几家欢乐几家愁，江陵这厢的西梁群臣却是开怀欢庆，大呼快哉。不过多数人都以为是陈蒨、陈顼兄弟二人不和，才导致昏着儿频出，让西梁捡了大便宜。只有刘盈、王操等几人知道，这一切全是因萧岿运筹帷幄，方能决胜于千里之外的建康。

早在宇文护决定牺牲西梁，准备以土地换和平的时候，萧岿就一面怂恿暗中与西梁往来的陈国湘州刺史华皎、巴州刺史戴僧朔向陈蒨上书，要求恢复陈顼的中书省、门下省一把手的职务；一面让王操遥控陈国内安插的卧底，大肆在建康颂扬陈顼的功劳，甚至编出了"安成王，安四方，成霸业，王天下"的民谣。

在造成陈顼众人所归的舆论氛围同时，萧岿还几经转折，将一份掌握已久的到仲举指使永州大中正徇私舞弊举荐自家子侄为官的罪证送到了陈顼党羽的手上。陈顼忙于操持江陵之事，下面的人为了给他个惊喜，就擅自上书弹劾到仲举。

陈蒨看到奏疏后，终于忍无可忍——朕这个好弟弟，一边重塑自己的声望，一边打击异己，对朕的人下手，看来他还是贼心不灭呀！

恰好这时华皎上书，提出拿下江陵之后，进一步收复巴蜀、汉中的宏大计划。陈蒨便顺水推舟，降旨让弟弟陈顼提高与北周的和谈门槛，逼其一次性交出江陵、巴蜀、汉中。陈顼无奈，只得照办。

宇文直拿到陈国的新文书后，立即快马飞报长安。宇文护的第一反应就是震怒，用他所知道的各种脏话辱骂陈家兄弟，并立即指示宇文直，撤回之前对陈国的所有让步。因为西梁毕竟是藩属，其领土名义上并不属于大周，丢之，民意反应不会那么激烈。但是蜀中、汉中乃是大周的领土，占据近一半的版图，一旦拱手让出，别说百官、百姓，就是老娘都要扇自己耳光的！

随即，田弘的奏疏也摆到了他的书案上。虽然上面江总的原话未经任何修饰，但其嚣张跋扈的嘴脸已表露无遗。这更让他感觉自己被陈家兄弟俩耍了，而且是在天下人面前公然地戏耍。于是他便请宇文邕降旨对萧岿进行嘉勉和抚问，甚至承诺：日后梁侯如想攻伐陈国，大周一定倾力支持。

当然，宇文护深知意气行事于国于己都不利，所以他借宇文邕之口，向全国下达了动员令，要十五岁以上的男子都做好应征入伍的准备，以应对可能的全面战事。

不久，出使漠北的杨荐也传来了好消息：木杆可汗同意保持与宇文邕的婚约不变，嘱咐迎亲使团可以上路了。

原来杨荐到了木杆可汗王庭所在的于都斤山后，按照萧岿的锦囊妙计，向其分析道：如果大汗与北齐联姻，三公主是一定嫁不到好夫婿的。首先，高湛已退位为太上皇，就算三公主嫁给他做了太后，但现在的皇帝高纬可不是公主亲生的，日后如何能敬心侍奉；其次，高纬除了生性懦弱，还先天口吃，连句囫囵话都说不出来，公主国色天香，假如嫁给他岂不要亏了这一辈子。

相比之下，我大周的天子宇文邕春秋鼎盛，生得一表人才，且虚以皇后之尊位待三公主。日后若是诞下嫡子，必为太子，如此阿史那家与宇文家当永结秦晋之好。

木杆可汗一听，果然动了心。三公主乃是他的心头肉，如果能在享受幸福的同时，还为阿史那家带来荣耀和实实在在的利益，何乐而不为？权衡利弊之下，他最终同意了杨荐所请。

当今天下的各方势力之中，宇文护最为忌惮的就是木杆可汗。因为这位爷的疆域最北最广，他能随时打你，而你却无法深入广衮的草原、大漠打他。而且他的兵马多达百万，且全是骑兵，只要他愿意，可以灭掉其他任何一国。

如今萧岿帮他解决了这个头号难题，剩下的北齐、吐谷浑、南陈便不足为惧。因而他在对待陈国的态度上更加强势，明确告知陈国：不得侵占西梁一寸领土，否则百丈索回；不得掳夺西梁一个百姓，否则千人以偿。

他不知道的是，怂恿他做出如此承诺的亲信大将侯伏侯龙恩已收了萧岿的百两黄金。

经过这一番外交上的折冲樽俎，陈国不仅没占到任何便宜，反而因为私下与北周议和，得罪了北齐、吐谷浑。虽然高湛因为对北周的恨意更浓，一时没有与这个老对手联盟，但指望其未来周、陈交锋时帮助陈国，无异于痴人说梦了。

西梁群臣这段时间可谓夜不能寐、食不知味，如今总算是扬眉吐气了，遂纷纷上书萧岿，要求对陈国复仇。

不料萧岿却是置若罔闻，只是道一句："正月间，上天已经以日变警示了陈国。但其不知收敛，肆意挑起纷争，朕以为用不了多久，上天梦中告知朕的'昙蒨昙蒨，昙花易谢'就要降临在陈蒨头上了。"

陈蒨要死了？由于上次这位陛下用日变的事实证明老天爷跟他有血缘关系，众人惊愕之余，开始万分期待——陈蒨一死，儿子陈伯宗尚幼，老婆沈妙容深闺妇人一个，这可是千载难逢的灭陈良机！

事实上，早在陈、梁的官员都在关注西梁献土的时候，萧岿就已经在关注陈蒨的身体了。据陈国的内线报告：自陈顼兴风作浪伊始，陈蒨就卧床于宫中的净居殿。开始时是五天一视朝，随后拉长成了十天。到现在，已经半个月没有上朝。这无疑是病情加重的信号！

虽然去年陈蒨也有过生病久未上朝的先例，但这次情形大为不同——陈蒨病中还不忘加封儿子陈伯固为新安王，陈伯恭为晋安王，陈伯仁为庐陵王，陈伯义为江夏王。这些儿子最大的不过十一岁，却同时封王，这无疑是陈蒨作为父亲，生前能给儿子们留下的最大关爱了。同时当下陈国的王爵除了陈顼的安成王，就只有他们兄弟四人了，这无疑是陈蒨强化自己一系子孙力量的重要举措。

接下来，如果所料不差，陈蒨就该对弟弟陈顼动手了。

孰料，这次递给陈蒨刀子的是北齐！

高湛自获悉陈蒨撇下自己，单独与北周媾和起，就愤怒不已。他在两国谈崩之际，不顾同时得罪北周、南陈的危险，悍然派大将兰陵郡王高长恭南下两淮，统领五万两淮军进驻长江北岸的广陵、江阳二郡，隔江与陈国都城建康对峙。他要南陈给个说法，否则立即渡过长江，攻打建康。

陈国朝廷上下震动不已。高长恭在第二次邙山之战中以区区千人大破北周五万大军，被誉为当今天下第一猛将。现在他陈兵五万于长江对岸，怕是五十万人都挡不住，何况陈国还拿不出五十万人！

于是众臣为了保命，纷纷上奏陈蒨，请求交出罪魁安成王，以平息北齐之怒。

陈蒨借此罢免了弟弟陈顼的祠部尚书一职，降爵三级为安成侯，责其在府中思过。然而高湛却不依不饶，定要陈蒨交由自己来惩处，否则绝不撤兵。

借刀杀人的目的已经达到，陈蒨忽然变得强硬起来，命令中权将军淳于量率三百艘金翅大船横于江面之上，如铜墙铁壁一般挡在齐军面前。高长恭的两淮军全是步兵，手中没有金翅大船，有的只是渔船，根本无力突破，一时只能望江兴叹。

宇文护见齐、陈重兵对峙于长江下游，便想趁火打劫，攻占西梁东面的鄞州和江州。于是他令萧岿合大周的襄阳郡、石城郡、汉川郡诸部兵马，十日后一起出兵。

"一看双拳难敌四手，就割地赔款；一看有空子可钻，就落井下石：大冢宰不过一市井之徒的水平罢了。"看到宇文护加急发来的手令，傅准为其下了一个中肯的评语。

萧岿点点头，面向殿中的刘盈、王操等重臣道："宇文护的才具不过一条狗耳，所以被叔叔宇文泰临终前拉来给自己的儿子们看家护院。就算他如今大权独揽，将来幼虎宇文邕一旦变得强壮，必定将其灭之！"

"宇文护灭亡还需些年头，但眼下他的这个馊主意我们必须阻止。"王操捋着与年龄极不相称的灰白胡须道，"我们一旦东征鄞州、江州，国内空虚，南面的湘州刺史华皎便可乘虚而入，威胁我江陵。"

萧岿十分赞同。虽说华皎与自己暗通款曲，但那不过是他首鼠两端以求自保的权宜之计。如果西梁有机可乘，他一定会毫不犹豫地拿下，然后自立为皇！乱世之中最大的危险就是人心，因为谁都有机会为帝为王，所以人人都有一颗蠢蠢欲动的心。

但是现在又不能明着拒绝宇文护，因为他刚刚在南陈面前丢尽了颜面，如果上书劝阻，就会被其怀疑保存实力，不肯卖力。这家伙气急了，说不定会让尚在江陵的宇文直夺过西梁军政大权，进而挂帅出征鄞、江二州的。

宇文护给的时间有限，萧岿必须尽快拿出应对之策。

"为今之计，只有请宇文直这位特使'仗义执言'了……"王操娓娓道出了自己的主意。

萧岿听完连连称妙，然后依计而行：一面让五兵尚书魏益德调兵遣将，摆出准备东征的架势；一面贿赂宇文直身边的亲信，怂恿其去洞庭湖游玩。

宇文直早就听说洞庭湖古称云梦，方圆八百里之巨，风光瑰丽，为天下大泽之最。正好他也在江陵一带玩腻了，于是便来到宫中，要萧岿陪自己去一趟洞庭。

令宇文直意外的是，一直对自己有求必应的萧岿竟然推脱起来。

"尊使有所不知，洞庭湖乃我西梁与陈国的界湖，南部为陈国湘州刺史华皎所据。轻易往之，怕是会危及尊使的安全。"

宇文直从未上过战场，对战争的残酷与凶险毫无概念，便摆了摆手道："无妨无妨，本使只在梁国所控湖域游览，不去华皎的地盘就是。"

萧岿拗不过他，只得备好一艘游玩用的三层楼船和三艘护卫用的金翅战船，当日便与宇文直出发了。

从江陵城南的江面一路东下，便是洞庭湖。在临近湖口的时候，宇文直站在船头向东南望去，只见如海一般辽阔的洞庭湖面云气升腾，烟波浩渺，美若仙境一般，顿时兴致大发。

"快，快，把船开进去！"

楼船一头驶入湖中，立时被湖面上一层氤氲的薄雾所笼罩。微风和着雾气吹来，吸一口仿佛得了仙气一般爽彻全身。

宇文直自小在关中长大，所经之风无不狂劲，所见之水无不湍急，突然间置身如此娇气的柔水与和风之中，竟有些惋惜自己为什么没生在江南。

萧岿见他如此着迷，便一指江面为其添趣道："这洞庭湖占为梦泽，江北原有一个遥遥相对的云泽，二者合称云梦泽。以前曾是楚王狩猎的地方。"

他还绘声绘色地为宇文直讲起了当年楚王来此打猎的盛景：结驷千乘，旌旗蔽天，野火之起也若云蜺，兕虎之嗥声若雷霆。

宇文直越听越入迷，一边与萧岿在楼中畅饮，一边任由大船向湖的深处驶去。行驶了一天后，次日早晨萧岿提醒马上就要进入华皎的势力范围了，宇文直觉得还不尽兴。他朝舱外一望，此时日头已经升起，金色的阳光洒在湖面上，如鎏金过一般波光粼粼，美不胜收。

宇文直禁不住双手轻撩舷窗，驻足远望："不急不急，不是还没到吗，如此美景怎可辜负？"

萧岿只得勉为其难，让随扈的三艘金翅大船在前，以作警戒和侦察。就这样，船队又前行了半个时辰，直到走前最前的大船发号炮，警示前方有敌情。

宇文直此时正在楼船的一侧赏景，被萧岿随扈的大将马武一提醒，这才来到顶层之上的露台，恍然发现前面的湖面上横着一道长长的黑色"长墙"。

湖里怎么可能有墙？宇文直揉了揉眼睛，然后定睛一瞅——妈呀，那分明是近百条大船，而且是和护卫在侧的三艘金翅大船外形颇为相似的战船！每条船约莫都有四五十尺宽，上有三层高大的船楼，外建木头墙垛，内架弩机，看着如一座座建在水上的城楼。这些"城楼"在湖面上一字排开，又像极了长城，巍巍然间在宽阔的湖面上划出了一条不可侵犯的"边界"。

萧岿闻听将士们的报警，也从船舱来到了露台。他一见前方的战船，便拍栏惊呼："大事不好，那是华皎的舰队！"

他告诉宇文直，自去岁起，华皎就秉承陈蒨的旨意一直在洞庭湖以及与之相通的湘江上操练水军。由于西梁的水军与其时有摩擦，所以华皎的船队每次都是实弹操练。

宇文直从没见过水战，不知"实弹"为何意，还以为是如陆战一般的强弓强弩。车弩一类的强弩射程可达数千尺，他观自己的座舰与敌船相距不过三四里，只要被对方稍一追赶就进入

第三章　国库门前起争执　陈蒨狮子大开口

了射程，遂急忙让萧岿赶紧撤。

萧岿与他同船共处，自然不会拿自己的性命儿戏，于是便命马武传令三艘护卫战船殿后，自己所在的楼船则赶紧掉头，立即后撤。

楼船体长百尺有余，不像马车一样掉头不过一鞭子的事，而是需要调整尾舵，使之与水流的角度相应，最终借助水的力量将船头反转。在马武的指挥下，楼船底舱尾部的舵手调整舵叶，同时右侧的水手们更换长桨，两下一起发力，急速调整航向。

饶是舵手和水手们经验丰富，配合熟练，他们也花了好大力气才把楼船的船头掉了过来。就这一会儿的工夫，前方的三艘金翅大船就被华皎的战船纳入了射程。船顶露台上的宇文直这才发现水战是如此的恐怖——只见井口大的几块石头呼啸着从敌船上腾空而起，裹着嘶嘶的破空之声就砸向了前面不过二百来尺的护卫战船上。

原来所谓的"实弹"不是弓弩，而是石弹呀！宇文直的眼睛瞪得发直。

好在三艘金翅大船的间隔比较大，加之石头不如轻巧的弓箭一般好控制，敌军射来的第一批实弹不是落在水中，就是只击中了船舷，并未伤及根本。

然而宇文直已经吓得魂不附体，冷不防一把紧紧攥住萧岿的手道："梁侯，你可一定要把本使的命护好了，回到江陵本使一定重赏众将士！"

萧岿的手重重盖在他的手背上，沉声道："尊使但请放心，我们同在一条船上，有我萧仁远在，你就一定毫发无伤。"

正说着，敌船的第二波石弹破空而下。这次的石块数量翻了一倍，眼瞅着不下三块巨石就落在了中间的那艘护卫战船头。顷刻间，甲板被砸出了两个大窟窿，前帆被狠狠砸出一个大洞。

萧岿不敢含糊，命令座船上的所有水手、侍卫全部下到底舱，全速后撤。与此同时，三艘护卫战船也利用敌船发射石弹的间隙，将船身中部的拍竿——船载的投石机运转起来，将事先备好的石弹投向华皎的战船。

护卫萧岿的战船士兵都是西梁水军的精锐，三艘战船默契地将目标集中在了最近的一艘敌船身上。十多发石弹一齐落下，敌船的甲板几乎被整面砸穿，上面的水手、士卒要么瞬间被砸成肉末，要么掉落船舱摔成肉饼。其中一块石弹更是从正面击穿了船壁，湖水凶猛地灌了进去。刚才还好端端的一艘战船，转眼便船尾高高翘起，喷着水花向湖中沉去。

借着护卫战船的掩护，楼船疾速向北驶去。由于跑得匆忙，船体一时有些颠簸，萧岿赶紧将宇文直劝回了船舱。

经过船上一众水手和士卒们的努力，楼船总算是脱离了战场。宇文直回想起刚才敌船的惨状，不免有些后怕，要是被击中的是本使所在的楼船，那此刻怕是早已沉入湖底喂鱼了吧？

一旁的萧岿也是心有余悸，庆幸道："真是好悬！"

他告诉宇文直，华皎麾下拥有金翅战船三百艘，自去岁以来一直在操练攻打江陵。派出的斥候曾回报过，华皎排练了一种"暴雨雷霆阵"，将百艘大船围成一个铁桶，瞬间拍竿齐挥，漫天的石弹齐射。那阵势几乎是遮天蔽日，黑云摧城。即便是江陵城高池深，如果遇上"暴雨雷霆阵"，也能轻易被砸得城毁人亡！

宇文直想想都胆寒，他以前没少见骑兵、步兵人海似的攻城方式，但还是头一次听说漫天的"石头雨"压顶似的攻城路子。看来，皇兄宇文护派兵进攻郢州、江州的决定有些草率呀，一旦西梁的兵被调走，这江陵怕是要被石头"活埋了"……

"快看，有敌船！"船舱外忽然有士兵喊道。

话音刚落，就听头顶传来一声泰山压顶似的巨响。紧接着一块磨盘大的青石打上面破顶而下，猛然间从萧岿和宇文直的眼前坠落，然后又砸穿了地板，一头钻入下面的一层。这一砸不要紧，巨大的撞击和冲劲把惊魂未定的宇文直一下震得仰面栽倒，好不狼狈。

萧岿正要扶他起来，孰料人还未站稳，船体便地动山摇起来，宇文直被晃得头晕目眩，几欲把隔夜饭吐出来。

好在马武及时赶到，才保护着萧岿二人冲到了东侧的甲板上。宇文直这才发现，座船的西侧有十艘陈国的战船正一边步步紧逼，一边不停地抛来石块，招呼座船的船楼部分。在轮番的巨石敲打下，船楼顶层的一半已经垮塌，自己刚刚待过的二楼也是四面透风。

萧岿看得清楚，这些船虽然也都是金翅船，但体积明显小了一号，显然是陈国的快船，怪不得能追上自己的楼船。

不对呀，他纳闷起来，按照之前和华皎商量好的戏码，应该是在刚才的遭遇战中完成对宇文直的震慑之后，就停止追击的……这时，身边的马武忽然拽了拽萧岿的衣角，萧岿才在他的目光指引下恍然看到了对面船头上的一面红色大旗，上书一个大大的"吴"字。

难道是陈国的镇东将军吴明彻？他不好好待在郢州，怎么跑洞庭湖来了？

萧岿来不及多想，他现在最重要的是赶紧想办法脱身。由于有船楼部分的掩护，现在相对安全的地方就是东面的甲板以及底舱了。但照敌船的攻势，估计用不了多久座船不是从头顶被彻底砸烂，就是船壁被砸穿，沉入湖底。

他正苦思计策中，突然就听一阵"咚咚"声，一块黑色的巨石翻滚着从船楼的二层破壁而出，朝自己和宇文直砸来！

这块石头明显是从河岸找来的，形似椭圆，大如车轮，分量看着不下四五百斤，这要是砸到身上只有死路一条。萧峇手脚反应不如士卒们灵敏，又背靠船舷，无路可退，一时竟有些不知所措。

转瞬间，巨石就飞到了萧峇的头顶，将他眼中的其他物什全部挤走，只剩一片黑色。旁边的宇文直吓得腿脚发木，大叫"吾命休矣"。

突然，不知从哪儿飞来一把殿前侍卫用的金瓜锤，不偏不倚正好敲在巨石的底部。只听"当"的一声，萧峇眼中的巨石猛地微微抬起，擦着自己头顶的金冠就掠了过去。他甚至听到了细微的一声"叮"，显然是金冠上装饰用的双翅与巨石短暂接触时发出的。

朕刚刚竟然与死神擦肩而过！萧峇吞了吞口水，这才发现对面的马武双手还停留在适才的奋力一抛状。

萧峇还未感谢其救命之恩，马武就操起脚边的一面盾牌，招呼三名士兵赶到近前将他围护起来。

宇文直此时三魂已吓跑了两魂，整个人缩在马武高大的身影下，以将满眼的末日景象赶出眼界去。

萧峇经过刚才的生死一线，反而淡定了下来。如果不尽快让敌船的大拍失效，那过会儿就不是与死神打个照面了！

他命令马武："立即让水手们掉头，迎着敌船冲上去！"

马武一愣，这不是找死吗？

"快去，掉头后不要停，向挂有帅旗的敌人旗舰撞去！"

马武先是有种疯掉的冲动，但旋即眼睛一亮，拱手领命而去。

由于萧峇的座船与敌船呈直角相对，所以掉头起来比之前容易许多。但此时此刻，萧峇等人完全是在与死亡赛跑，因为每一刻都有石头从天而降。好在楼船原是为萧峇造的御船，船舷、船头、船尾均有铁皮包裹，因而船楼部分虽然被砸得稀巴烂，但船舱也只是面目全非而已。

宇文直适才只顾缩头躲避，根本没留意萧岿的话。等觉察出不对劲，脑袋从侍卫的身后探出时，才猛然发现萧岿疯了，竟然让楼船"自杀"，迎着十艘一字排开的敌船撞了上去。

他一把拽住萧岿的胳膊，质问道："梁侯你要干什么？"

危在旦夕了，萧岿竟还微笑得出来："当然是要虎口脱险。"

宇文直分明看到了迎面呼啸而来的一块块巨石，这哪儿是虎头脱险，分明是自投虎口！

"停下，快停下！本使命令你们停下！"宇文直冲着萧岿及甲板上的人大吼。

萧岿却不予理会，下令继续前行。

宇文直急了，就要去抽身旁一个侍卫腰间的佩刀，这时萧岿忽然叫住了他。

"特使请看——"萧岿指了指船尾。

宇文直伸长脖子一瞅，只见这次飞来的石头从头顶掠过，划了一道弧线后竟"扑通扑通"纷纷落进了船尾后的湖面！

莫非有神助本使？宇文直难以置信地看看萧岿。

"金翅船的拍竿是一种变形的投石车，射程基本固定，难以调整。所以只要我们的楼船近于或者远于射程，便会让其失效！"萧岿解释道。

"原来如此……"

宇文直正准备夸赞萧岿一番，突然发现一个更大的麻烦——楼船驶进的方向可是敌人的旗舰，这是要同归于尽吗？

萧岿看出了他的担忧，便和颜宽慰道："尊使放心，我还等着今岁七夕赴长安与皇后相聚，可没有以身殉国的打算。"

宇文直这才勉强放下心来。

为了加大船速，萧岿下到底舱，亲自为众将士和水手加油鼓劲。马武也赤膊上阵，从一个士卒手中接过长桨，喊着嘹亮的号子与将士们一起划桨。在众人的齐心协力下，楼船如履平地一般冲向吴明彻的座船。

吴明彻虽然身经大小水战不下百次，但还是第一次见到以船撞船的自杀式打法。他急令两侧的战船散开，一面下到底舱指挥水手转舵，做出紧急避让。

但西梁的楼船航速极快，眼看就到了近前。透过船壁上的通风口，吴明彻发觉情形不妙，一把从水手手中夺过舵叶的操杆，用尽全力往左旋去。

船身刚刚扭转，调整好方向，楼船就冲了过来。

"收回长桨！"吴明彻冲着舱里的水手们大叫。

长桨所需动力巨大，通常由三名水手才能操控。一些配合好、反应快的长桨及时抽了回来，一些反应慢了半拍的没来得及撤桨，就被呼啸而过的楼船猛撞过去。裹着铁皮的楼船船壁本就结实，在高速行驶中更是势不可挡，触之所及无不粉身碎骨。那些没来得及收回的长桨瞬间"尸首分离"，腿脚慢的水手甚至被剩余的半截长桨震飞，惨叫声、骨折声一下子充满了底舱。

与此同时，借着吴明彻自顾不暇，整支船队陷入群龙无首境地的短暂有利时机，萧岿指挥楼船一路疾驰，冲到了船队的背后。其他船只上的将官有心攻击，但拍竿的攻击方向固定于前方，于是乎只能望着楼船的背影兴叹。

吴明彻倒是机敏，将底舱简单安顿好后，便冲上甲板，准备命令众船掉头，展开追击，却发现甲板上的船楼部分着火，浓烟滚滚。原来就在楼船经过的时候，西梁士兵持火油浸过的强弩射击，大肆纵火。本着好事成双的原则，西梁人还顺带点燃了临近的一艘船。

这里距离西梁的势力范围很近。现在要把全部船只掉头，再行追赶，极有可能撞上西梁的主力船队，何况还有两艘船需要灭火。吴明彻只得放弃追击，下令扑灭火后打道回府。

从楼船的装饰和规格上，他已判断萧岿极有可能就在上面。望着远遁的楼船，他暗暗立誓：萧仁远你等着，总有一天老夫会兵临江陵，水漫全城，已报今日之耻！

第四章
梁主单舟赴龙潭
尽揽江左士人心

萧岿脱险后，指挥楼船迅速向附近西北方向的一座小岛驶去，那里有一座西梁的水军军寨，常年停靠着数十艘战船，吴明彻必不敢进犯。

安全抵达寨中后，如蒙大赦的宇文直连灌了三大壶茶水，总算是把心中的惊给压了下去。随后他请萧岿代笔，立即给大冢宰宇文护写信，要把今天所见识到的情形一五一十上报，无论如何也要劝他放弃东征陈国的计划。

萧岿想了想，建议道："还是烦劳尊使亲自动笔比较妥帖，以大冢宰对尊使的了解，相信他一看便知真假。"

宇文直想想是这么回事。动身前来江陵时，他这位"皇兄"曾鞭策过，要他务必多看、多听、多些作为，历练得成熟了，日后也好提携。现在不过一封信，也要人代劳，"皇兄"会怎么看他？所以他只得亲自动手。不过萧岿还是比较厚道的，经过他在一旁的"润笔"，南陈舰队的浩大阵势和雄浑战力跃然纸上。尤其是对传说中的"暴雨雷霆阵"的描绘，可谓绘声绘色。

信写完后，宇文直立即着人乘快船送往长安。

宇文护看到信后起初不以为意，但看到对华皎所展现的水军阵势和水战一节的描述时，心中颇为震动。那种巨石如乌云遮天，破船如摧枯拉朽的水战模式是他从未见识过的。更为恐怖的是，华皎有金翅大船三百艘，而他能凑齐三百艘渔船就不错了。何况他手中的大将全是旱鸭子，没一个能指挥得了水军。

思虑再三，他只得决定暂停空西梁而伐南陈的计划，转而派宇文直前往临近郢州的汉川郡检阅三军，耀武扬威一番以震慑南陈。

不过，经历了议和割土、东征无果两件事后，宇文护倍感脸上无光。他甚至能隐约感到朝中有人对他失望之余，开始期望有一天名义上的天子宇文邕能重振国威，威震天下了。

正在他满心不快之际，萧岿那边又出了个幺蛾子，上奏宇文邕请求聘问陈国。明面上的理由是陈蒨刚刚得了孙子，第一个孙子，正好借此修复大周、西梁与陈国的关系。暗中的理由则是萧岿认为陈蒨命不久矣，他此去是要拿到一样东西，足以让陈国未来的当政者忌惮的东西。一来为大周赚回些颜面，二来为日后介入陈国内政创造有利情势。

通过安插在宇文邕身边的长孙览，宇文护抢在这位天子之前就知道了奏疏的内容。他实在是想不出陈蒨身为陈国的国君，为什么会心甘情愿授敌以柄，把这样要命的东西交到萧岿的手上？

但在与亲信商议的时候，侯伏侯龙恩却力挺萧岿——因为陈蒨刚刚有了长孙，他一定会同意的！

已身为祖父的宇文护寻思了一番，反正出了粮，折损的也是萧岿的面子，于己无关，最终同意了。

萧岿得到长安方面的首肯后，立即派人八百里加急向建康送去国书，要以国主身份亲自聘问陈国，向陈蒨道贺皇长孙降生。

这条消息一出，天下又一次震动了。谁人不知两家自陈国立国起，就是不死不休的对头，躲还来不及，萧岿竟然还有胆量送上门去，这可真是找死！更何况，萧岿前段时间刚刚危言耸听，预言陈蒨命不久矣。

陈国内部也是各执一词，正在长江上列阵锁江的大将淳于量主张借机杀掉萧岿，然后趁西梁群龙无首予以控制；到仲举认为萧岿名为贺喜，实为打探大陈的虚实，但杀之又给天下落下口实，索性拒绝便是。

让朝臣们大呼意外的是，陈蒨谁的意见都没听，而是同意了萧岿的聘问，但条件是只能走水路，且只能派一艘船。

江陵与建康以一条长江相连，且是顺江东下，速度更快，走水路自然没问题。不过如此一来，萧岿就无法接触到沿途的州县，探听虚实、收买人心都无从谈起。至于单船前来，便成了入瓮之君，任由陈国摆布，唯有规规矩矩行事才能保住一命。

陈国百官无不高挑拇指，还是陛下高明！

消息传到江陵，西梁的群臣却为萧岿的安危担忧起来，纷纷上书请求其回绝陈蒨，切不可孤身犯险。

萧岿在金殿上是这样回绝的："朕派一艘船和百艘船是一样的，因为只要进了陈国的地盘，无论如何都是跑不掉的，只能为其所左右。走水路还是走旱路，效果也是一样的，朕都有办法让陈国的百姓为朕所折服！"

他早已打定好主意，在进攻陈国之前，必须要让陈国的百姓、世家、文士们对自己有一个良好的印象。如此一来，他们才能接受兰陵萧氏重新入主江南，心甘情愿臣服于萧家。所以这一趟险他必须冒！

至于岑善方、傅准等人所顾虑的吴明彻，萧岿已通过华皎了解到，此人是陈蒨事先未打招呼，派来巡视湘州的。华皎手握重兵，又控制着洞庭湖与湘江的连接口，是阻挡西梁、北周从洞庭湖一线攻打陈国的重要力量，所以陈蒨对其颇不放心，时常派特使突然出现在他的地盘上，搞突然袭击。

目前，华皎已经把吴明彻牢牢看住，绝不让其有机会在湘州地面上随意走动。萧岿此去建康，已无后顾之忧。

见他如此坚定，众臣也是毫无办法，只能向他保证：誓死守好西梁！

萧岿看着御阶下一张张写满赤诚的面庞，心中激动不已。他起身朝下面的百官一拜，沉声道："朕亦誓死不虚此行，拿下陈蒨！"

次日，他便任命马武为随扈总管，率百名禁军精锐乘一艘专为他打造的金翅大船顺江东下，直抵建康。

出了西梁地界，萧岿的旅程变得微妙起来。在他的北岸是北周、北齐的地盘，在他的南岸则是陈国的疆域，一江之隔，便是敌我。因而他的行军路线就像是在"划边界"，明确南北的分界线。

同饮一江水，却为四国人，这不仅是长江的悲哀，也是天下每一个人的悲哀……萧岿不免感叹。所谓上善若水，水善利万物而不争，人却要因为私欲将长江分出个你我，这是何等的差距？如果上天肯给朕一个机会，朕和子孙们一定让长江、黄河造福天下，不分彼此！

事实上，从萧岿答应陈蒨条件的那一刻起，他就赢了。沿岸的陈国百姓都在想这愣小子莫非吃了熊心豹子胆，竟敢孤舟跑来陈国送死？莫非他不知道华皎砍去的千亩树林、吴明彻斩掉的三座山头都是为了灭他而做的？

惊诧之余，众人都瞪大了眼睛，纷纷从各地赶往江边，争相目睹这个愣小子到底长得如何愣头愣脑。萧岿也是格外配合，每经过一个郡县，都会现身船头，或抚琴一曲，或吹箫一首，谓之以乐馈江南。

寻常百姓不过是看看热闹罢了，但那些世家子弟、文人儒生却是赞叹不已——梁主清俊脱俗、不滞于物，我等今生有幸，终于能得见魏晋风流为何物了！

十八年前的侯景之乱中，自诩华夏衣冠所在的江南饱受战乱，琅琊王氏、陈郡谢氏等世家大族惨遭屠戮，一时魏晋风流无存，江左名士殆尽。陈霸先、陈蒨叔侄虽然力挽狂澜，恢复了江南的平静，但他们出身草莽，底蕴不足，无力恢复那几追仙姿的魏晋风骨。如今，江左已不识此等风骨久矣！

尤其当萧岿经过南陈第一大州——江州时，当地的世家子弟听到他的笛声，不禁想起了二百年前的东晋江州刺史桓伊。这桓伊号称"笛圣"，一曲《梅花三弄》名闻天下，无人可比。且任上政绩斐然，当地的不少百姓祖上都曾受过其免除拖欠官米的恩惠。因而无不对萧岿心存好感。

萧岿也颇为"厚待"江州，不知从哪里弄来了当年桓伊吹奏过的柯亭笛，以一曲《梅花三弄》厚赠当地百姓、士人。他的笛声婉转缥缈，美如凤鸣，士人中懂笛子的都说他尽得桓伊公的妙法。

就这样一传十，十传百，陈国上下一时纷纷传扬梁主的风流潇洒。到后来竟有人不远千里，从广州、衡州等地北上，一定要目睹下这位"再世桓郎"的绝世风采。

这种盛景一直到了扬州、南徐州地界才发生了变化。因为在这里，萧岿碰到了陈国的中权将军淳于量。自陈蒨处死征北将军侯安都后，陈国军阶最高的将军就是淳于量了。这老爷子别看已经五十有五，但依然火气旺盛。他听说萧岿沿途"收揽"拥趸无数，十分不服气，决定给这个小子一点儿颜色瞧瞧。

由于扬州、南徐州一带正值他与高长恭对峙，所以萧岿的座船一进入这里，气氛就大为不同。江面全是清一色的陈国战船，既有强悍如水上堡垒的金翅大船，也有快如疾风的艨艟船。船帆遮天蔽日，蔚为壮观。

战区的气氛如此浓烈，沿岸的百姓们自是再难随意观瞻梁主的座舰，而萧岿也无法再鸣笛船首。

反正目的已经达到，也不差这几百里，萧岿于是便安坐船舱，坐等到达最终的目的地。但就在抵达建康的前一天，南岸忽然再次涌现了大量的百姓。

萧岿正纳闷中，马武进舱来报：淳于量派人来告知，他派出三十艘金翅大船在前方列队相迎，请陛下登上甲板检阅。

淳于量有这么好心？萧岿心中狐疑。但既然敢来陈国地界，他早就做好了应对各种威胁的准备，遂换上一袭绣有金色翔龙的白色龙袍，头戴金冠，以一个天子应有的威仪走出船舱。

在马武的贴身随扈下，萧岿来到甲板的前端，正要看看淳于量所谓的"列队相迎"是何等阵仗，却看到了磨刀霍霍的一幕：只见三十艘巨舰南北相对，呈夹击阵形整齐地排成两列，将中间的航道挤得只有一船之宽！

每艘巨舰两侧各装备三根四五十尺长、一抱粗的拍竿。这些拍竿不同于发射石弹的大拍，而是仿造汲水用的桔槔原理做成的拍击大棒，顶端装有一个巨大的铜锤，作战时靠纯粹的拍击之力攻击敌船。这种船因其有六根拍竿，形如六翼，所以也叫六翼金翅船。

萧岿看得明白，自己的座舰一旦驶入队列之中，只要淳于量一声令下，便可前后封锁，任由其战船的拍竿拍得粉身碎骨。

这分明就是一出鸿门宴！

一旁全副武装的马武提醒他："陛下，淳于老儿用意不善，还是不要贸然进去的好！"

萧岿正要拒绝，陈军船队前端的一对拍竿突然全部开动，左侧的升起，右侧的落下，整齐地拍击在江面如击在鼓面上一般声势震天，气震山河。座舰虽然还没驶入队列中，但瞬息间便感受到了江面的颠簸。

"古有刀枪阵，今有拍竿阵，亏得淳于思明（淳于量字思明）能想出这种唬人的阵势！"萧岿竟拊掌赞赏道。

马武心说陛下还真是心大，屠刀都要架脖子上了，还有心情欣赏刽子手。他再次劝萧岿不要涉险。

萧岿面对前方如大张的虎口一般正一开一合的大阵，不甚在意地一挥手："怕他做什么，只管往里开就是。"

说罢，他让人取来自己的古琴，摆好琴几，燃上香炉，然后令马武开船。

看马武还在犹豫，他指了指江边的那些陈国百姓——他们正看着呢，难道要朕在他们面前做缩头乌龟？

马武咬了咬牙，叫人取来自己的兵器——一把寒气森森的新月戟刀，单手握紧刀柄杵于甲板上，如天神一般护于萧岿身边。

"开——船！"他大喝一声。

座船随即迎风开动了起来，逆着被六翼金翅船搅动的水流切入了船阵之中。无论是船上的禁军士卒，还是久经沙场的马武，都是生平第一次见识了什么叫人为刀俎，我为鱼肉——陈军的战船以无边的江面为案板，以千钧的拍竿为菜刀，剁肉一般一下接一下地拍击着江面，仅是溅起的水浪就高达二三十尺，片刻之间就把座船的甲板淋湿了大半。

更可恶的是，陈军的战船故意留给萧岿的座船一条很窄的通道，拍竿几乎是贴着船壁落下的。纵然这些禁军士卒是千挑万选出来的西梁精英，但任谁看到足以把人瞬间拍成肉馅的大铜锤迎面落下，也不免心寒胆战。

最可恶的是，淳于量这老匹夫在唬人之余，还不忘考验西梁人的驾船技术。因为每一根拍竿击打在水中，都会激起一股水流，进而冲击船身，引起剧烈颠簸的同时也影响了船的航向。但只要船头稍一偏差，就有可能被呼啸而下的拍竿击中！

就在刚刚进入船阵的时候，北侧战船的一根拍竿落下的节拍快了几许，激起了一股三四十尺高的巨浪，立时将座船向南猛推过去。底舱的水手们猝不及防，反应慢了一些，船头便向南偏去。马武眼看着南侧的一根拍竿劈头落下，就要击中船舷。

他急忙冲过去，双手握紧丈八长的新月戟刀侧向一刺，只听"当啷"一声，两尺长的刀尖生生顶住了泰山压顶而下的硕大铜锤。马武整个人立刻被笼罩在铜锤的影子里，双手的虎口被震得火辣辣如烈酒浸泡，双脚有种要被生生摁进甲板里的无力感。

但他咬牙挺住了，双手牢牢握着刀柄，没让铜锤落下。船舱里负责指挥众水手的禁军大将吉彻也是机敏之人，迅速命令转向，借助南侧另一根拍竿的冲击力让船头往北偏去，总算是脱离了铜锤的压顶之迫。

了完此事，马武无声地收刀回到萧峃身后。众人没有发现的是，他的手掌已是鲜血淋漓，刚刚的那一惊天对碰势若铁犁，生生磨穿了一层手皮！

这么大的危情近在咫尺，萧峃竟不乱于心，安之若素，纵情于手中的古琴。他白皙的手指如顺坡而下的泉溪灵巧地击打在水洼中，将琴弦拨弄得时而似汩汩流水，时而若清风拂松。泉鸣空涧、琅琊幽谷，无不尽在古琴的七弦流动之间。

泰山崩于前而色不变，麋鹿兴于左而目不瞬，说的便是此刻的萧峃。在他的镇定与悠扬的琴声安抚下，船上的人也备受感染。吉彻也渐渐摸到了对方拍竿的力道和频率，与之相应将航向调整为波浪形，忽北忽南，时而左桨逐浪，时而右桨迎流，化巨浪为助力，顺拍竿节奏而行，竟让陈军的刀俎变成了自己的帆与桨。

岸上的百姓开始还为萧岿和他的座船担忧，生怕一不留神就被击得船毁人亡。然而满江的巨浪、汹涌的拍竿之中，唯听得船头的古琴声和流泉，宽阔苍凉，毫无一点儿慌乱与错调。

梁主果然有古人之风！

船阵另一头的淳于量在自己的座船上凭栏眺望了半天，愣是没看到萧岿的座船伤到一丝一毫。盛怒之下，他一拳将栏杆砸断。

"一群蠢材，老夫费尽心机才摆下了这出刀俎阵，竟被尔等弄成了这般模样！"

他下令加快拍竿的速度，倒要看看萧岿如何继续"岿然不动"！

淳于量的命令通过旗语迅速传达给了船队。此时萧岿的座船已经行至阵中的一半，吉彻还按照既有的节奏在指挥水手。

突然，陈军战船的拍竿骤然加速下落，像厨子剁馅似的把江面拍得巨浪滚滚，仿佛要烧开了一样。

马武脚下的甲板顿时变成了秋千，荡来荡去。他心说大事不妙，吉彻还不知道陈贼出了幺蛾子！

正担忧中，一个士兵没站稳，半个身子就悬空到了船舷之外。这时，南侧的一根拍竿带着千钧之势对着他的脑袋落了下来。

士兵一边双手牢牢抓着栏杆，一边惊慌地对着头顶飞速变大的铜锤发出绝望的嗥叫。马武守在萧岿身边，离他有四五十尺之遥，一时只能干瞪着眼睛，目视着磨盘大的铜锤落下，砸向他单薄的身板。

说时迟，那时快，船头这时忽然侧向北方，士兵的头盔与铜锤擦着火花一闪而过！

马武以为这是侥幸，但很快他就发现吉彻这家伙有如神助，对前方的拍竿何时落下，何时抬起了如指掌，每一次转向都能踏准节拍。

莫非这家伙成精了?!

在没搞清吉彻成没成精之前,他起码清楚身前的萧岿是成精了。这位陛下和固定在琴几上的古琴一样,任你癫狂四面风,我自岿然不动。唯一的遗憾就是香炉没有固定的卡槽,被摔到了甲板上,香灰洒了一地。

都说天子胸怀天下,如此大的波涛都在陛下眼前如同无物,果然是天子气度,非常人可及!

在萧岿的琴声抚慰下,马武和众人都变得愈发平静下来,各自坚守岗位,齐心协力终于顺利冲出了淳于量的船阵。

此时萧岿也一曲终了,收弦正身,玉然于坐席之上。

吉彻忽然冲上了甲板,关切地看了看萧岿安然无恙,然后"扑通"俯拜于地,向其叩谢。

"多谢陛下琴声指引,吉彻才能不出舱而知水情!"

原来这么回事!马武这才想起刚才陈贼拍速加剧,萧岿的琴声也随之急切起来。每一次拍竿袭来,他都会在古琴的中音区来一个急切的双弹,琴声立时变得铿锵有力,余音远播。

萧岿起身来到吉彻跟前,伸手将其扶起,和颜道:"爱卿与朕心意相通,随机应变,这才使朕免于在淳于量面前出丑,该朕谢谢你,还有马爱卿才对。"

说完,萧岿真的向吉彻和马武行揖礼致谢。

马武受宠若惊,赶紧和吉彻要向萧岿还礼,却被制止。萧岿一把攥住他的手腕,将手掌翻过来查看一番,动容道:"爱卿辛苦了,快去包扎一下吧。"

身旁的众人都是吃惊不已,陛下专心于琴弦,竟然能洞悉将军的伤情?谁说陛下心无旁骛,分明是心观天地,眼视咫尺,心明眼亮无过于此!

这时，淳于量的座船迎了上来。这位生得鹰扬之表的老将军在船舷边向萧岿拱了拱手，算是行过礼——梁主刚刚检阅过老夫的船队，可还满意否？

萧岿微微一笑，赞道："气震江河，声势滔天，怪不得兰陵郡王都对老将军无可奈何。"

见他没有责难，没有怨愤，反而将自己比过了有天下第一猛将之名的高长恭，淳于量心中的敌意大为消减。

"梁主过奖了，老夫不过是借着北人无战船之利，讨了些许器利的便宜而已。"淳于量都纳闷，老夫何时这么谦虚了？

萧岿却道："非也，老将军多年前还任职大梁的荆州直兵时，就以千人大败文道期的三万雍州蛮人，连王僧辩都自叹不如。这是何等战绩！"

淳于量一听老脸不觉泛红。当年他曾效力于萧岿的太爷爷梁武帝，攻无不克，战无不胜。如果不是王僧辩出身乌丸王氏，有雄厚的家族背景做支撑，自己又怎么会落于他之下？

"刚才多有得罪，还请梁主不要怪罪。"淳于量这次没有敷衍，而是深鞠一躬向萧岿真心赔罪。如果南梁没有被陈国取代，那么他现在的君父极有可能就是萧岿。

萧岿碍于不在一条船上，无法搀扶他，便赶紧作揖还礼道："职责所在，立场所限，老将军何罪之有？"

明明是明目张胆的冒犯，却被说成了是尽忠尽职的忠臣，淳于量仿佛回到了南梁时代，再次得见那份梁武帝才有的宽容和胸襟。

他大手一挥，为萧岿指路道："梁国陛下请，老夫亲自为你开道！"

然后不由分说指挥开船，以自己的座船为前导，引领萧岿的座船向建康方向驶去。

萧岿本尊还没到建康，他刀俎阵中岿然不动、惊涛骇浪中以琴御船的事迹就传遍了城中的大街小巷。那些没来得及在沿途一睹尊荣的陈国百姓、世家子弟们纷纷赶到京城，争相一睹西梁国主的天颜。

这让建康的真正主人陈蒨十分不快。他继位这么多年来，之所以起早贪黑、废寝忘食，就是因为他不是先帝陈霸先的嫡传子嗣。且陈国篡梁自立，民心、军心多有不服。所以他日日鞭策自己，能打的仗一定亲自赤膊上阵，能免的税一定蠲免，哪怕自己吃穿差些。他这样苛待自己，无非是想树立声望，让颍川陈氏坐稳这江南之地。

孰料自己兢兢业业十年，却抵不过萧岿的七日长江之游。这口气，朕一定要出！

陈蒨现在病重，无力操心这些俗务，就令到仲举和刘师知二人商量对策。到仲举两人都认为萧岿手无缚鸡之力，比武会被天下人耻笑欺负他，唯有比文，以文才、辩才胜过他，将浪得虚名、徒有其表的脏水泼到他身上，才能让那些以诗书传家的世家大族厌弃。

到仲举掰着指头算了下，从前的江左名士多半都在长安做北周的客臣，如今尚在江左的人中也就徐陵、江总和眼前的刘师知博览群书，当得起"当世之才"的大名。但江总乃是陈顼的死党，已被陛下排除在心腹大臣之外。这徐陵倒是一身正气，且文才丝毫不逊于远在长安的王褒、庾信，由他出战萧岿最为合适。

刘师知不干了，他徐陵只是因为父亲徐摛乃梁武帝身边近臣，所以小小年纪就被皇帝所赏识，才早早成名。我刘师知书法、文章、词赋三绝，如今又是皇上的御用笔杆子，宫中的圣旨、中书省的政令中十有七八都出自在下之手，为何不选我？

要按到仲举以前的脾气，一定会毫不犹豫地选徐陵的。但现在朝中变局在即，必须牢牢笼络住刘师知。至于徐陵，此人平日里比自己还刚直，与人只谈公事，不谈交情，怕是难以拉拢。

寻思了半天，到仲举最终选择了刘师知，圈定由他出战萧岿。

次日上午，萧岿在建康城外的玄武湖渡口下船，然后在陈国祠部官员的陪同下沿一条宽阔的北驰道，乘马车直趋城北的广莫门。

萧岿虽然二十多年前出生在建康，但自四岁那年父亲就任雍州刺史起，就离开了这里再没回来过。四岁时的记忆几乎无存，以至于这么多年来，他只能在前人的记述中想象这座天下第一大城的繁荣之姿。如今他不畏艰险前来聘问，也是想在灭陈之前，亲眼看一看爷爷、父亲和自己三代人的出生之地。战火一起，谁知还有没有这个机会？

为此，萧岿提前知会陈国的祠部官员，要其务必为自己安排一辆敞篷马车，以便一览金陵盛景。

与他到过的长安、晋阳不同，建康没有高大巍峨的外城城郭，亦无威严肃穆的皇城气势，甚至没有人造大城与山光湖色的界限之感，几乎是在小巷、商市、佛寺、园林之间的穿梭中，不知不觉就进入了建康。要知道在长安，没有特许的情况下，护城河三里之外就不得纵马疾驰，禁地之感异常明显。

而萧岿眼前的这座都城，一条"裸露"在城郭之外的北驰道从玄武湖直通城门。由于没有明显的人为划界，尽可以把秀美的玄武湖当成建康的浣花之溪，鸡笼山、乐游苑当成城中的赏玩之所。

能把帝王之宅建得如此雅趣，恐怕也只有我兰陵萧氏有此心志！

想到此，萧岿不觉有些惋惜，把建康变成今天这幅盛景的南齐、南梁两代王朝如今都已化作尘埃。自己身为兰陵萧氏子孙，说什么也要重现两代先祖的辉煌，让萧氏第三次坐拥这江南半壁。

马车沿北驰大道前行了十里之后，高大的广莫门出现在了眼前。由此而入，便是真正意义上的建康城了。

萧岿原以为马车会直趋而入，不料却在门前停了下来。这时，城头上传来一个抑扬顿挫、句句带韵的声音——金陵王气，真龙所系。若是假龙，寸地不容。

萧岿仰头向城楼望去，只见一个面容儒雅、美须及胸的中年男子立于城楼正中，正满怀敌意地俯视着自己。

看来，陈蒨是派人来找回面子了。也罢，朕就陪你过过着儿。

萧岿起身走下马车，向城头拱了拱手，问道："长须美且直，必是刘师知，敢问足下可是刘紫微郎？"

刘师知将了将俊美的长须，点点头道："梁主还算有见识，正是在……貌似我此刻在上，梁主才是在下。"

萧岿身旁的马武顿时怒火中烧，向前大跨一步，就要训斥这家伙两句，萧岿忽然抬手拦住，并用眼神告诉他——朕能应付得了。

此时，不少的建康百姓都闻声聚集了过来，想看看二人如何唇枪斗舌剑。刘师知因而更加得意，几乎是眼观鼻，鼻观萧岿，等着他出糗。

"真龙者，天之骄子，在上可呼风唤雨，在下可潜游于渊。所谓高低之分，不在一尺一丈之间，而在这里和这里。"萧岿指了指眼睛和心脏道。

竟敢说我没眼界、心胸，岂有此理？刘师知正眼逼视向萧岿道："梁主既为天子，那我就请教下天可有心乎？"

萧岿微微笑道："当然有了，《尚书》有云：咸有一德，克享天心，受天明命，以有九有之师，爰革夏正。"

刘师知脸色闻之一变。萧岿这句话是说商汤信天、敬天，所以能奉天承运，号令天下众生跟随自己，最终革了夏朝的命。只要稍有常识的人都听得明白，萧岿这是在骂他不敬天，不敬真龙。再推而广之，那就是西梁终要取代南陈，坐享天命。

还真把自己当天之子了！黄口小儿，你且等着。

沉思了片刻，刘师知又问："天有眼吗？"

"当然有了，"萧岿不假思索道，"《诗经·小明》曰：明明上天，照临下土。没有眼睛，如何俯察人间？"

刘师知又吃了个憋。天有眼睛，且能照亮大地，明察人间，这萧仁远分明是在自夸心明眼亮，反讽本官心昏眼瞎呀！

他气急败坏道："天高吗？"

萧岿脱口便道："高，高不可测，高不可攀，且高不可及，所以谓之天高地厚。"

刘师知无语了，萧仁远是摆明了在讽刺自己不知天高地厚。这下他终于知道西梁天子的口才大名并非浪得，其口齿之利怕是干将、莫邪宝剑都难以相比！

好在他还有自知之明，与其在建康父老面前出更大的丑，不如坦然一点儿就此认输，还能保住自己的雅士之名。想到这里，他只得从高高的城楼上下来，向萧岿躬身行礼，大赞其睿智犹如古代先贤，自惭不如。

萧岿亦是拱手还礼，称赞刘师知道："紫微郎乃当今之世的博雅鸿儒，朕不过是班门弄斧罢了。"

建康的世家子弟和百姓们这几天早就对萧岿的气度和风采如雷贯耳，如今亲眼见证过，更是叹服不已。一时间，萧岿周遭全是欣赏和赞叹的目光。

临上车前，萧岿也不忘对众百姓深施一礼，然后才请刘师知头前带路，向城内的台城，也就是建康宫行去。

由于建康宫的正门在南，广莫门在北，所以萧岿的马车进入城中后又绕了半个大圈，行至南边，然后才由正门大司马门入宫。

　　陈蒨病重难以远行，出宫门前来迎接的是他的亲信、右军将军韩子高。萧岿与他四年未见，只觉得这位江左第一美男眼中的英气与举止间的雅气依旧，连身上的白袍银甲都与记忆中的一样片尘不染，仿佛上次分别只在昨日。

　　这样一个一生只忠一人、只奉一国的文帅，一旦陈蒨驾崩，就有可能成为清洗的对象，真是可惜……萧岿正想着，韩子高已行至近前，拱手向其行礼。

　　萧岿亦是拱手还礼："江陵一别数年，将军还是那么神采奕奕。"

　　从前在战场上，韩子高从不对萧岿手下留情，但此时此刻却是礼敬有佳，和颜以对道："昔日翩翩王子，今日赫赫天子，梁主倒是与数年前有天壤之别。"

　　萧岿雅然一笑："朕倒是羡慕将军不为苍生所扰，不为权势所劳，一片赤诚永不褪色！"

　　韩子高还是头一次听到这么入木三分的评价。自从十四年前跟随陛下以来，陛下从未对自己有过一丝疑心，有过一次隐瞒。在陛下面前，自己永远可以率性而笑、任性而怒。这样的福气在古往今来手握重兵的大臣中，怕是独一份的。所以我韩子高对陛下唯有忠心一生，至死不渝！

　　两人又客套了几句，韩子高便将萧岿迎进了宫门，穿过一座座鳞次栉比、错落有致的宫殿，最终在一座有些破旧的大殿前停下。

　　萧岿起初有些纳闷儿，建康宫中竟有这么破败的大殿？抬头一瞅，霍然看到了蓝底金字的匾额——净居殿。这……不是太爷爷的寝殿吗？

　　侯景之乱中，太爷爷梁武帝就是被软禁在这里，最终求一杯蜂蜜不得，在饥渴难耐中病故的！萧岿一时百感交集，但面上还是轻松自若，请韩子高带路进入殿中。

与殿外的破旧相比，殿内略显崭新，但不饰金银，不陈香料，所用家具、饰品皆是寻常之物。唯一的名贵之物就是正中的髹（xiū）金漆龙椅，略显贵气。

看样子，这么多年来这里一直有人居住，而且居者极有可能就是陈蒨！

他正猜测中，就听一阵沉重的咳嗽声传来。紧接着，一个身形枯瘦、面无血色的中年人被两名宫女搀扶着，从东边的厢房中走出。

萧岿虽然从没见过此人，但从其身上绣有日、月、星辰等十二章纹的冕服来推断，必是陈蒨无疑。这陈蒨今年不过四十六岁，看着却已年过半百，看来情报没错，他的确病入膏肓，命不久矣了！

陈蒨像是看到救命稻草似的，急切地在龙椅上坐下。见他有些艰难，韩子高立即关切地上前为其顺气。过了好半天，陈蒨才算是呼吸平缓下来。

他恢复气力后的第一件事就是寻向萧岿——好个俊朗洒脱的萧仁远，朝气蓬勃，正是建功立业的好年华！

萧岿亦回望着陈蒨，虽然朝不保夕，但天子就是天子，陈蒨的眼中依然透着杀伐之气。

谁也不曾料到，两位国主的唯一一次会面是从对视中开始的，都很认真，亦很直接。

终于，陈蒨首先开了口："梁主可还记得这净居殿？"

"年少不记得，但终生不敢忘。昔日先祖蒙难之所，这是我萧家永远的耻辱！"

陈蒨环视着殿顶道："你萧家之耻，当为我陈家之鉴，所以朕和先帝将此作为寝宫，以时时警醒自己：对帝王而言，哪儿有什么太平盛世，每一天都是劫后余生。不拼命活着，就会随时被人踩踏！"

没错，萧岿心中赞同道。当年侯景之乱时，正值南梁鼎盛之际，建康城中歌舞升平，一片太平之象。谁曾想一夜之间，侯景仅仅带着八千人就拿下了数十万人镇守的建康。从此南梁一蹶不振，直至灭亡。

"无论是先帝，还是朕，即便富有天下，也从未对净居殿修饰过一砖一瓦。"陈蒨感慨地看着殿中陈旧的物什。"金碧辉煌会让朕产生错觉，唯有破砖烂瓦才能让朕警觉！"

说罢，他的视线毫无征兆地转向了萧岿，眼神辣辣如此刻天上的骄阳。

"说吧，你来陈国究竟意欲何为？"

萧岿神色如常道："其一，自然是道贺陈主喜添长孙陈至泽。"

在前来的路上，他已知悉陈蒨破例为尚未满月的孙子赐名陈至泽。

"道贺遣一臣子即可，朕可从未听说有哪国天子为他国的皇孙不远千里，登门道贺的！"

"所以朕还有第二个目的，"萧岿的眼中露出了一丝锋利，"向你索要一份遗诏。"

顿时，殿中的气氛紧张起来。无论是陈蒨身边的韩子高，还是萧岿身后的马武，都是面露惊骇——陈蒨虽然行将就木，但是任何一位活着的帝王也对死亡避之千里。萧岿竟公然提到遗诏，这可是犯了大大的忌讳！

果然，陈蒨的脸色变得难看起来，甚至有些凶恶。

他冷冷地逼问："要什么遗诏？你的遗诏写好了吗？"

只要愿意，他随时可以杀了这个狂悖之徒！

萧岿对他的愤怒视若无睹，讲话愈发大胆起来："朕春秋鼎盛，还用不着遗诏。朕索要的是震慑安成侯的遗诏，如果他在陈主驾崩之后，胆敢谋逆篡位，朕可带兵襄助，助令子陈伯宗保住陈主这一脉的帝位。"

话毕，大殿中立时寂静下来，几近针落可闻。即使是追随左右的马武，也是吃惊不已：平日张弛有度的陛下怎么突然口无遮拦，行事这么癫狂起来？

终于，韩子高忍不住戟指萧岿道："放肆！此乃我大陈地界，岂容你如此狂悖！"

萧岿似乎嫌自己狂悖得不够，继续口无遮拦道："将军大错特错，你不想想你主诸子年幼，朝中的心腹到仲举、刘师知又为迂腐之辈。一旦陈主驾崩，安成侯年富力强，又党羽众多，取代陈伯宗不过弹指之间。你以为凭你一己之力，能保得了陈伯宗一世吗？"

"这……"韩子高有些底气不足。他这么多年来虽然执掌禁军，但一心效忠陈蒨，所以不结党、不营私，甚至与到仲举也只是泛泛之交。一旦想要力挽狂澜，除了自己的部下和手中的宝剑，竟连一个多余的帮手也找不到！

过于忠直的前提原来是陛下的绝对信任……韩子高终于领悟到了这一点。

陈蒨却不是那么好糊弄的，他冷笑一声道："师利再怎么说，也是朕的亲兄弟。而你，无时无刻不在想着图谋大陈，恢复你兰陵萧氏的祖宗基业！朕凭什么授柄于你？"

他的眼中杀气顿现。

第五章

陈帝奉上撒手锏
中书尚书起猜忌

四国演义 Ⅲ 江左龙王

　　萧岿的脸上依旧是一副人畜无害的表情。

　　"正因为我心存敌意，而且是当今天下其他三国之中，对你陈家敌意最重的，所以你更应该将这份遗诏给我，方能保住你儿的小命！"

　　"强词夺理！"陈蒨原本无力的右手突然发力，重重拍在龙椅的扶手上，一时咳嗽声骤起。

　　现在他的身体受不得任何刺激，这一怒可谓急火攻心，全身都被喉间的震动带着颤抖起来。韩子高赶紧一面为他顺气，一面大叫殿外的侍卫进来，将萧岿立刻拿下。

　　随即十几多名全副武装的禁军士卒冲了进来，围向萧岿。马武立即抽刀出鞘，背对萧岿紧紧护住他的后身。

　　眼看双方就要兵戎相见，萧岿忽然质问陈蒨："陈主，难道你以为同样内容的遗诏交给韩子高，或是到仲举，他们有能力把遗诏变成震慑陈项的利器？"

　　"慢着！"陈蒨咬牙生生吞下了喉间的燥热，颤抖着手指指着萧岿，"你……再说一遍！"

萧岿反倒端起了架子，双手一摊道："朕站了半天，陈主好像该请朕坐下吧。"

陈蒨正与喉间的一口老痰战斗中，便无声地指了指下首的一张席子。

"陈主，你我同为一国之主，应该平起平坐才是待客之礼。"萧岿义正词严地与陈蒨对视着。

出人意料的是，陈蒨虽然面有不甘，但还是满足了他的要求，让韩子高搬来一张高大的椅子，让萧岿坐于自己的对面。

萧岿这才继续道："陈主当知，到仲举也好，韩子高也罢，皆是外姓之人，随意就可以安上谋逆、假传遗诏的罪名。而陈顼一旦大权在握，即便有遗诏在手，陈顼说它是废纸，它就是废纸。"

陈蒨心中默默点头，的确如此。当年汉灵帝的遗诏明明写的继承人是汉献帝刘协，却被手握大权的国舅爷何进视若无物，改立亲外甥汉少帝为天子，时人谁敢吭声？

"所以，遗诏只有在朕的手上，才能化身无坚不摧的莫邪、干将，令陈顼投鼠忌器！"

韩子高不明白了，反问："那陛下现在就赐死安成侯，岂不更好？"

"这就是你家陛下难以取舍的地方！"萧岿与陈蒨对视着，彼此都想看穿对方。"陈顼固然有百般不是，但他却是唯一的兄弟，儿子们今后唯一的倚仗。否则陈家在世的人中，竟无一个成年男子！"

原来如此，怪不得北齐、北周这段时间苦苦相逼，正是把责任都推给安成侯，将其赐死的最好时机。但陛下却迟迟没有下手，还让淳于量列阵于长江之上予以拒敌。韩子高倍感自责，亏自己还自诩陛下的心腹，竟连这点儿苦衷都想不到，真是没用……

硬挺了半天，陈蒨终于将喉间的炙热顶了下去。他这才道："你说得没错，你萧家觊觎我大陈江山，又在江左深孚众望，遗诏在你手中的确是对师利野心的最好克制之法。但同时也给了你日后干涉我大陈内政的借口，你说朕为什么要这么做？"

萧岿忽然苦笑了起来，他指了指此刻所在的大殿："侯景叛乱之前，大臣萧范、元贞、裴之悌连番上书，将叛乱的铁证奉于我太爷爷的御案上，但他熟视无睹，还斥责众人。为何？就是因为江南承平太久，久无战事，上自天子，下至百官，全都对威胁失去了警觉。"

最强盛的时期，却迎来了最惨烈的毁灭方式。只有心头时时悬一把利剑，才能时时保持清醒！陈蒨陷入了沉思。其实他最中意的托孤之人只能是弟弟师利，而师利如果能兢兢业业，恪守君臣之道，那他无疑将是最理想的托孤者。怕就怕他像宇文护一样，大权在握太久，心态变质，妄想千岁竿头更进一步，成为万岁！

人心最难预测。与其赌师利的心，不如在他的心上悬一把剑，让他时时明白自己的宿命只能是周公。

想到这里，他反问萧岿一句："梁主如此好心，肯做这个恶人，所求为何？"

"求一个机会，"萧岿不假思索道，"我很期待陈顼篡位的一天，这样我西梁就有机会讨伐江左，再据建康为都！"

陈蒨不怒反喜："你没这个机会的。师利是做过俘虏的人，体会过什么是一无所有。如今他拥有了一切，只要脑子清醒，又如何肯冒失去一切的风险？"

"反正我有的是时间，我能等。"

陈蒨不服输道："朕的儿子、孙子也有的是时间，他们也等得起！"

两人相视片刻后，皆放肆地笑了起来。

随后陈蒨传上纸笔，又叫来到仲举、刘师知等大臣为证，当众写下了遗诏，交于萧岿。萧岿收下后，回赠陈蒨一个嵌玉的长命金锁，作为其长孙陈至泽的满月之礼。

任务圆满完成，萧岿没有在建康过夜，便立即到玄武湖边登船，踏上了归途。

回去的路上，马武忍不住问他："陛下真的在赌陈顼会行篡位之事？"

萧岿摇了摇头，面上浮现出一丝难以捉摸的笑容："把自己的未来和机会寄希望于别人身上，这可不是朕的所为！"

马武更奇怪了，难不成陛下纯粹是做好事，在帮陈蒨？

"朕在给陈蒨的托孤之臣们制造矛盾。有此遗诏在，陈顼便可成为托孤第一人，权势大过所有人！"萧岿凝视着建康的方向，"到仲举、刘师知等人心存不满，届时又有陈顼党羽的排挤，必然会拼力反击。双方势同水火之时，必然有一方被彻底铲除，方能罢休。"

到时候不管是谁获胜，陈国都将元气大伤。那时，便是朕大举东征、夺回江左的最佳时机！

萧岿将遗诏带回江陵后，立即送信到长安，惊得宇文护目瞪口呆——这陈蒨还真是人之将死，其言不善！

虽然他搞不清萧岿到底用的什么手段，但他预感到未来江左必有惊天一战，是时候提早做准备了。他盘点了下手下的大将，杨忠、达奚武都已年老，重病缠身，经不起长途远征。其他年轻的将领要么资历不足，要么战力欠佳。寻思了一圈后，他恍然想起上次随自己攻打洛阳的千金郡公权景宣倒是正值壮年，且久经沙场，堪当大任。

宇文护又与亲信们商量了一番，最终任命权景宣为襄阳刺史，赶赴江陵的大后方襄阳筹备东征事宜。不过为了避免过分刺激南陈，他嘱咐权景宣，要等到陈蒨驾崩之后再去上任。

南陈这厢自萧岿离开后，大概是心事解决的原因，陈蒨的身体一天不如一天。原本他还想喝孙子的满月酒，但到了月底的一个夜里，他突然大口呕血，大限之期不期而至。

当夜，一直守候在陈蒨身边的韩子高派亲兵出宫通知到仲举、刘师知、徐陵、陈顼进宫。众人来到净居殿时，先一步赶到的皇后沈妙容和太子陈伯宗已经哭成了泪人。这些大臣都是陪伴了陈蒨多年的老人，一时也是心情沉重，跪在病榻前痛哭流涕，悲痛欲绝。

其中，面色最为沉重的莫过于陈顼。这十来天中，经过陈蒨的有意安排，遗诏的事情已经在大臣之间疯传，所以陈顼的脸上像是刚刚降过霜一样，毫无神采。

此时的陈蒨虽然面如金纸，气若游丝，但殿中的一切依旧逃不过他的眼睛。他在韩子高的轻轻搀扶下，艰难地侧过头，目光依次在众臣脸上划过，最后停在了陈顼身上。

"师利……你上前来。"

陈顼一听，顿时脊背发凉，这一步走出去，还有回头路吗？但君命难违，他只得咬了咬牙，以膝代脚挪到了床边，诚惶诚恐地看着皇兄，虽然后者已离死不远。

突然，陈蒨艰难地向他伸出了手。陈顼愣住了，此时的哥哥眼中满是慈祥，毫无恶意。就在他发愣之际，陈蒨的手已千斤在压，几欲垂地。他赶紧探出双手捧住，如同至宝一样举至齐眉高。

不料，陈蒨却一把反扣住他的左手，声音颤抖道："即日起，恢复你安成王爵位……并复任中书监、侍中……"

陈顼如遭天雷轰顶，不知所措地看着皇兄。

"朕……哥哥把伯宗、至泽都托付给你了！"说完，陈蒨急喘了起来，明显出气大于进气，但他的目光却无比炙热。

陈顼的脑中一时很乱，但本能促使他的头立即重重磕向地板，嘶声道："臣愧不敢当，请皇兄收回成命！"

头顶传来陈蒨沉重的声音："领……命或交出……性命？你选……"

陈顼没想到皇兄今天这么直接，只得磕头领命。

陈蒨的视线又转向了到仲举等三人，对他们同样是先升官，后托孤。到仲举被提拔为尚书令，刘师知升为尚书右仆射，二人与陈顼一样均加衔录尚书事。至于徐陵，则跃升为中书侍郎、门下侍郎，成为中书省、门下省的二号人物。

到仲举和刘师知偷偷对视了下，这等于是在陈顼的眼皮子下面安了颗钉子！

"尔等四人受……受朕托孤，师……师利为正，你……你三人为副，"陈蒨又艰难道，"伯宗年……年幼，诸公当……当齐心协力，共保大陈……"

陈顼四人齐声高呼："臣自当鞠躬尽瘁，死而后已！"

"伯宗……"

听到父皇呼唤自己，眼睛已哭得红肿的陈伯宗来到了床榻前。他正要跪下，却被陈蒨制止了。

"趁……趁你还是太子，给……给你皇叔跪下……"

陈顼一听赶紧将脑袋摁回地上，大叫："万万不可！太子万金之躯怎可跪臣？"

不管他同意不同意，陈伯宗还是跪在了他的面前。

这时，陈蒨在韩子高的搀扶下，挣扎着半直起了身，颤巍巍地指着儿子道："向皇叔……叩头，记……记住，有皇叔在，你就不是孤家寡人！"

陈伯宗一边啜泣着，一边向陈顼叩首。陈顼本来想把头摁得更低些，但地板实在太硬，他只能一遍又遍地大呼着"臣死罪，臣万死不辞"。

接下来的一幕，他只能大喊"臣万死不辞"了。只见陈伯宗磕完头，忽然起身叫人将拟好的太子训令取来，当众宣读——我陈伯宗继承大统后，如果皇叔无错误过而随意罚之，天下人人可诛之！

到仲举一听有些不淡定了，这等于给陈顼吃了颗定心丸，将来就算侄子长大了，掌握实权了，也不能因为猜忌随意为难他。

见叔侄二人相对而泣，甚为真挚，陈蒨终于放心了。他无力地躺下，长叹一声："国家已定，教化……教化未行，霸业未……成，朕，朕便要驾鹤仙游，真乃憾事……"

如果再给朕五年，何愁江陵不平，巴蜀不复！

当夜，陈蒨驾崩，时年四十六岁。

数日后，嗣皇帝陈伯宗在太极殿即皇帝位，他的第一道诏令就是封叔叔为扬州刺史，执掌建康及其周边的军政大权。

陈顼感激涕零之余，请求恢复江总的中书侍郎职务，协助自己处理庶务。新朝第一天，到仲举不想与同为托孤之臣的陈顼起争执，便没有反驳。如此，江总便顺利恢复了职务，与徐陵一同入中书省参赞军政大事。

到仲举殊不知这一让，反而给了陈顼更大的底气。第二天，他便带着三百多名从前王府中的亲信、属官来到宫中的中书省、门下省，常驻下来。

到仲举觉得不妥，就去找陈顼理论。

陈顼态度十分客气，微笑着答道："中枢三省之中，中书省承旨拟诏，门下省审核批驳。两者之责都需随时与天子相通，本王这样也是为了提高效率，免得耽误了军国大事。"

到仲举见他和颜悦色，也只得和声细气地说："但中书、门下乃国之中枢，王爷尽遣王府旧人前来襄助，怕是会给人公器私用之嫌。"

到仲举请他一定放心，这些人都是来负责办差跑腿的，绝不插手政务。再者，徐陵徐侍郎为中书、门下的佐贰，他持身守正，秉以公心，有他时时监督，令公你有什么不放心的？

到仲举想想也是，便没有坚持。

如此相安无事了数月，事情突然发生了变化。先是陈伯宗因夏季长江汛情，下旨让徐陵兼任起部尚书，前往长江沿岸的南豫州、北江州、江州等地巡视大堤。

紧接着，到仲举、刘师知所奏请之事不是被中书省置之不理，就是被门下省反复批驳发回。一个月下来，竟没有一件事被批准过。

到仲举进宫找陈伯宗告状，却发现这位陛下正和堂哥，也就是陈顼的长子陈叔宝玩蹴鞠。陈伯宗玩得兴起，让到仲举足足等了一个时辰才肯召见。结果他开口刚提起了近日之事，陈伯宗就说这些事皇叔都一一告知朕了。朕也觉得不妥，所以皇叔的意思就是朕的意思。

到仲举不服气，据理力争道："陛下请听臣分辨，就拿停止制造天康元宝来说，天康乃先皇的年号，来年陛下必定改元，启用新年号。如此一来，今年所铸的天康元宝便成了废钱，这于民间交易、百姓纳税多有不便，且浪费黄铜甚巨。臣以为沿用之前的天嘉元宝即可。"

"不可不可，"陈伯宗脑袋摇得像拨浪鼓，"天康年号虽短，但乃先皇所用，且是最后一个年号，朕岂能让其一币不存，这是大大的不孝！"

到仲举搬出以往陈蒨如何节俭，如何爱惜民力说事，但陈伯宗却认为皇叔说得对，再寒酸也不能寒酸了孝心。

到仲举见说服不了陈伯宗，就回到尚书省，把满腹经纶的刘师知拉了来，让他从三皇五帝讲到夏禹、商汤，历数古代贤君与民休息、勤俭持国的圣明之举。陈伯宗小孩子一个，哪能受了一个爷爷辈的人唠叨个没完。

在听了半个时辰的说教后，他终于大吼一声："够了！这大陈是我陈家的天下，朕想做什么就做什么，用不着你来指手画脚！"

说完，他抱起鞠球，头也不回地走了，剩下到仲举、刘师知二人面面相觑，不知所措。呆立了良久，二人只得打道回尚书省去。就在二人来到大司马门前时，迎面撞上了值守的右军将军韩子高。

见他们垂头丧气，韩子高便问缘故。到仲举暗示这里不是说话的地方，韩子高就将他们请到了自己的值房，命心腹把守在外。到仲举这才将刚刚的遭遇细细道来。

韩子高听罢拍案而起："着实可恶！"

原来这段时间，陈顼一面每天到寝宫对陈伯宗嘘寒问暖，风雨无阻；一面派遣能言善道且擅长蹴鞠、马球等各种技艺的亲信日日围在陈伯宗左右，纵其玩乐。陈顼还谓之天子刚失父爱，做叔叔的不忍心他一人孤苦。这一番功夫下来，如今在陈伯宗的眼中，陈顼已成了除母亲沈妙容之外最亲最近的人。

起初韩子高还以为是陈顼被先皇临终的诚心所感，真的在关怀陛下。现在看来，他分明是别有用心，借机取得陛下的信任，好一步步排挤其他托孤大臣，最终大权独揽，甚至取陛下而代之！

到仲举听完也怪自己太单纯，没想到陈顼将目标锁定在了年幼的陛下身上，用亲情赚取信任，真是卑鄙无耻！看来先皇临终前的一番设计全是徒劳的，反而给了他借机靠近陛下、蒙蔽圣听的机会。

韩子高执掌领军府，手下兵马五万，为京城之最。他觉得朝堂上的失分可用军力来赚回，思虑了半天后，他压低声音道："要不我们……"

他的右手做了一个下劈的动作。

到仲举、刘师知一听都是神色大变，先皇尸骨未寒，在得不到当今陛下首肯的情况下，就公然在京城杀掉头号托孤重臣，这将来可是要在史书中记上一笔"谋逆"的！

韩子高见二人如此迂腐，就道："到时候木已成舟，大权在握，请陛下补一道圣旨就是。至于谋不谋逆的，史官们说了不算，只有胜利者说了才算！"

到仲举有些惶恐道："将军慎言，我等受先皇托孤，岂可行逼宫之事？我看陛下正值冲龄，分辨不清也在情理之中，日后我们多多亲近，多加善诱便是。"

"就是就是，我等可以双管齐下，向沈太后多进言，让她也好好引导陛下。"刘师知附和道，"沈太后是将门之女，深明大义，一定会听取我等忠言的。"

当断不断，反受其乱！韩子高见一时说服不了二人，只得言明：如果陛下依旧被陈顼蒙蔽，二位录公切不可再犹豫！

到仲举二人咬了咬牙，应下了。

接下来的数月中，到仲举、刘师知倒是往宫中跑得勤快多了，但是陈伯宗玩性已成，每次不是在蹴鞠，就是在逗鸟，与二人说不了两句话就离开了。

至于沈妙容，到仲举倒是见到过几次，但每次陈顼的王妃柳敬言都在一旁，令其无法直言。时间一长，两人才终于醒悟过来，他们与陛下有年龄之代沟，与太后有性别之鸿沟。反观陈顼，对付陛下派年龄相当的儿子、能说善玩的心腹出马，对付太后用闺中之言颇多的柳敬言，可谓招招对路，算无遗策。

更令他们想不到的是，就在二人专心于宫中之时，陈顼又乘虚而入，向朝中的官员们下手，尤其是统兵的淳于量等人，纷纷被其笼络。以至于每次朝堂议事，他们的提议总是遭到如潮的反对声。相反，他们所反对的每每都能获得一边倒的力挺之声。几番下来，到仲举就成了朝堂上的孤家寡人，陈顼反倒是声望日隆，如众星捧月一般。

到仲举这才意识到，陈蒨的存在对自己是多么重要——我一生处事耿直，为人端正，从不结党营私，却还能身居宰相之位，全赖先皇的信任与庇佑，也就是所谓的"圣眷"。如今皇位易主，没了圣眷，不结党造成了势单力薄，耿直不阿引得众怒连连。时势已变，我却还在照老办法行事，焉有不被孤立之理？

建康的风云变幻自然逃不过萧岿的耳朵。事实上，陈顼的夺权举动完全在他的预料之中。这一年来陈顼从至高之位跌落，险些丧命，又从至深之渊跃上树冠，睥睨群臣。如此的急坠急升，即使是傻子也能看透了，官位再高也操控不了自己的荣辱，权势再大也阻止不了一夕之间一无所有。因为官位不是皇位，再高的官位，其生杀予夺之权也操之于皇位之手！

更重要的是，在他的算计下，居于陈国至高官位的陈顼头顶上还悬着一把利刃，偏偏这把利刃还为他一人量身打造。想要卸去这把利刃的威力，要么灭了西梁，要么攫取最高权力，用权力突破道义之力的束缚。

但想要灭掉西梁，就要兴兵攻伐，这势必会触碰日变之年的禁忌。而且一旦失败，必被到仲举趁势反击。因而最稳妥的办法就是内斗，彻底排挤掉到仲举、刘师知和执掌领军府的韩子高。

以上是萧岿预料之中的部分。原本他在陈顼的亲信毛喜的门人中安插了一个眼线，但自上次陈顼担任祠部尚书时接连被算计，毛喜就起了疑心，驱逐了这个门人。现在他已无法探知陈顼的动向，更无法第一时间知晓陈顼的变化。所以在他意料之外的是，陈顼这次的出击异常凌厉，事前却不起一丝波澜，让人毫无察觉。看来这一年来的骤升骤降让他迅速老练起来，具备了参与角逐天下的耐力与手腕。

不过不要紧，即便到仲举迂腐，只要朕肯助力，他还可以与之一搏。至于搏击的胜负，那就看天命吧，反正陈国因此内耗，实力大损便可。

萧岿拿定了主意，便将舅爷王操召进宫中，让他把早就准备好的长江大堤修筑方案几经辗转，交到了徐陵手上。

徐陵以为得到了某位隐士的指点，就依图而行，两月之内就顺利完成了工程。长江归于安宁，他这位起部尚书便可以回京复命了。

他的回京奏折一递上去，陈顼不淡定了，现在朝中势力虽然被自己控制了大半，但唯独这个徐陵自从年初要五牛分尸自己后，竟得了个"当世李元礼"之称，被天下士人视为东汉"天下楷模"李膺再世。只要他登高一呼，陈国上下便会一呼百应，自己的处境将大大的不利。

然而徐陵已然完成任务，他又不能随意阻挠。左右为难之际，亲信毛喜给他出了个主意，不如以钱塘江、湘水等处大坝年久失修为由，将其调往他处，继续督办河工。陈顼依计而行，借陈伯宗之口变为圣旨，传令徐陵前往东扬州，督办钱塘江河堤。

徐陵却不是好相与的，他接到圣旨后拒不奉诏，一定要循例回京述职，方才愿意领旨办其他差事。

到仲举看到了机会，趁机让刘师知在朝会的时候，滔滔不绝讲了一个时辰的历代循例。所谓为陛下办差要有始有终，始于万死不辞，终于百举百全。何为百举百全？自然要一五一十当面汇报，接受朝廷的考评，否则赏罚如何分明？天子的公允如何彰显？

由于事关徐陵，那些平日里两不得罪的官员竟纷纷附和，认为徐陵应当回京。

陈顼现在毕竟还未到大权独揽、一言九鼎的地步，只得顺从民意，转而向陈伯宗奏请，准许徐陵回京述职。

等陈伯宗的新圣旨送到徐陵的手上时，这位一把年纪还性格凌厉的老爷子已经赶到了扬州的一处驿馆，抬腿便是建康城了。

接完圣旨，他马不停蹄，在次日早上就赶回了建康。他是坐马车从西面的阊阖门入城的，需要一路向东先来到南北向的御道，然后沿御道向北前行才能进入皇宫。原本他是计划直接进宫面圣的，但在经过御道一旁的御史台时，碰巧撞见门前围了上百号百姓高举状纸，大声疾呼有冤情。

徐陵做御史台的堂官时，衙署大门前从不设岗，任由百姓、百官前来举报不公、不法、不平之事。他才调离御史台几个月，今日一瞅，门前不仅设置了重重侍卫，连投递状纸的谤木函前都设置了两名岗哨，严防死守。

简直岂有此理！

徐陵立即叫停了马车，下车来到衙署大门前，询问众人有何冤情？为何聚集于此？这些人中有人认识徐陵，当即下跪，请求他做主。

原来陈顼任命的御史中丞王劢接任徐陵后，极力配合陈顼的夺权计划，只接受对到仲举、刘师知及其亲信的检举，对于陈顼众多党羽的检举一律拒之门外。而陈顼的党羽这几个月来逐渐得势，多行不法，不少百姓深受其害。

近日，陈顼的亲信鲍僧叡想在玄武湖畔兴建一座别院，就强行圈占湖畔周围数百亩的田地、民宅，导致上百户百姓流离失所。无奈之下，他们只能跑来御史台申冤。但王劢大门紧闭，根本不

四国演义 III

江左龙王

予受理。

徐陵的面庞原本就冷，听完众人的哭诉，脸色更加铁青。他朝众人一拜，朗声道："这是朝廷对不住大家呀，我徐陵代表朝廷向诸位致歉！"

百姓们哪儿见过宰相向自己鞠躬的，赶忙下跪还礼。

"诸位请起！"徐陵的声音雄壮，如大钟鸿鸣，"如果你们信得过我徐孝穆，就请把状纸交给我。我一定还诸位一个公道，还建康一片清宁！"

众人都知道徐陵的大名，自然是深信不疑，纷纷将手中的诉状交给这位当世李元礼。收集完毕，徐陵又向他们深鞠一躬，不为别的，只为他们的信任。

徐陵要随从将状纸收好，直奔宫中而去。出乎意料的是，他在无碍殿朝见陈伯宗时，并未提及此事，而是严守起部尚书的职责，将这数月来督办河工之事一一道来。

陈顼、到仲举、江总、刘师知等人悉数在场，听完他的汇报后无不点头称是，纷纷奏请陈伯宗给予嘉奖。

不过，陈顼奏请的嘉奖是侯爵的爵位和金银封赏，并建议立即派他前往湘州署理湘江的河工。与此相反，到仲举则奏请将徐陵留在京中，协助安成王署理中书省、门下省，恪尽中书侍郎、门下侍郎的职责。

殿中只有他们几个重臣，所以陈顼无法借助人数优势压倒到仲举，只能大费口舌，拿湘江泛滥的危害说理。到仲举、刘师知亦不甘示弱，认为徐陵的正职是中书省、门下省的佐贰，辅佐陛下燮理阴阳才是最重要的责任。

陈伯宗见双方说的都有理，一时难以决断，只得询问徐陵本人的意思。

徐陵向其拱拜道："现在已然入冬，泥土僵冻，施工多有不便，臣即便去了湘江，也难以开展河工之务。"

御座上，陈伯宗的声音略显稚嫩："徐侍郎言之有理，那你是想专心于署理中书、门下省了？"

徐陵摇了摇头："臣请求辞去中书、门下二省的佐贰职务！"

陈顼、江总顿时心中狂喜，只要他不在二省，随便去哪儿都行。到仲举、刘师知却是十分郁闷，好容易把他盼回来了，就等着他去二省掣肘陈顼，这可如何是好？

陈伯宗大感意外，忙问："徐侍郎难道要致仕？"

按照朝廷规定，致仕的年龄在七十，徐陵还可以再干十年呢。

徐陵又是摇摇头："臣请调任御史中丞。国家的清明与否，全在法度，陛下新朝发端，最应重法重度，以清明示万民。臣为御史中丞多年，愿重担此责，为新朝保驾护航！"

居然有人肯放弃宰相之位，自降职务去署理御史台，这徐孝穆莫非就是书中所谓的精贯白日？陈伯宗生平第一次认真地端详了下徐老头，其眉长而浓密，形似一把锐利的尖刀。眼如铜铃，深邃却至清见底。这副尊容就好比深渊之上横了一把无坚不摧的大刀，给人一种不守法度就现杀现埋的刚直感。

陈伯宗不觉一个激灵，竟不自觉地坐直了身子。

陈顼一听"御史中丞"四个字，大感不妙，但徐陵主动自降官职，他又无法指责，只能说现任御史中丞王劢还算勤勉，轻易调换难以服众。

"臣保举王劢为门下侍郎，顶替臣的空缺。"徐陵慨然道。

陈顼无话可说，陈伯宗当场就准奏了。徐陵立即请旨，请求今天就发明旨，他要即刻上任。

陈伯宗无所不从，并听从到仲举的建议，令王劢今天务必交接完毕。随后，徐陵连家门都没回，就捧着圣旨前去御史台上任了。

到仲举望着他急匆匆离去的身影，心中颇为顺意——韩右军的计策果然高明，这下陈顼有的受了！

原来，就在准许徐陵回京的圣旨发出的同时，韩子高便派人出城，查探徐陵的回京日期。然后他又指使那些被霸占土地的百姓在徐陵进城之时聚集御史台前，以引起徐陵的注意。如此一来，疾恶如仇的徐陵必然会收集陈顼党羽的罪证，进行揭发。

只是到仲举没想到的是，徐陵比预料的还要刚烈，竟然弃掉中书、门下二省佐贰的高位，急吼吼赶去御史台上任。

他和刘师知也不闲着，请韩子高当夜到他的府中商议下一步行动。

到仲举的府宅在东面建春门外清溪的西岸。因东岸多为皇室贵胄的府宅、别墅，他为讨个清静，便隔河相对建宅，同时还能尽览清溪的美景。其府宅规模中等，为六进的院落，遍栽青竹，颇为雅静。

刘师知先到一步，半个时辰后的亥时，韩子高也到了。今夜韩子高外裹着一件黑色披风，内穿白色长袍，不着片甲。他原本是为了避人耳目，却更给人一种羽扇纶巾的文帅形象。

到仲举先叫下人为他上茶，待其身子暖和些了才开口谈正事。

"徐孝穆下午便去御史台上任，至今未归府宅，看来他很快就要出手了！"到仲举捋了捋三绺胡须，颇为兴奋道。

刘师知点点头："我已安排人连夜将陈顼内弟柳盼等人的罪状投入谤木函。以徐孝穆的刚烈性子，一定会一查到底的。"

"等徐陵出手之时，我们便一起上，将陈顼的党羽一网打尽，全部弹劾出朝堂！"到仲举说出了此生以来最重的一句话。

虽然他久居相位，以前也曾罢黜过不少的不法官员，但带有私欲地行此类事，还是头一次，且一次性针对几十号官员，心中不免有些砰砰打鼓。

他正想喝茶压压惊，就听韩子高冷冷道："除恶务尽，徐陵弹劾完毕，我便带兵进入大殿，连同陈顼一同拿下，即刻推出大司马门外斩首！"

"咣当"两声，到仲举和刘师知的茶杯同时掉地，摔得粉碎。

"怕，怕是不妥吧？"到仲举眼睛瞪得比徐陵的铜铃眼还大。

那可是几十颗人头，不是几十顶乌纱帽！

第六章
徐陵临阵倒兵戈
双雄激战大政殿

韩子高坚决道："用几十颗人头换大陈几十年的清明，太划算了！"

既然先皇生前所设计的制衡局面无法维持，索性就彻底打破，将陈顼一党连根拔除，一了百了。

"非得如此吗？"到仲举觉得陈顼毕竟是先皇唯一在世的兄弟，如果先皇泉下有知，怕是会责怪自己的。

刘师知也觉得多有不妥，新朝第一年就杀掉头号托孤重臣，这日后在史书上将如何评价我等？

韩子高不觉想起了萧岿那日的评价，这二人还真是迂腐！

他只得耐着性子道："二位录公请仔细想想，陈顼如果这次被罢黜，他会逆来顺受吗？"

上一次被罢黜，就差点儿五牛分尸，这一次自然不会坐以待毙！到仲举换位思考了下，如果自己是陈顼，肯定会如惊弓之鸟一般，奋力一搏的。

"还有一层不知二位想过没，现在陛下、太后对陈顼已经言听计从。你们有把握让陛下首肯，在大殿之上将陈顼罢黜吗？

就算是一时首肯，难保陛下日后不会反悔，一旦陈顼翻身，我等会是什么下场？"

到仲举不安起来。如今的陈伯宗开口皇叔，闭口皇叔，就差把自己过继给陈顼了。

韩子高见他动容，又讲了一件更令人不安的事："我听闻陈顼已经令淳于量调本部兵马进京了，名为与右中兵换防，实乃削夺我的领军府兵权！"

到仲举与刘师知顿时如坐针毡。一旦京城兵马为陈顼所掌握，别说是我们二人，就是陛下他都能随意动得！

到仲举一拍椅子扶手，激动道："不能犹豫了，一切都听韩右军的！右军请暗中派人时时盯住徐陵，一旦他决定弹劾，我们立即动手。"

韩子高心说总算上道了。这徐陵在明，一定会吸引陈顼的大部分注意力。我们在暗，与徐陵不做任何接触，只是摆出一副等着看笑话的样子。这样一来，必然会麻痹陈顼，让其疏于对宫中禁军的防范。到时，他做梦也想不到，我韩子高会快刀斩乱麻，在宫中对他下手。

随后，三人开始分工：韩子高表面上按兵不动，暗中挑选禁军中最为可靠的三营士卒，随时准备动手；到仲举、刘师知则大张旗鼓联络朝中亲近官员，各自写好奏疏，准备配合徐陵弹劾陈顼党羽。

萧岿通过卧底得知建康的动向后，立即命人带信给华皎、戴僧朔等陈国的地方实力派，一旦到仲举发动政变，尔等便可以清君侧之名发兵建康。届时西梁一定鼎力支持，助二位勤王！

以萧岿对二人的了解，他们皆是武将出身，惯于迷信武力，又在朝中素无威望，就算拿下了建康，也无法获得民心。到时二人要么请朕入主江左，主持大局；要么陷入其他地方实力派的围攻，互相内耗。我西梁便可长驱直入，坐收渔翁之利。

上半年朕不惜以身涉险，单船远赴建康，赢得了江左士人的一片赞誉。陈国内乱之时，朕只要出手，就会成为他们心中唯一的救星！

王操有些担心，到仲举乃是一介书生，没经过什么大风大浪，让他来操盘一场政变怕是很难成功。而陈顼既在北周做过俘虏，也在陈国位极人臣，这份阅历远非到仲举可比。

萧岿想了想，下令道："那就启用我们安插在建康城的那枚'钉子'，如果到仲举有闪失，可以在关键时候施以援手。"

王操心领神会，便去准备了。

各方势力都摩拳擦掌，铆足了劲儿准备生死一搏，一场决定陈国命运的事变终于在陈蒨死后不到一年就上演了。

岁末的这一天，建康刚刚飘过一场大雪，一层厚厚的银装将城中的不安、躁动、阴谋统统"素裹"起来，营造出一派瑞雪兆丰年的祥和之象。城中的百姓无不期盼来年五谷丰登、海清河晏。

皇帝陈伯宗虽然责任心还没那么成熟，但大半年来在政务中的浸淫让他多少知道了风调雨顺、政通人和对于一个国家的重要性。尤其今岁以来，日变在先，父皇宾天于后，让他更加对来年充满了期许。

所以在今天的中外大朝会上，没等众臣开口，他就破天荒地首先提出了一个议题——来年朕要启用新年号，众卿以为用什么合适？

新皇登基，更换年号，本是题中应有之义，大臣们早就在惦记这事了。一听陛下提起了这茬儿，便纷纷将自己的腹稿拿出来。

众臣的想法都听了一通后，陈伯宗对江总的"永昌"最为满意。国势永远昌盛，国家永久繁荣，这是多少帝王的梦想。

"江爱卿的建议太好了，正合朕意！"陈伯宗兴奋道。

他正要批准，刘师知忽然手持笏板站了出来，言之凿凿道："启奏陛下，永昌不可用，否则我陈国将遭遇大难！"

陈伯宗蒙了，这么好的年号如何成了祸端？

刘师知解释道："陛下请看这'昌'字，拆开是两个'日'字。所谓天无二日，国无二主，昌为二日，岂不是预示我大陈要出两位天子吗？"

本来已经归列的江总一听，连忙再次出列，分辩道："无稽之谈，照录公所言，那西域的高昌国岂不要内乱不止，永远不得安生了？"

"江侍郎饱读诗书，总该知道这'永昌'乃是晋元帝用过的吧？"

江总点点头："乃是东晋元帝的第三个年号，不过古往今来，好的年号重复使用的不在少数。"

刘师知冷笑一声道："重复使用当然可以，但为国招灾却不可以。就是在东晋永昌元年，权臣王敦发兵建康，逼迫晋元帝交出大权。结果这一年晋元帝忧愤而死，正好应了'天有二日'之象！我说的没错吧，江侍郎？"

江侍郎顿时汗如雨下，连忙跪下告罪："臣一时疏忽，险些造成大错，还请陛下恕罪！"

陈伯宗好不恼火，今天本来大好的心情，都被这江总持给搅和了，便要降旨重罚。亏得陈顼出来袒护了两句，才最终以罚俸半年了事。

刘师知趁热打铁，将自己的腹稿道了出来："臣启陛下，新朝虽说应该有新气象，但也要承前启后，延续先皇的明德，这样新朝的新就是有源之水，有根之木。"

陈伯宗虽是冲龄，但也清楚自己能坐在这皇位上，全凭老爹的三分薄面，所以倍感有理。

"那依爱卿看，当用什么年号？"

"光大，"刘师知脱口而出，"光先皇之德仁，大新朝之威势！"

"妙，实在是妙呀！"到仲举带头叫好。

不少大臣也觉得这个提议不错，纷纷附和。陈伯宗随即拍板，来年就改元"光大"，为光大元年。

心事已了，陈伯宗微微打了个哈欠："众卿还有何事？"

今天还未发过一言的徐陵忽然出列，洪亮的声音旋即响彻大政殿："臣要弹劾安成王王府属官鲍僧叡强占民宅民田、强抢民女为妾、私贩盐引三项大罪！"

陈伯宗顿时一个激灵，坐得无比端正道："徐卿细细道来。"

徐陵却道："臣请陛下恩准，将证据呈上殿来。"

陈伯宗照准，然后就看到两个御史台属员将准备好的两口大箱子抬了上来。徐陵先打开了一口箱子，一面将鲍僧叡的种种不法行为，用详尽的数字一一列举，一面命属员将箱中的诉状和证据一一拿出，示于众人。

尤其当徐陵说到如今大雪皑皑，天寒地冻，玄武湖畔被霸占民宅的百姓流离失所、露宿街头时，陈伯宗也为之动容。

但此事涉及皇叔，他又想大事化小，就准备勒令鲍僧叡三日内退还全部圈地，送还民女，上缴全部私贩盐引所得。岂料徐陵不等他发落，又抛出一本——臣还要弹劾安成王内弟柳盼贪赃枉法，向扬州、南徐州等地官员公然索贿一事！

弹劾完了柳盼，紧接着是刚刚升任门下侍郎的前御史中丞王劢。随后，那些平日里陪伴陈伯宗左右玩蹴鞠、马球的安成王亲信也纷纷中枪，林林总总罪状多达三百多条。

就在陈伯宗以为徐陵弹无可弹、自己终于可以解脱的时候，徐陵突然从袖子里又抽出一本奏疏,声如洪雷道:"臣弹劾中书监、侍中陈顼纵容不法,疏于驭下……"

到仲举、刘师知相视一笑,终于说到最重要的一个了!到仲举偷偷瞄了下殿门前一个干瘦的内侍,后者立即心领神会,悄悄转身离去,向韩子高报信去。

在徐陵天雷滚滚的指证之声轰击下,位于大臣最前列的陈顼可谓如芒在背,站立不安,就差给徐陵跪下,求他赶紧闭嘴。

"臣恳请陛下大中至正,治陈顼及其党羽应得之罪,以正朝纲!"徐陵终于结束了弹劾。

此时,他的雷霆之声已经轰鸣了一个半时辰,到仲举感到大殿之内的寒气、浊气仿佛全被洗涤一空,倍感神清气爽——刚才徐陵每弹劾一人,只要其在殿中,竟不自觉地俯拜在地。那些平日里不顺眼的家伙,现在已跪倒了一片。

于是不等陈伯宗做出裁决,到仲举就大步从陈顼身后出列,来到徐陵旁边正声道:"陛下,鲍僧叡、柳盼等人虽然有罪,但罪在安成王的庇护,罪在安成王的纵容,所以臣请陛下将安成王与其党羽全部治罪,以儆效尤!"

"臣附议""臣附议"……到仲举为数不多的党羽纷纷站出来,请求严惩。

要一次性拿掉五六十名官员的乌纱帽吗?陈伯宗慌了,怕是我爹、叔爷都干不出来吧?

于是他小孩本性毕露,竟声音颤抖地问:"录公想要怎么样?"

这时,拔得今天头筹的刘师知出列道:"臣以为不是尚书令想要如何,而是陛下要不要大中至正?要不要秉公而断?"

"朕……"陈伯宗怯怯地问,"朕要如何才算是大中至正?"

到仲举吞了吞口水,一字一字道:"拿安成王和其党羽的人头以息众怒!"

大殿之中如同一道巨电闪过，震得众人无不心头一颤——这是要政变呀，虽然是通过秉公执法的方式！

一直未开口的陈顼终于站了出来，直面到仲举、刘师知来到近前，化笏板为剑指着二人道："杀了本王之后呢？录公打算如何？"

到仲举心头一凛，是不是不该听韩右军的，犯法不责众的大忌？但话已出口，岂能收回？

他身体依旧朝向御阶，保持着臣子应有的仪态，只是转头迎视陈顼道："朝堂洗涤一新，正好容纳正直之士，光大陛下的江山！"

陈顼忽然一扫刚才的弱态，哂笑一声道："我看大殿之内，污垢之人就是你们二人！"

"你胡说！"到仲举、刘师知异口同声道。

二人虽不敢自称完人，但自问入仕以来兢兢业业，毫无偏私，这"污垢"二字实在太过冤枉。

就在此时，一声天雷突然在二人耳边炸响："臣还有一本，弹劾到仲举、刘师知、韩子高意图谋反，危害江山社稷！"

到仲举只觉得双耳轰鸣，不辨东西，好半天才回过神来——这徐孝穆怎么掉转枪口了？

陈伯宗亦是震惊不已，急得从龙椅上蹦跳起来，颤抖着问："爱卿可有证据？"

"当然有！"徐陵一对尖刀眉高挑，仿佛世间最锋利的存在，"此刻右军将军韩子高正密调宫中禁军，意欲包围大殿！"

一时殿中倒吸凉气，惊骇声、不安声大盛。负责维护朝堂秩序的鸿胪寺官员正欲大呼"肃静"，突然就听殿外有金甲侍卫慌慌张张跑了进来，大叫："韩子高反了！正带兵向大殿赶来！"

"护驾，赶快护驾！"陈顼振臂高呼。

然后他指挥殿中侍卫立即围于御阶前，将侄子团团保护起来。同时，他也没忘了到仲举、刘师知二人，下令将两人押起来。

刘师知忽然大叫："放开我，韩子高谋反我并不知情，你们凭什么抓我？"

到仲举一愣，刘师知又冲他嚷道："录公，你我二人整日都在尚书省处理公务，与值守宫禁的韩子高并无交集呀，是不是？"

你这个刘师知……到仲举咬了咬牙，也大呼冤枉："是呀，安成王，我二人只是闻听徐中丞弹劾你，出于公愤而直言的，并不知道韩子高的逆举呀！"

陈顼冷冷道："那你二人可敢当众斥责韩子高，令其放下武器？"

事到如今，只有对不起韩右军你了……到仲举这次连智齿都全部咬碎了——乱臣贼子，人人得而诛之，我到德言有什么不敢的？

好个到德言，大难临头，毫无道德可言……陈顼冷笑一声，让侍卫放开了二人。

这时，就听殿外传来密集的脚步声，从大政门的方向由远及近，潮水一般涌向大殿。

到仲举听得这般阵势，瞬间又后悔起来：胜负还未可知，我怎么就急着把韩右军给卖了？

外面的韩子高尚不知道殿中情形，还在按照与到仲举事先商定好的，带兵围向今日举行朝会的大政殿，准备当廷拿下陈顼及一众党羽。

按计划，韩子高控制这些人后就立即将其全部斩首，然后再由到仲举兼任中书监，刘师知转任侍中。两人配合补一道圣旨，这次行动就成了陛下的旨意，合法、合理又合规。

眼看大政门就在眼前，一袭银盔银甲的韩子高一把抽出佩剑，朝门中一指道："冲进去，诛陈顼，清君侧！"

跟随韩子高来的三千人都是其多年的部下，只要他所命，必无所不从。他们顺着韩子高的剑锋所指，纷纷抽出兵刃，加速涌向大政门。

大政殿前的二百多侍卫此时已紧急排成一排人墙，手持明晃晃的兵器堵在殿门前。

韩子高一马当先，冲到大殿的汉白玉台阶下，指着众侍卫道："徐中丞弹劾安成王及其党羽各项大罪共计三百一十二条，我带人特来擒拿，以正朝纲，尔等速速退下，免得以安成王同党论处！"

殿前侍卫们不为所动，继续坚守殿门。

韩子高眼中闪过一道冷电："那就休怪本将军不客气了，冲！"

韩子高的人正要向前，殿内忽然传出一声怒喝："韩子高，我是弹劾了安成王，但我刚刚也向陛下弹劾了你图谋不轨，意图谋反！"

徐陵？韩子高疑惑间，徐陵那张须发全张的脸赫然出现在了侍卫身后。虽然他身无片甲，手无寸铁，但眼中的锐气却好似有削铁如泥之势，令人不寒而栗。

怎么会是这样？！韩子高最不想为敌的就是他徐孝穆了。但事到如今，向前是生死未卜，往后是万丈深渊，除了前方已无路可选。

他握紧剑柄，向前几步道："徐中丞既然弹劾了陈顼，那是不是该将其擒拿下狱？我率人前来索拿，怎么就成了谋逆？"

徐陵冷笑了一声："本官身为御史中丞，又称御史中执法，执法大权操之于我手，还不需要调动禁军前来搭手吧？再者，禁军乃天子亲兵，没有天子诏令，你便随意调动，还是来围攻朝会之所，这不是谋逆又是什么？"

看来，这徐孝穆是真的倒向陈顼了！韩子高大呼失算，怎么就偏偏忽略了他呢？但开弓哪儿有回头箭，就算是死，也要拉着陈顼一同下水，也算是报答了先皇的知遇之恩，为陛下扫除一大隐患。

想到这里，他不再迟疑，握剑一指徐陵："徐孝穆已自甘为陈顼党羽，弟兄们跟我上，胆敢阻拦者格杀勿论！"

就在这时，殿门里忽然迈出三道身影——从左向右依次是陈顼、陈伯宗、到仲举。

"韩子高，朕命令你立即放下兵刃，束手就擒！"陈伯宗不知从哪儿来的底气，用脆生生的声音喊道。

韩子高正愣神间，到仲举涨红着脸也训斥起来："韩右军，陛下的话你也不听了吗？想清楚了，顽抗到底，只有死路一条！"

到德言，你这个背信弃义的小人，卑鄙！韩子高大怒，但一切为时已晚，小皇帝已掌握在陈顼手中，他的话就是圣旨，自己再往前一步，便坐实了谋逆之名。

韩子高正举棋不定间，大殿的后面忽然喊杀声大作，大批身着玄甲的外兵冲了出来。为首者是一位雄姿英发的半百老将，吴明彻！

他不是远在郢州吗？韩子高大感意外。之前他的注意力都放在了入京的淳于量身上，昨天刚刚确认过其所部兵马都在城外，所以今天才敢按计划动手的。现在突然间杀出个吴明彻，他顿时有些措手不及。

从铠甲上，韩子高已分辨出这些兵是京中的巡防兵，分属京城卫戍系统。看样子，淳于量只是陈顼虚晃的一枪，吴明彻才是他的实着儿！

吴明彻率领巡防兵从左右两面迅速将大殿团团保护起来，与韩子高的白袍赤甲禁军泾渭分明地形成对峙。

"韩蛮子，你深受先皇隆恩，莫非要忘恩负义，做侯景第二不成？"吴明彻举剑指问道。

现在最紧张的莫过于到仲举了，他最怕韩子高当众揭发自己参与谋反，所以也赶紧表态："先皇临终托孤于我，韩右军要是敢做侯景第二，我必与你势不两立！"

韩子高此刻已经明白了他的处境，如果执意揭发，无疑中了陈顼的圈套，好让其一网打尽。所以韩子高强忍愤怒，剑指到仲举道："我看你和陈顼才是侯景第二，也罢，今天我就将你们一同收拾了！"

先皇，是天地不仁，非蛮子不念皇恩呀！一念之间，韩子高的忠心被满腔的悲愤炼化为无尽的戾气。他不再分辩，指挥兵马向吴明彻的人攻去。现在投降是死，进攻还有一半的生机，何不奋力一搏？

原本陈顼是想通过现场的威压，迫使韩子高的部分手下，最好是连同他本人也一起缴械的，没想到韩子高的人没一个掉队，全都跟随他的剑锋所指攻了过来。

久闻韩蛮子爱兵如子，深得禁军爱戴，看来传言非虚呀！陈顼赶紧拉起陈伯宗退入大殿，紧闭殿门。

殿门外，震天的厮杀声旋即回荡起来，大有拆掉大政殿之势。陈顼觉得这里太不安全，便想指挥众人从后门撤出。

徐陵突然挡在了他和陈伯宗的面前："今日朝会未完，岂可随意撤离？"

陈伯宗恼了，大叫："徐老夫子都什么时候了，你还要继续朝会？"

"天子上有天眷，下有万民拥戴，怕他韩子高做什么？"徐陵咄咄逼视陈顼，"我弹劾的韩子高自有吴将军收拾，但王劢、柳盼、鲍僧叡等人今日也必须一并处理！"

到仲举纳闷儿了，这徐陵到底哪头的？

徐陵像堵城墙一样岿然不动，丝毫没有退让的意思。出人意料的是，陈顼忽然转身，跪倒在陈伯宗面前。

"陛下，臣请将徐中丞所弹劾之人全部收押，交由御史台秉公处置！"

柳盼、王劢瞪大了眼睛，王爷脑子糊涂了吧？我等可是你的人呀？

陈顼继续道："臣有驭下不严之责，自请罚金一千两，代属下赔偿百姓的损失。"

"皇叔你……"

陈伯宗正不知所措，就听"咻"的一声，一杆长枪刺破殿门上的窗纸，飞了进来，斜挺挺地插在了陈伯宗的两腿之间。

"啊！"陈伯宗吓得大叫一声，"准奏，退朝！"

然后头也不回地向后门跑去……

大殿之外，韩子高正令士兵手持长矛排成数排，第一排刺出，后面的一排立即从前排缝隙间冲出再刺，第一排紧跟着复刺。如此周而复始，步步紧追，竟将吴明彻的人一路逼退到了大政殿的近前。

吴明彻没想到韩子高的人陷入此等境地，战斗力还能如此强悍。情急之下，他一手持盾，一手持剑，挺进至最前列，迎着锋利的枪头冲了上去。

来到阵前，他才知道韩子高的禁军并非浪得虚名，激战中出枪还能整齐如一，一长排长枪好似钉板一般就朝自己猛扎了过来。吴明彻来不及多想，一面先用盾牌硬顶上了上去，一面迅速蹲下，挥剑朝正前方的长矛手的腿部砍去。

长矛手应声而倒，吴明彻借机前趋，挥剑一左一右，又撂倒两人，总算是在韩子高的长矛阵中砍开了一个豁口。他的手下见其得手，纷纷仿效，向禁军发起反击。

孰料韩子高的反应比他们还快，立即指挥大军变换战法，前排长矛手改下刺，后排长矛手保持平刺。刚刚准备大肆反击的吴明彻军还没来得及撂倒更多的禁军，就被纷纷扎了个透心儿凉，惨叫声响彻在大政殿的门前。

吴明彻见自己的战法反而坑掉了这么多的弟兄，顿时恼怒起来，竟不顾一切地冲进豁开的缺口，左劈右砍起来。

"韩蛮子，有种你就过来跟我一对一决斗！"吴明彻一边抡剑，一边大喊道。

韩子高不予理睬，继续指挥士卒全速清理殿门前的吴明彻军。

很快，吴明彻就陷入了包围之中，被四面八方的长矛敲击、猛刺，身上的创口竟达七八处。他索性卸掉上身的战甲，将胸口袒露给周遭的禁军。

"吴明彻的心脏在此，有勇力者但请来取！"

韩子高一挥手："结果了他，打进大政殿！"

周遭三个长矛手立即照各自锁定的部位下手，猛刺了过去。吴明彻一把抓住最先刺来的矛头，同时挥剑砍掉右边刺来的另一个矛头。就在这时，他的左肩猛然间一阵冰凉，侧后刺来的矛头直穿而过，扎了透肩凉。

吴明彻痛得差点儿丢掉手中的长剑。见他身受重创，周遭的禁军再次围聚过来，准备将他大卸八块。

说时迟，那时快，殿院的东西两个掖门突然大开，和吴明彻的手下披同样战袍的大批军士潮水般涌了进来。

冲在这伙巡防营士兵最前排的是身材矮小的毛喜，他朝韩子高大喊："韩蛮子休得猖狂，我毛伯武（毛喜字伯武）特来取你人头！"

毛喜本是儒生，今日长袍外罩着半副牛皮甲胄，配上他那口浓密的山羊胡须，竟有三分猛将之风。

在他的指挥下，大军迅速从两翼向韩子高的人包抄而上，大有一截两段之势。韩子高一面急忙将兵力集中，迅速将大殿周围团团控制，攻入了大殿；一面下令留吴明彻一命，将其挟持入殿中。

大政殿内的百官和陈伯宗早已不见了踪影。韩子高勒令剩余的士兵在大殿四面布好长矛阵，摆出以死相拼的架势。

毛喜带来的巡防营士兵不下七八千，很快便将整个殿院前后左右围住，连一只鸟都别想飞出去。现在他无论是火攻，还是乱箭齐发，等待韩子高的都将是全军覆没。

然而，毛喜没有下令进攻，而是围而不攻。他冲着大殿之内喊话道："韩蛮子，大政殿是朝会之所，大陈的国之象征。你难道要在此负隅顽抗，毁掉大殿，成为大陈人人所不齿、世世代代所唾弃的罪人吗？"

殿内寂静无声。

"我给你半个时辰考虑，如果半个时辰后你还是坚持顽抗，我不仅要屠尽你和你的手下，还要将你的手下夷三族！"毛喜狠狠道。

然而韩子高的手下们像是没听到一样，竟岿然不动，无一人面露怯色。

毛喜震惊了，本以为这样会令他们作鸟兽散，不料他们手中的兵刃握得更紧，眼中的怒色更盛。

可恶，竟然碰上了一支用灭族都无法撼动的叛军！

此时，殿内忽然响起一声低喝："拿自家士兵的家人要挟，无耻！"

韩子高颇感意外，转头寻向坐在御阶下的吴明彻。现在没了搏杀，这个光着上身的老家伙不免有些发抖，但却没有一丝痛楚，虽然他的身上满是渗血或刚刚凝固的伤口。

与此相反，作为这场激战始作俑者的韩子高却是一身银甲如新，不染片尘。

他前行几步，来到被刀横于项间的吴明彻近前，冷冷地问："老将军是在说我，还是在说毛喜？"

吴明彻一双牛眼一瞪："当然是在骂毛伯武！人人皆有父母，但唯独军人肯舍弃性命，愧对相亲，把脑袋别裤腰带上为国卖命。毛伯武以他们的家人相要挟，简直不配当人子！"

韩子高久在宫中任职，虽与常年戍守地方的吴明彻交集不多，但他听说当年侯景之乱时，吴明彻的家乡秦郡发生饥荒，乡邻饥饿待毙。是他将家中的三千斛粮食无偿贡献出来，保住了全乡人的性命。此刻他能讲出这番话来，应该不是做作。

想到这里，他一挥手，让亲兵撤去了吴明彻项间的兵刃，解下白色的披风为其罩在身上。

吴明彻倒没拒绝，还用染血的手摸了摸洁白的披风，朗声笑道："天下能让将军加衣者，除了先皇，怕是只有老夫了吧？"

韩子高不置可否，只是叹息道："陈国武将虽多，但良将寥寥无几。"

吴明彻的笑容霎时僵住了。自南北朝发端以来，除了刘宋的开国之主刘裕、名将檀道齐和南梁的白袍将军陈庆之，江南朝廷再无名将，以至于疆域越来越小。先是丢失了河南、山东，再失两淮，最后连巴蜀之地也丢了。照此下去，江南迟早要被北方那些草莽给统一了！

他拍了拍坐在身旁的韩子高的肩膀："没能和你一起战死在北伐、东征的路上，实在可惜！"

感慨完，他把脖子一挺："动手吧，老夫先行一步。"

"将军想多了，我死之后，怕是只有将军能护得大陈的周全了！"韩子高炙热地回望着他。

吴明彻一愣："你不想拉一个垫背的？"

"我只想拉陈顼垫背，保当今陛下一世安稳。既然天命已归他陈顼，我忠尽于此，只能随先皇去了。"

吴明彻愣了片刻，眼中露出几分赞许道："你小子倒也是个人物，可惜，可惜了。"

韩子高忽然起身跪倒在他的身前，眼中没有一丝自怜，却有千般忧愁："我有一事相求，还请将军答应。"

"反贼"所请，必定重如千钧，但老夫一定满足！吴明彻遂坦然受之道："请讲。"

"今日之举全是我韩子高一人私念所致，与将士们无关，还请老将军代为保全他们及其家人的性命！"

"就这一件事？"

"还有一事，日后将军受命东征，请一定拿下江陵，灭掉西梁。这是先皇生平的夙愿，本该我来完成，现在只能请将军代劳了！"

吴明彻郑重地点点头，这也是他的夙愿。于公，西梁宛如刺入江南的一把利刃，令北周随时可以南下湘州，将陈国一分为二；于私，军人的至高荣誉并非攻下多少城池，而是灭掉多少国家。当年宋武帝刘裕一人灭掉南燕、西蜀、后秦三国，雄视天下，至今无人超越。我吴通昭要是能灭掉西梁，那下一步便是挺进关中，攻灭北周。最后再挥师东渡黄河，吞并北齐。届时，我定能超越刘裕，成为这南北朝第一名将！

了完心事，韩子高再无牵挂，遂卸去身上的银甲，着一身白袍与简单包扎过伤口的吴明彻并肩迈出殿门。

殿外的兄弟们依旧横刃挺立，守护在大殿周围，未有丝毫动摇。

真是好兄弟，我韩子高能结识你们，此生无憾！韩子高心中倍感欣慰，也如这严冬一般凄凉至极。

毛喜见他以洁白之身而出，就明白：韩子高为了他的手下们，终是放弃了。

自古成王败寇，从此世间再无韩子高！

毛喜令士卒们收好兵器，独自向前几步道："韩右军，你考虑得如何了？"

这是说给韩子高的士兵听的。

韩子高没有理睬他，而是不舍地看向周围的兄弟们。这些幸存的士卒也炙热地看着他，不问生死，只等他的一声令下。

"兄弟们，我韩子高对不住大家，没能带领你们赢得一世荣耀，反而拖累你们背上谋反的污名！"

说完，他扑通跪倒在地，向众兄弟连磕三下。

众人亦是持刃下跪，但并不认输，纷纷大喊："将军，你下令吧！大不了一死，我们陪你！"

韩子高抬起手，众人立即噤声。

"不必多言，我只要你们答应，好好活着，为大陈，也为你们的父母兄弟！"

众人默然无语。

韩子高从地上噌地一下冲起来，虎目圆睁地扫视众人："我命令你们答应我，现在！"

众人还是默然，但纷纷拱手相拜，算是应承。

韩子高放心了，他转身将佩剑交于身旁的吴明彻。吴明彻无声地接过，然后高高举过头顶。

"众禁军听令，今日之事全系韩子高一人所为，尔等乃是随本将军引蛇出洞，参与平叛的有功之臣。现在韩子高已束手就擒，尔等速速回营，随时听候本将调遣！"

毛喜愣了，心说你好大的胆子，竟敢不经王爷首肯，就随意赦免这些叛军！但他忍住了，没有急于责问，现在什么都不如大政殿完璧归赵重要。

韩子高感激地朝吴明彻一拜，然后在士兵们的注视和目送下，走下台阶，跟随毛喜走出了大政门。

直到韩子高的身影消失不见，不知是谁挑了个头，众禁军纷纷号啕大哭，悲如杜鹃泣血。吴明彻听得出，他们没有一人为自己而哭。

我吴通昭自诩名将，然何时才能带得出这样的兵……韩子高，老夫此生俯首甘拜你一人！

就在此时，毛喜的一个亲随忽然急急忙忙跑来，请求借一步说话。

吴明彻心说这毛伯武又出什么幺蛾子？便令其过来耳语。听完消息，他的眉头立即拧成了一个"几"字，原来守卫宫门的士卒来报：豹骑将军王暹领着数千人马正向大司马门逼近，似有外援韩子高之意！

王暹与吴明彻年龄相当，一直宿卫京城防务，这么多年兢兢业业，跟韩子高也鲜有交集，怎么突然就反了？

吴明彻困惑之余，觉得脑袋足有两个大——淳于量的大军尚在城外，现在宫中能调动的只有毛喜带来的巡防军。但宫中尚有这些随时会爆发的韩子高心腹，一旦降而复叛可如何是好？

情急之下，吴明彻顾不上许多，一把抽出韩子高的佩剑高高举过头顶，对着眼睛红肿的众人道："兄弟们，王暹意图趁乱带兵进宫袭杀陛下，自立为皇。尔等速速随我前去平叛！"

然后他披着韩子高的白色披风，大步走下台阶向大政门冲去。

这些禁军还未从失去主帅的悲痛中回过神来，一时人人呆立，无一跟随。

吴明彻独自奔了半天，只得停下，回过身冲他们喊道："难道韩子高没告诉你们身为大陈的禁军，第一要职是保护陛下、为陛下效忠？"

部分士兵迟疑着前行了几步，发现别人都没动，又都停了下来。

吴明彻怒了，厉声吼道："想为韩子高减轻罪责，你们得先立功，懂吗？"

说完，他头也不回地独自一人冲了出去。身后的禁军不知是谁喊了一句"为了将军，咱们拼了"，旋即全部双腿开拔，迅速追上了吴明彻。

吴明彻虽然有伤在身，但为了激励这些士兵，他不顾一切地冲在最前面。他暗暗立誓，今天就是累死了，也要让这些人看看，老子绝不会输给韩子高！

此时，王暹的人马已经在大司马门前与毛喜的人交上了手。吴明彻中途得报后，决定从皇宫东面的东阳门出击，然后向南绕到王暹背后，打他个措手不及。

在他的带领下，这些刚刚经过一番厮杀的禁军丝毫没给他丢脸，用最快的速度沿宫墙绕到了大司马门，猛然出现在了王暹背后。

王暹与吴明彻年龄相仿，也是一员猛将。在他的率领下，不少士兵已经攻上了大司马门城楼，正与毛喜的人争夺门楼的控制权。孰料，背后突然冒出一支禁军，他们摆出长矛大阵，收割庄稼一般将他的人屠戮大半。

毛喜借着援军的帮助，也转守为攻，发起反击。他与吴明彻前后夹击，很快就将王暹包围了起来。经过一个时辰的激战，两人终于斩杀了王暹，平定了叛乱。

吴明彻将善后之事交给毛喜，然后带着刚刚生死与共过的禁军兄弟一同返回了军营。他一面让军医为自己医伤，一面对受伤的士兵们嘘寒问暖，嘱咐他们好好养伤，总算是稳定了这些人的情绪，没再出什么乱子。

随着这次事变的结束，躲在宫中的中书省避乱的陈顼长出了一口气。如今韩子高沦为阶下囚，到仲举、刘师知已为鱼肉，只差最后一刀。从此朝堂之上，再无人敢与孤为敌。

皇兄呀皇兄，纵然你算无遗策，但人算岂能比过天算！

他正志得意满之际，此次事变的"主谋"毛喜来报：吴明彻不许处置乱兵一人，正与他们在营房中交谈甚欢。更可气的是，他请求赦免韩子高的死罪！

陈顼心中大为惊惧，但经过这段时间以来的磨炼，他早已喜怒不形于色，除非有必要演一出戏，比如刚才在大殿之上。

他安坐于政事堂的正座上，淡淡地问："吴将军为何这样做？"

毛喜便将大政殿以及随后大司马门发生的事情详述了一番。

"也罢，且叫他们多活几天。让吴明彻给孤看紧了，处决韩子高之日，孤一并收拾了！"陈顼坚决道。

毛喜也是这个意思，这些人都是禁军，逼得太紧，必然生出大乱。只有润物细无声间，将其慢慢分而灭之，才是正道。

"不可！"堂门外忽然传来一个洪亮的声音。

陈顼刚刚欠起身，徐陵已然大步闯了进来，直趋书案前。

未等陈顼开口，徐陵便直言道："王爷你是要成大事的人，当胸怀四海，言而有信，岂可连这区区三千禁军都容不下？而且，他们刚刚平定王暹之乱，已然将功折罪了。"

陈顼心说，为了拉拢你，连内弟柳盼都让你秉公而断了，孤的胸怀还不够大？但面上他还是客客气气道："徐中丞的心意孤明白，但这些家伙都是韩子高的死党。他们守卫皇宫大内，一旦孤处置了韩子高，他们必联合其他禁军生事，孤如何能放心？"

"王爷杀了他们，如何让天下人安心？别忘了，你迟早是要篡位的人！"

好你个徐孝穆，也太不知禁忌了吧？陈顼差点儿就没忍住，要臭骂徐陵一顿。但一想自己已付出了那么多，最后一瞬还是忍住了。

"那依你之见，该当如何？"

徐陵利用此刻站着的优势，站着说话不腰疼道："暂命吴明彻为右军将军，统领禁军。待这些人为其收复，来年跟随他去郢州。"

毛喜反问："何人能担保他们不生事端？"

"无人。"

陈顼差点儿没从椅子上摔个大马趴。

徐陵面如止水："这个险王爷必须冒，就像之前你赌我今日会在朝堂上支持你一样。"

陈顼无语了。那是在得知徐陵已经搜罗好了包括柳盼在内的众多党羽的罪状，准备在朝会上弹劾的前两天夜里，他在毛喜的建议下，黇夜秘密前往御史台，拜见徐陵。

徐陵当时还在兰台的正堂挑灯撰写奏疏，听说他来了，竟毫不避讳请他进堂议事。

陈顼刚见面时，为了缓和气氛，就打趣地问："徐中丞挑灯夜战，莫不是在写弹劾本王的奏疏？"

"正是。"徐陵冷脸道，"要不要我给王爷念念？"

陈顼忍住想掐死徐陵的冲动，微笑地拱了拱手，然后坐于下首："孤洗耳恭听。"

于是乎，陈顼终于体会到了什么叫如坐针毡。徐陵如审判一般，将陈顼重新入主中书、门下二省以来，如何蒙蔽圣听、排除异己、结党营私之事一一道来。用词不是大奸大恶，就是以曹操、司马昭类比，可谓字字如刀，直戳他的胸口。

念完之后，徐陵将奏疏放归书案，质问道："本执法可有一字妄言？"

陈顼摇了摇头："没有，诚如徐中丞所言。"

徐陵追问："那是你自行了断，还是等着我上达天听，由陛下秉公而断？"

"都不，"陈顼面上异常的淡定，"我想请问中丞一个问题，当今陈国情势如何？"

"内有强藩，外有强邻，存亡只在旦夕。"徐陵不假思索地答道。

这下轮到陈顼追问了："如此危局，少主能否安国？"

徐陵捻了捻荆条般的胡须，眼中出现了少有的迟疑："应该不能！北周似虎，北齐如狼，还有一只猛犬西梁藏于卧榻之侧，舞勺少年如何应付得了。"

陈顼挺了挺胸膛，再次追问："大陈皇族之中，除了我陈顼，可有第二人能担此重任？"

"没有。"

"那孤取舞勺少年而代之，有何不可？"

徐陵这次没有迟疑，果断回击道："如果你危行危言，天下为公，我徐孝穆自会敌王所忾，尽心辅佐。但看看你手下的鲍僧叡、柳盼都是什么货色？只怕你有朝一日面南背北，陈国就要奸佞当政，民不聊生了！"

"这……"

陈顼明白，如果想收服徐陵，这是个绕不过去的必答题，但令其满意的答案代价又过高。

沉思了片刻，他终于拿出了答卷："鲍僧叡等人是孤惯坏的，就烦劳徐中丞代为管教了。孤向你保证，从今往后孤一定直内方外、枵腹从公，私德上一定不输皇兄！"

徐陵冷冷地问："如果我要他们的人头呢？"

陈顼起身，向徐陵深鞠一躬："徐执法但凭公心，孤自当大义灭亲。"

"好，那我们后日朝堂上见公断。"

陈顼并未起身，继续躬身道："孤还有一事，希望徐中丞能鼎力相助……"

按照毛喜的交代，陈顼将韩子高、到仲举的密谋细细道来。但他表示只杀韩子高一人，至于到仲举、刘师知，可夺其权，留其命。

徐陵听完竟一口答应："北周、北齐等强敌虎视于外，陈国最忌内乱，王爷之计当为最小代价之法。我徐孝穆愿做这除逆的先锋！"

同时，他要陈顼保证，如果到仲举、刘师知能放下私愤，辅佐新君，陈顼必须予以任用。在他看来，这二人虽然迂腐，但为人正直，且从不结党营私，算得上是君子。而身居相位，还能做君子者，可谓珍稀至极。

陈顼一概应允，并承诺一旦革命成功，必拜相于徐陵。徐陵不置可否，只是保证不管身在何位，自己都是"佐臣"，不做"辅臣"。

陈顼不觉眉头微微一蹙——辅、佐虽然都是协理，但辅为顺着来，佐为逆着来，如此互相冲抵，天子才能允执厥中、不偏不倚。

也罢，今后就让江总为辅，此公为佐吧！

"前朝任命宰相，天子都要相拜，以示国事相托。孤刚刚的一躬算是提前拜相了。"气氛紧张了半天，陈顼有意打趣道。

徐陵还是一脸肃色，认真地问："王爷手握大权，党羽无数，有一百种办法让我徐孝穆闭嘴，为何一定要屈尊前来拉拢？"

陈顼闻听，脸上的笑容缓缓散去，露出了一丝愁容道："昔日的南梁，升迁以走旁门左道为荣，为官以尸位素餐为耀。如此始有侯景之乱！我不想陈国重蹈覆辙，但又自制力太差，所以需要徐中丞，不，先生这柄尺子来丈量大陈的法度！"

徐陵这才慨然应允。

当夜从御史台的大门出来，陈顼还在兴奋，毛喜的计策真是高明，依言依计而行，果然延揽了又臭又硬的徐陵。孰料正式合作才第一天，就被"佐"得如此激烈，真不知以后还会闹出多大的不痛快来！

但毛喜在一旁一个劲儿地使眼色，他又不得不忍，只能强作笑颜道："要是孤哪天夜里被这伙人取了脑袋，还请先生尽心辅佐孤的黄奴。"

黄奴是他的长子且是嫡子的陈叔宝的小字，早就暗定为未来的太子。

徐陵倒是干脆："如果那时王爷还是王爷，我只辅佐当今陛下。"

真是头倔驴！陈顼心中暗暗将他杀了不下一百回。

不过生气归生气，他还是照办了，正式任命吴明彻为右军将军，执掌领军府所属的五万精兵。同时令淳于量火速回到江上，防止北齐、北周趁机异动。

至于韩子高，他综合了毛喜和吴明彻的意见，以谋反罪暂时押于天牢，等吴明彻完全控制了禁军再做处理。对于到仲举、刘师知，他派毛喜前去威逼利诱，逼二人主动向陈伯宗递上辞呈，请求致仕。

另外，他命徐陵严查王暹骑兵的动机，并暗示如果能查实其与韩子高有勾结最好。徐陵这次倒是没有拒绝，因为他也主张杀掉韩子高，否则以后的禁军将领都效仿可如何是好？

压制政敌的同时，陈顼又提拔江总为尚书右仆射，暂时署理尚书省，并火速擢升毛喜为中书舍人、右卫将军，典掌军国机密，兼总制京中五府大军。

以上事宜，陈顼全部在一天之内做完，尽显其雷霆手段。

远在江陵的萧岿知道此次政变的结果，已是三天之后。他万万没想到徐陵会临阵倒戈！

原本为了保万无一失，他已安排原为爷爷昭明太子侍卫长的王遥支援韩子高，不料却白白打了水漂。看来真是人算不如天算，朕以前倒是小觑了这吴明彻。

当然，最大的意外还是陈顼能大义灭亲，任由徐陵处置五十多名亲信，且未为任何一人求情，哪怕是王妃柳敬言的亲弟弟柳盼。

如此一来，陈顼在这次事变中就成了完全正义的一方，不仅铲奸，而且除逆，可谓秉公无私、护国有方。最为重要的是，有徐陵这个"天下楷模"的鼎力支持，即便韩子高从前的名声有多好，如今他的所作所为都在徐陵弹劾揭发的一刻，被烙上了"谋朝篡位"的印记。

毛喜有此等手段不可怕，可怕的是陈顼竟然统统接受。看来今岁以来的变故，倒是让他迅速成长为一流的权术高手。

这样也好……萧岿看清了对手现在真正的实力后，反倒淡定了下来——不管你陈顼此刻多么正义，但迟早你要迈出篡位的那一步，到时陈蒨交给朕的遗诏就是诛杀你的利器！

第七章
华皎遣使探西梁
右军慷慨祭西征

出击的最佳时机，一定是在敌人自以为胜券在握的时候，这是萧岿从陈顼这次的胜利中得到的最大启发。

现在，他要原封不动地还给陈顼。

首先，他通过滞留在长安的恩师沈重的运作，促使宇文护派出开府仪同三司庾信在新年，也就是陈国的光大元年正月，前往建康聘问。陈伯宗不当家，聘问的对象自然是陈顼。

庾信除了带来当年陈顼在长安做俘虏时与一位侍女生下的一子一女，还带来了宇文护的口信：愿与安成王结盟，共伐北齐。

庾信前脚刚走，萧岿就把消息散播到了北齐的别都晋阳。北齐太上皇帝高湛坐不住了，也赶紧派散骑常侍韦道儒前来聘问，表示愿将自己的女儿嫁给陈顼的一位儿子，结为秦晋之好。

为了表示诚意，高湛还命兰陵郡王高长恭立即从长江北岸撤兵，结束两军对峙。

对于这两家的示好，陈顼既没明确拒绝，也没立即同意，只是表示结盟乃是国之大事，还需从长计议。

外部形势一片大好的同时，陈国的朝臣们也是全面倒向陈顼。

先是原先中立的五兵尚书孔奂等人上表陈伯宗，请求任命他为尚书令，陈伯宗照准。自此，陈顼便将中书、门下、尚书三省一把手的位置全部拢在自己手中，掌控了圣旨从内容草拟、修改、成稿到最终下发执行的全部流程。放在 21 世纪，这就叫"圣旨全产业链融合"。

圣旨即为皇权的直接意志，决定着全国所有人的生杀予夺。如此一来，陈顼便成为事实上的"立皇帝"，与陈伯宗唯一的区别就是站着上朝。

亲信江总、毛喜觉得虽然要站着上朝，但"立皇帝"要有"立皇帝"的站相，绝不能与其他人相同。于是江总带头，又向陈伯宗上奏，请求赐予陈顼入朝不趋、剑履上殿、赞拜不名的特权。

入朝不趋，即为上朝时正常走路，不必小步前趋；剑履上殿，则是可以佩剑穿鞋进殿，以区别于其他需脱鞋去剑的大臣；赞拜不名就更显尊贵，因为天子在朝堂上点名某位大臣，是要直呼其名的。而赞拜不名则是称呼其官职，不叫其名，以示尊崇。

陈伯宗对前两条没意见，但对第三条表示异议——皇叔身兼司徒、中书监、侍中、尚书令、都督中外诸军事以及骠骑大将军，难不成朕每次要称呼这么一长串官职？

江总建议称呼"司徒"即可，因为这是所有官职中品级最高的正一品衔。陈伯宗最终同意了。从此以后，陈顼得以鹤立鸡群，在朝堂上傲视群臣，与北周的宇文护比肩。

陈顼志得意满之时，他的妻妾们也锦上添花，为他接连添了两个儿子。加上北周送还的一子，如今他的儿子已多达二十三人，位居天下四国掌权者之首！

所谓多子多福，子嗣繁茂历来被视为家族兴旺、昌盛的吉兆。陈顼一扫陈氏家族子嗣凋零的气象，顿时信心爆棚，自认将成为颖川陈氏称霸天下、一统四国的中兴之祖。所以他在朝中越发专断，下令所有大臣的奏章必须先由他过目，方能转呈陈伯宗。同时，无论是太后的懿旨，还是陈伯宗的圣旨，未经他的同意，都不能成宪。

陈伯宗和太后沈妙容这时才想起了到仲举、刘师知的好。母子商量了一番，秘密派亲信出宫到二人的家乡联络。不料这时陈顼说服了徐陵，忽然呈上王暹一案的调查结果，将二人列为王暹同党，抓来京中下狱。

没了外援，陈伯宗母子被迫放弃了抵抗，听任陈顼独断专行。现在陈国上下，任谁都知道陈顼是司马昭再世了。

就在陈顼自以为陈国之内再无对手的时候，一直默默等待的萧岿突然出手了。

陈国光大元年四月，萧岿在江陵公开陈蒨的遗诏，通过在江左剩余的卧底遍发檄文与陈国百姓，痛斥如今的陈顼名为托孤，实为逆臣，名为宰执，实为"立皇帝"的不臣行径。

萧岿在檄文中公然号召广州刺史欧阳纥、江州刺史章昭达、郢州刺史程灵洗等陈国封疆大吏派兵前往建康，铲除陈顼，归政于陈伯宗。

萧岿对章昭达、程灵洗并不抱太大希望，所以在檄文中重点称赞欧阳纥赤胆忠心，有回天运斗之才。当登高一呼，号召陈国正义之士拨乱反正，共辅幼主。

傅准、岑善方等人不解，欧阳纥远在岭南，又与我国素无来往，如何能听从号召，起兵对抗陈顼呢？

萧岿的笑容看上去人畜无害："欧阳纥自十年前奉陈霸先之命，平定岭南之乱以来，一直主政广州，恩重于当地百姓。如今广州人人只知欧阳纥，不知陈伯宗、陈顼，所以他早已成为陈顼的心病。朕发这一道檄文，就是要捅破陈顼和他之间的窗户纸，迫使他们提前摊牌。"

届时陈顼必然要求欧阳纥自证清白，要么送子到建康为人质，要么自请调离广州。无论选哪个，欧阳纥都必然受制于陈顼，唯一的办法就是举兵造反。

事情果然不出萧岿所料，陈顼看到檄文的内容后，顿时紧张起来。这欧阳纥虽然表面上一直对建康恭恭敬敬，但广州俨然是他的独立王国，朝廷的诏令远不如他的口头命令好使。因而不论欧阳纥在京中的老友江总如何说和，陈顼还是决定，要欧阳纥将儿子欧阳询送来建康为质。

欧阳纥那个气呀，他是陈霸先的老人了，十年来奉命辛辛苦苦驻守这穷山恶水，没有功劳也有苦劳，怎么能被陈顼这个后生小辈呼来喝去，让最心爱的儿子远赴建康？所以他一口回绝，反在回信中嘲笑陈顼儿子众多，不如送几个来广州历练下，日后也好堪当大用。

陈顼恼怒之下，立即委任江州刺史章昭达为车骑将军，领兵南下攻打广州。

经过欧阳纥一事，陈顼开始将目光从建康放到了其他各州郡，尤其是那些执掌一方民政、军政的刺史们。

刺史一职始于西汉，原本只拥有一州之地的监察权。但到了王莽时期，地方叛乱时有发生，刺史既要镇压乱民乱兵，又需要安抚民心。中央遂逐渐下放权力，让其掌握了民政、军政大权。到了东晋、南北朝，刺史的权力更大，还时常兼任都督，在地方上掌握生杀大权，极易成为土皇帝。如果再努努力，没准就是真皇帝了。萧岿的太爷爷萧衍起兵造反前，就是雍州刺史。以至于南朝历代的皇帝们有个共识，每一个刺史都是造反的预备队，因为他们中很多人就是从刺史变皇帝的！

想到这里，陈顼不禁莞尔——孤现在也兼任扬州刺史，执掌建康周围的军政大权。

经过与毛喜、江总的商议，陈顼在平叛欧阳纥的同时，颁布了一道诏令：即日起，所有刺史一任不得超过五年，任期结束后必须调离原有辖州。

此令一出，陈国刺史中的刺史——湘州刺史华皎首先坐不住了。自七年前，他领兵平定前任湘州刺史王琳的叛乱后，便接任此职至今。这就意味着他要么去建康当个无权无势的京官，要么移到人生地不熟的地方，从头开始起家。

无论选哪一个，都是华皎万万不能接受的。且不说他经营湘州良久，这里已成为他的私人领地，单是湘州在陈国的地位，就是他所不能拱手相让的。

陈国之前的刘宋、南齐、南梁均有淮河、长江两道防线，最强盛的时候，甚至黄河都是屏障。但如今的陈国仅剩条长江为屏，还是半条长江——自中游的江陵往西，要么被西梁夹江占据，要么被其背后的北周完全掌控。

在西梁一线，与其说是陈国与北朝划江而治，不如说是划湖而治——西梁占据洞庭湖的北面，陈国控制着洞庭湖的南域。陈国所能倚仗的就是湘州控制的洞庭湖南向湘江出口，以及巴州控制的洞庭湖北上长江出口。

在这样的情势下，湘州一旦有失，就等于打开了南下的大门，北朝的骑兵便可长驱直入，威胁西衡州、东衡州，乃至最南端的广州。而巴州如果被占，陈国的西部防线就得退到郢州。如果郢州也不保，那下一步就是撤至江州的鄱阳湖。鄱阳湖后面，就是建康了！

因而，湘州是陈国万万不能丢失的第一重地，湘州刺史的地位也因此超然于国内所有刺史，位居天下第一刺史的至高之位。

第一刺史自然有第一等的待遇，华皎这七年来可以自筹军队，自行蠲免税赋，甚至任免部分官吏。这样一个当惯了土皇帝的人，怎么会舍弃自己的独立王国呢？

正是因为怕失去自己的王国，所以这些年华皎一面不断向陈蒨表忠心，一面暗中与西梁联系，尽量做到秋毫无犯，甚至能帮忙的时候绝不吝惜出手，以为自己留条后路。

好在这些年的功夫没有白下，萧岿父子一直与自己往来不断，现在正是变后路为新途的时候了。权衡之下，华皎决定派人去江陵探探萧岿的口风，看一旦举兵，能否得到江陵，尤其是长安方面的支援。

华皎派去江陵的使者是他的党羽、长沙太守曹庆。华皎早年是经营湘州油蜜脯菜等特产的商贾，曹庆那时起便作为账房，一直追随左右。他为人精明，善于察言观色。派他去，华皎最为放心。

萧岿早就料到华皎会派人来，为了避人耳目，便在江陵城外一条楼船上召见了曹庆。

曹庆上面有华皎罩着，治下的地盘又是湘州一带最为富庶的，所以养得白白胖胖，颇为富态。他原以为萧岿贵为西梁皇帝，浑身一定有金有玉、贵气十足。不料却见船舱正中的御座上端坐一位头裹四方平定巾，身穿白色云纹边长衫的玉色男子。如果不是其身边守着两名紫金甲侍卫，曹庆还以为走错了地方，来的是艘文人骚客正聚会赏诗品词的游船。

主公现在有求于人，曹庆原本是打算行君臣大礼的，但一见萧岿这气度，立刻改变了主意，行之以天揖之礼，以示礼敬，又不失矜持。

果然萧岿并未还以官腔，而是请其就座于下首，并嘱咐上茶，言语十分和善。

曹庆顿时好感倍生：去年萧岿单船下建康，人人皆传他风度翩翩如世外高人，今日一见果不其然！

让他惊喜的还在后头。

萧峃请他品了杯热茶之后，突然转入正题："朕在江陵的朝堂上已空出大司空之位，静待华爱卿就任，不知何时能与他在朝堂一叙君臣之缘？"

司空乃是正一品衔，位极人臣，西梁天子好大方！曹庆欣喜之余，面上却摆出难以作答之态。

"梁帝厚爱，我定当转达。只是华使君毕竟现在还是大陈的湘州刺史，又受先皇隆恩，怕是难以领受陛下的好意。"

萧峃干脆道："朕一向求贤若渴，华爱卿如能位列我西梁朝堂，湘州还是他说了算。"

说罢，他一挥手，身旁的侍卫立即捧着两个素面的大号印盒来到曹庆面前。曹庆打开一看，一枚大印的印文是"大司空印"，另一枚为五面印文，依次是仁武将军及华皎所辖的湘州、巴州等四州之地的都督之职。

职权一切如旧，又添一品高位，曹庆的心总算安了一半。他先代华皎谢过萧峃的"盛情"，但并未松口替主公就此答应归降西梁。

这时，萧峃忽然从座位上起身，邀曹庆来到船窗。

"太守请往那边看。"萧峃一指窗外。

曹庆的眼睛本来只有花生豆大，脑袋刚刚探到窗边，突然瞪得犹如李子大。刚才只顾着说话，不知不觉间楼船竟然驶入了一处水军大营，只见高耸的船帆遮天蔽日，金翅大船组成的船队绵延数里，如城墙一般横亘于江面上。

此等规模的舰队丝毫不逊色于主公的湘州军！

"这是……北周的水军？"曹庆可从未听说北朝的旱鸭子能有如此强大的水军。

四国演义 III

江左龙王

萧岿笑而不语，只是指了指江面上最近的一艘金翅大船。曹庆瞪大眼睛一看，只见桅杆上高悬着一面鲜红的军旗，上书一个大大的"梁"字。

竟是西梁的水军！曹庆彻底震惊了。他无论如何也想不到西梁这蕞尔小国竟能造出数百艘的金翅大船。要是加上主公的三百艘大船，足以成为当世第一水军，定可横扫江左，拿下建康！

曹庆原本的保命心态在眼前的舰队实力催化下，陡然膨胀为争雄天下的野心。

他见萧岿如此坦诚，遂向其询问长安的态度："大周骑兵、步兵天下无敌，如果能施以援手，水陆并进，何愁郢州、江州不平？"

萧岿还没回答，就听隔壁的舱房中忽然传来一个声音："何止是郢州、江州，我大周的铁骑一来，整个江左都要俯首帖耳！"

说话间，就见一个衣着华丽、头戴银冠的年轻贵公子推开萧岿御座背后的舱门，大步走了出来。

曹庆虽然看得出他是北周的人，但从未见过，无法判断其身份，便先施一礼，问道："请问阁下是……"

"宇文直，当今陛下的亲弟弟，食邑一万户的大周卫国公！"宇文直不等萧岿介绍，就自报家门道。

不用萧岿使眼色，曹庆赶紧再深施一礼，腰几乎弯成了直角，"原来是大周的万户侯呀，小可不过食邑百户……长沙太守曹庆这厢有礼了。"

百倍的差距，百般的谦卑，这令宇文直十分满意，当即伸手虚扶一下，曹庆立即自己挺起了腰板，不过并不笔直，而是恭敬地微微前倾着。

宇文直告诉曹庆："你且回去转告华皎，尽管投靠过来便是，我大兄宇文护一定会以倾国之力护他周全。"

有他这句话，曹庆另一半的心也安了下来。奉承了宇文直几句后，他便告辞离开，赶回湘州向华皎复命。

目送着岸上曹庆的马车走远，萧岿忽然转身向宇文直拱手道贺："恭喜国公，马上就要赚得一份天大的功名！"

宇文直早已不甘心做一个小小的国公，他当下的目标是成为夏官大司马，总揽全国兵权，成为仅次于大冢宰宇文护的五官中人。然而大周自立国起就尚武，无军功、战功根本无法列居五官，因而他急需一份大大的战功来让众人心悦诚服。

如果这次华皎能够起兵反陈，他一定要向皇兄宇文护请求作为大周军的统帅，率兵拿下江左。

"借梁侯吉言，这次我一定马踏建康！"

萧岿趁机进言："那就请国公向大冢宰进言，赶紧议一议此事，准备好万全之策。"

宇文直根本没听明白萧岿话中的"万全之策"何意，就一拍胸脯道："不就是调兵遣将吗？我这就亲自回一趟长安，向大兄请兵去。"

萧岿摇了摇头，劝阻道："国公先别急着亲自出马，不妨先把今天的情况报与大冢宰，等到华皎公开与陈顼决裂的那一天，如有必要，再回长安不迟。"

"难不成，他华皎还敢再有二心？"

萧岿当然不能告诉他自己与华皎暗中打了很多年交道，对其为人了若指掌，只能言明："走出决裂的一步，就再无回头的可能。这一决断决定的是华皎以及族人的生死，他必须慎之又慎！"

宇文直有点儿不高兴了："决定还没做，那他派曹胖子来干啥？拿本国公当猴耍吗？"

"自然是先找好退路，有的退，才敢于进！"萧岿微微笑道。

正因为如此，萧岿今天才故意拿出一个诚意价，以促使华皎与陈顼公开讨价还价，让更多的陈国地方实力派看到。这样，就可在削弱陈顼权威的同时，引发更多异心。

不出他的所料，华皎听完曹庆的回报，底气顿时足了起来。遂向建康上书，请求调任巴州刺史，同时继续都督湘州等四州诸军事。

陈顼看完华皎的奏疏差点儿没把鼻子气歪了，巴州本来就在他的都督之下，现在湘州刺史变巴州刺史，等于换汤不换药，还是让他做四州之地的土皇帝！

更可气的是，华皎还怕别人不知道，将奏疏的内容公然散播出去。很快，巴州刺史戴僧朔就上书朝廷，请求调任湘州刺史，与华皎唱起了双簧。紧接着，郢州刺史程灵洗也上了道奏疏，请求调任与华皎地盘相邻的武州刺史。

陈顼还未回复，萧岿又一次搬出了陈蒨的遗诏，改号召华皎、戴僧朔起兵勤王，诛杀"大陈的曹操"陈顼。更狠的是，萧岿公然在檄文中盛赞他们二人主政湘州、巴州这些年来，与民秋毫无犯，与国忠心不二，当永世为湘州、巴州刺史。

如此一来，萧岿不仅是给华皎、戴僧朔吃了颗定心丸，也给了陈国其他封疆大吏一个明确的信号：想保住自己的权势，起兵攻打陈顼就是！而且，无论谁起兵，都不是谋反，而是遵照先皇陈蒨遗诏保护幼主的正义之举。这无疑是给了众人一柄"尚方宝剑"！

陈顼这下坐不住了，急忙将毛喜、江总和徐陵召来中书省的政事堂。

三人刚刚入座，陈顼就道："陈国和孤都到生死存亡的关头了！孤向前是背水一战，退后是万丈深渊，诸公觉得孤该向前还是退后？"

作为陈顼的头号心腹，毛喜噌地起身道："当然是一往无前！

王爷放心，虽千万人，吾亦随王爷往矣！"

江总也表态："王爷乃是大陈力挽狂澜的不二人选，如果退后，将权柄拱手于华皎那些武人，无异于置万民于水火。"

陈顼又看了看徐陵，后者捋了捋胡须，淡淡道："不过是几个脓疮而已，挤了便是，谈不上生死存亡。"

"怎么挤？"陈顼追问。

"其一，给吴明彻一道密旨，令其率军火速赶去郢州，抵达后立即宣旨就任湘州刺史，同时都督湘州、郢州诸军事，迫使程灵洗表态站队朝廷；其二，发明诏，任命华皎为广州刺史，令其率兵南下与章昭达一同讨平欧阳纥。反正他已自请调离湘州，至于派往哪里赴任，就得朝廷说了算；其三，吴明彻代表朝廷，宣布将前朝累积至今的湘州、巴州税赋统统蠲免。"

陈顼一听，茅塞顿开。郢州地盘小，兵力弱，所以程灵洗就是个骑墙的，只要吴明彻出其不意地出现，必然令其乖乖俯首。没了程灵洗这一外援，多了吴明彻这个强敌，华皎就无法装忠臣了，他要么听话去广州与欧阳纥两败俱伤，要么自扇耳光，公然反叛。

而徐孝穆的第三步，则可以立即为孤延揽湘州等地的民心。因为当年的侯景之乱后，梁武帝那几个不成才的儿子为了争夺帝位，以湘州、巴州等地为主战场，一面将当地打得狼烟遍地，一面又寅吃卯粮，肆意开征各种苛捐杂税。

南梁灭亡后，割据湘州的王琳又继续与我大陈开战，百姓的税赋丝毫没有减轻。如此累计至今，湘州百姓拖欠的赋税已经到了五十年后。虽然华皎这几年蠲免了一些，但他无法代表朝廷全部免除，所以不过是杯水车薪而已。

而孤一旦免除这些陈年烂账，百姓除了感恩戴德，便是俯首于孤！

"徐中丞的计策甚妙！"毛喜赞赏之余，不忘补充道，"这第二道诏令最好用陛下的口吻来写，讲先皇及陛下对华皎一直期望甚重。这样他就算是最终要反，也反的不是王爷，而是陛下了。"

"毛公的办法也是妙不可言，"陈顼拊掌道，"如此一来，萧岿的遗诏之矛就撞上了我伯宗侄儿的护国之盾，看大陈之内谁还有脸再提勤王之事！"

当天，陈顼便找来吴明彻，将商定好的计划告知他，令其集结好京中三万大军，明日乘船溯流而上，直抵郢州。

吴明彻领命后，并未立即离去，而是问："不知王爷打算何时赦免韩子高？"

陈顼想了想，答道："明天吧。"

吴明彻满意地走了。

第二天一早，建康城外的长江边上已停泊好了三百艘金翅大船，船队绵延四五里，场面蔚为壮观。吴明彻领着三万大军用了近两个时辰，才全部登船完毕。

等最后一个士卒上了船，吴明彻吩咐传令兵鸣号炮，就要准备起航，直奔郢州的治所郢城。

这时，岸上忽然来了一队衣甲鲜亮的骑兵，急匆匆朝吴明彻的座舰紧靠的岸口赶来。吴明彻以为是安成王前来饯行，待这队人马靠近，才发现为首者是毛喜。

他正欲打招呼，就听毛喜高声道："吴将军慢走！王爷托我带来一个人，前来为大军壮行！"

紧接着，毛喜的身后忽然闪出一位衣衫纯净如玉、面白亦如玉的绝世美男——韩子高。

吴明彻的周围顿时躁动起来，士兵们纷纷失声，有的大喊"将军安好"，有的激动得说不出话来，只能趴在船舷上把数月未见的韩子高看个仔仔细细。

王爷果然言而有信！吴明彻也有些动容。

韩子高却异常冷静，先是默然朝旗舰和其他几艘战舰上的弟兄们郑重拱手行揖礼。随后才朗声道："弟兄们安好，我便可以死而瞑目了。"

吴明彻一愣，王爷不是已经放了你了，怎么突然说这种话？

没等士兵们反应过来，韩子高已凛然道："我韩子高只效忠于先皇，先皇不在了，这样的大陈我无法适应，只能追随先皇而去。"

一听将军要赴死，众人有些情绪失控，很多人竟要不顾一切地跳下船舷，赶去拦下韩子高。

吴明彻一时还搞不清韩子高身上到底发生了什么，只是出于职责，勒令船上的人都坚守原地，不得擅动。然而，他的命令并不管用，士兵们依旧我行我素，不听号令。

"都给我安静！"韩子高忽然一声厉喝。

神奇的一幕发生了，所有的悲怆、冲动、愤怒一瞬间静止了，众人带着满心的不甘默默在船舷边站成一排，等候着韩子高的下一道命令。

吴明彻极为尴尬，他满以为数月来与这些士兵们朝夕相处，已经赢得了他们的信任和尊敬。孰料这一刻才发现，他们心中认定的统帅只有一个，从未动摇。

韩子高一旁的毛喜也是震惊不已。他虽然足智多谋，却怎么也想不明白眼前这个已经无权无势、连命都保不住的男人有什么好的，值得这些丘八们为之赴死？百思不得其解之余，他不免有些心虚，因为他的智谋就算用尽，也无法夺去他们的忠心……

只听韩子高语重心长道："我韩子高本一介布衣，蒙先皇眷顾，得以位极人臣，为大陈建功立业，此生已无憾事。但先皇有一夙愿——踏平西梁，恢复巴蜀、荆襄，以重现我南朝的辉煌。我本有心替先皇达成此愿，然听从陈顼号令非我所愿，所以此事只能拜托诸位替我实现了。"

说完，韩子高一撩衣角，对着旗舰跪下，连磕三个头。

满船的士卒没有人下令，亦是全部齐刷刷地相对而跪。

叩完首，韩子高旋即起身，厉声道："都起来，否则就是不愿领受我韩子高的遗愿！"

众人当然愿意替他办任何事，哪怕是即刻赴汤蹈火，遂全部起身。

"好，我就当诸位是答应了！"

韩子高眼中充满了无限眷恋，有对自己与陈蒨一同恢复的这锦绣河山的不舍，也有出师未捷身先死的惆怅。但他的心中是高兴的，就在昨夜，毛喜来天牢保证：只要他能舍弃性命，还能让旧部甘于听从号令西征，安成王便将旧账一笔勾销，从此对他的旧部一视同仁，准其建功立业。

这时，士兵们中气十足地对他喊道："将军所托，万死不辞！"

韩子高满意地笑了，这一次无悔亦无憾。

"如此，我当可含笑九泉。从今往后，一切都要听吴将军的！"

他忽然从身边的一个士兵腰间拔出佩剑，横于项间："今天，就用我韩子高的血为大家祭旗了，预祝我大陈一统江南，预祝诸位建功立业，光耀子孙！"

道完别，韩子高用力一横，立时血溅长空。

众将士想要阻拦，为时已晚，只能将满腔的悲愤化作两行热泪，滚滚而下。

吴明彻强忍了很久，终于放任眼中的两道浊泪汨汨而下。他对着船下韩子高的尸首重重磕了三个响头，大呼："名将常有，然韩子高只此一人。可叹，世上再无韩右军……"

名将、名士如草芥一般朝不保夕，这是什么样的世道？吴明彻心中不免悲叹。

"诸位将士请莫要悲伤，韩右军尚有一遗言！"毛喜忽然高呼道。

一听"韩右军"三个字，众人的哭声戛然而止。

毛喜解下黑色的斗篷，先为韩子高的遗体盖好，然后才道："韩右军已委托我将其府邸、先皇赏赐统统变卖，所得钱财折计三百两黄金，作为诸位此次出征立功的赏金。现在，我就将金子交于吴将军。"

说罢，他令人将装满金子的木箱送至船舷边，放入船上放下的吊篮，再转入吴明彻的手中。

吴明彻接过木箱，打开示于众人："韩右军在天上看着咱们呢，我希望这笔金子一块不留，全部赏于有功之人！"

众人抹掉眼泪，齐声高呼："奋勇杀敌，不负右军所望！"

吴明彻点了点头，又转向岸边的毛喜冷冷道："韩右军的后事就交给你了，一定要风风光光的，否则……"

"将军和诸位将士放心，我毛伯武拿人头保证，一定让韩右军享尽哀荣。"毛喜信誓旦旦道。

韩子高人已不在，就是给他修座皇陵，都不是问题，毛喜一面心中暗忖，一面目送吴明彻的大军扬帆起航，溯江西去。

随后，他又马不停蹄赶至天牢，分别赐给到仲举、刘师知一壶毒酒，令二人自尽。至此，陈蒨的托孤之人要么被杀，要么为陈顼所用，再也无法保护陈伯宗了。

经过王暹被杀一事，加之徐陵持续至今的排查打击，西梁在建康的卧底已损失殆尽，陈国其他州郡的也正被逐渐剪除。所以萧岿直到吴明彻启程三天后，才得知了陈军的动向。他立即将情报转交给华皎、戴僧朔，并经由宇文直火速报至长安。

华皎知道这下子无法再首鼠两端了，只有坚定地倒向西梁、北周，才能保住湘州。他和戴僧朔通了气之后，两人立即各送一子到江陵为质，请求萧岿代为向长安方面求援，期望北周速速发兵来援。

萧岿劝他一面继续与吴明彻、陈顼虚与委蛇，拖延时间，一面令王操为水军统帅，随时准备南下，与华皎的水军在洞庭湖会合，迎战吴明彻。

西梁与华皎的水军战船加起来有五百余艘，对付吴明彻绰绰有余。但此次大战乃是关系西梁、陈国的国运之战，生死之战，陈顼一定会拿出全部家底应战，所以仅凭水军是无法打败陈军的，还需北周的步骑兵支援，方能取胜。

萧岿因而十分在意长安方面的反应。然而自从上次宇文直将曹庆来访一事如实上报给宇文护后，这位大冢宰反应平淡，只是嘱咐襄阳一线的大军做好准备，随时支援江陵，并未表露出扩大战事，趁机顺江东下，攻略江左的意思。

萧岿原先的想法是借助北周的力量拿下江左，等入主建康后，再依靠南梁的余晖和兰陵萧氏的威望迅速收编陈国的残余势力，同时借着大战中北周兵力受损的机会，实现划江而治，重建大梁王朝。

而要实现这一切，北周现在的陆路支援是必要条件。一来可以牵制、消耗陈国的陆军主力，二来也让周军自身被反噬，消耗掉大量有生力量。所以宇文护的态度如果是只守西梁，不攻江左，那就无法达成自己的目的。

同样着急的还有宇文直，华皎的水军实力他是见过的，如果坐视其被吴明彻拿下，那等于白白失去一次灭亡陈国的千载良机。当然，他跻身五官，位列大司马的愿望也就无法实现了。

萧岿抓住他的心理，与其合计了一番，决定一起北上长安，亲自游说宇文护。不过萧岿的建议是宇文直冲在前，这样最终立了大功，功劳也是他卫国公的。至于萧岿自己，则借口去探望滞留长安未央宫中的皇后张雪瑶，在一旁出谋划策。

两人说干就干，在马武的护送下星夜兼程直奔长安而去。到了长安城已是数天后的傍晚，宇文直连家门都没进，就直奔冢宰府，拜见宇文护。

宇文护也正为江南的事举棋不定中，一听这个从弟来了，立即吩咐管家："快，快传豆罗突来我书房！"

宇文直在管家的前引下来到书房，只见房中还和一年前自己离开时一样，陈列、物什几乎一切如旧。只是书案换了一张更大的，可以放下整整一面地图。此时，书案上就平铺着一张天下四国山川形势图，宇文护不知是有意还是无意，一个巴掌正摁在江左那一片，靠在椅背上等着他进来。

"皇兄！"宇文直习惯性地脱口而出，向宇文护深施一礼。

宇文护并未起身，冲他摆了摆手道："自家兄弟，何必见外？赶紧说说你知道的陈国的情况！"

宇文直有些纳闷儿，既然这么关心陈国的动向，为何迟迟不见调兵遣将？

他和宇文护倒也不见外，自己寻下首最近的一张椅子坐下，然后汇报道："吴明彻大军溯江而上，不日便会进抵郢城。另外，梁侯在陈国的细作探知，陈顼已命五兵尚书孔奂集结十万兵马，随时准备从陆路西进湘州，以迫使华皎乖乖就范。"

竟然预备了十三万大军！看来这次不只是针对华皎、戴僧朔，而是要连江陵一并拿下了！宇文护心中暗忖。

事实上，孔奂集结的兵马不过五万人而已。萧岿为了说服宇文护，故意对宇文直夸大其词。

宇文直又按照萧岿的交代，将陈军金翅大船的威力和战法详细描述了一番。尤其是去岁他亲身经历的洞庭湖遭遇战，那种乱石铺天盖地的场面在他的描绘下，几乎成了天下最为犀利的攻城方式。

去岁遭遇战后，宇文护虽然从豆罗突的上书中了解了南朝的水战之法，但经过其当面绘声绘色的描述，方才真正体会了金翅大船的狠辣之处——就是移动的投石机，可近可远，可快可慢。可瞬间集中火力，万石齐发，亦可四面围攻，如乱蜂狂舞。可谓来去自如，哪儿如陆地上的投石车、车弩，笨重不堪，毫无机动性可言。

最为可怕的是，江陵、沔州等战略要地全部倚江而建，在金翅大船面前简直就是活靶子，任由其抢起石头猛砸。如果放任南陈水陆夹击湘州，平定华皎，那么陈顼下一步必然是发兵江陵，跟公然与其对抗的萧岿正面对决。

萧岿之前公然挑战陈顼，他是同意的，只要能让陈国不得安生，又不动一兵一卒，何乐而不为？只是没想到如今来了华皎这么一出，想置身事外是不可能了。

见他一面沉思，一面手指敲击着地图上的湘州，宇文直提醒道："皇兄可曾想过，就算这次我们与陈顼讲和，但迟早我大周是要一统天下的。想要平定江左，陈国的水军是绕不过去的拦路虎！"

宇文护停止了对湘州的"敲打"，有些为难道："本座自然清楚。现在借助华皎的水军，就算不能一战而定江左，起码可以重创南陈的水军。但是你也清楚，本座之前两次东征北齐，寸土未得不说，还损兵折将，军中、朝廷多有不满。如果这次再有闪失，本座的威信何在？声威焉存？"

宇文直明白了，敢情是怕再尝败绩，威信扫地呀！这也难怪，皇兄虽然干的是皇帝的活儿，但毕竟是名不正、言不顺的大冢宰。没有足够的威信、军功支撑，长此以往必然被众人所不满。到时，怕是地位不稳，性命堪忧。

宇文直遂从椅子上噌地站起来，拍着没有一点儿胸肌的胸脯道："皇兄放心，你明日只管在朝堂之上提议此事，我豆罗突自请担任主帅，胜也好，败也罢，全是我一人的功劳和罪责！"

他这么肯卖命，宇文护的脸上却不见一点儿笑容。他这才想起萧岿的话——功劳只能是大冢宰的，罪责一定是你和我的。

他赶紧告罪："请恕小弟失言，胜了，功劳是皇兄的，败了，罪责由我一人承担！"

宇文护这才展颜一笑，起身离座来到宇文直的身前，拍了拍他的肩膀道："我宇文氏英雄辈出，先皇在天有灵，一定会倍感欣慰的。放心，如果拿下江左，你的功劳自然是头一份儿的。到时五官之中的位置任你挑！"

宇文直极力控制住心中的狂喜，对着北周事实上的"皇帝"深鞠一躬："多谢皇兄抬爱，臣弟别的不求，只求做个大司马即可。"

宇文护的眉头像是被针扎了一下，微微一个急挑。好在宇文直正弯着腰，没有看到。他伸手虚扶了一下，宇文直赶忙起身。

"好，本座就答应你。但是记住，如果败了，你十年之内别想进入五官。"

宇文直再次谢过，心中暗想：不就十年的前程嘛，我豆罗突还年轻，赌得起！

望着他离去时有些发飘的背影，宇文护一对本就锐利的瞳孔缩得犹如针尖。

"大司马，你也敢开这个口……"

堂兄弟二人这厢暂时达成了交易，萧岿那厢却踌躇起来：朕究竟要不要赌上身家性命，与陈顼一搏？

第八章
湘州刺史叛南陈
西梁兵出洞庭湖

促使萧岿举棋不定的是一个婴儿——他刚刚出生五天的女儿。

去岁的七夕，他曾来长安的未央宫中，与客居于石渠阁的发妻张雪瑶小住过几日，没想到今岁就添了一位小公主。让他心存愧疚的是，自己没能陪在妻子身边，亲眼看到第一个女儿的降生，虽然这全是雪瑶有意为之，故意瞒着他的。

雪瑶由于刚刚生产，身体还虚，见到萧岿时还躺在床上。萧岿以为是得了大病，一向自持有度的他竟有些失态，上前握住妻子的手，紧张得一通嘘寒问暖。直到阁中的侍女抱着女儿从阁楼上下来，才知道自己又当父亲了。

他有些笨拙地抱过褓褓，惊奇地发现这个尚未满月的女儿竟然发长及背。再看这个小家伙的面相，眉毛上面的福德宫饱满骨实，可谓大富大贵之相。这等面相是他的两个儿子都没有的。

萧岿舐犊之情油然而生，不自觉地吟诵了一句："乃生女子，载寝之地。载衣之裼，载弄之瓦。"

这时，张雪瑶在侍女的帮助下正坐起身来。听他这么说，便娇嗔一句：“我女儿将来一定无非无仪，倒是你这个当爹的，有女儿诒罹。”

《小雅·斯干》中的原文本上接萧岿吟诵的诗句，原是“无非无仪，唯酒食是议，无父母诒罹”，意指希望女儿每天围着锅台转就好，不要给父母添麻烦。张雪瑶巧改主语，反而成了数落萧岿这个当爹的惹是生非，给女儿平添麻烦。

萧岿知道她还在怪自己这几年来为了恢复大梁，而“不择手段”。但这其中的艰辛，她又何尝知道？遂发牢骚道：“大丈夫在世，当一展宏图，何况朕还是一国之主？”

身边的侍女都是萧岿从江陵带来的可靠之人，张雪瑶也不避她们，反问：“一展宏图难道就要韩子高枉送了性命？还有到仲举，我听说他儿子到郁也受牵连而死，害得妻子信义长公主年纪轻轻就要守寡！”

萧岿也变得激动起来：“韩子高、到仲举与陈顼水火不容，迟早要有一战。就算我不插手，他们还是难逃一死！”

不料他这一激动，怀中本来正看得他出神的女儿受到惊吓，忽然放声大哭起来。萧岿一时手忙脚乱，结果女儿的哭声越来越大，一张小脸涨得通红。张雪瑶急忙掀开被子就下床，连鞋都没顾上穿，一把将女儿从萧岿怀中接过来。

女儿到了她的怀中，就像是被施了法术，片刻间就止住了啼哭，还发出娇嫩的咿呀声，心情明显大好。

张雪瑶将女儿交给侍女，让其带上阁楼，免得又被他爹给吓着。

“为夫有那么凶神恶煞吗？”萧岿委屈道。自己虽不说是风流绝世，起码也是霞姿月韵，让人赏心悦目吧？

张雪瑶被他的矫情劲儿逗得总算是面色稍霁，这才允许他搀扶着回到床榻上重新躺好。萧岿搬来一张凳子，在她的面前坐下。

二人四目相对，你中有我，我中有你，满得容不下一丝旁物。萧岿不禁有些感慨——自五年前雪瑶被强行迁至长安，夫妻二人已许久没有这么含情以对了。

萧岿禁不住一把握紧妻子的玉手，温柔道："岁月能像此刻一般永远静好，该有多好！"

这五年来，张雪瑶心头积攒了太多对丈夫的失望，但过往的千言万语竟抵不住他此刻一个温柔的眼神。终于，她放下了万般埋怨，轻声道："萧郎，放手吧，战端一开，不只是亡身，还有可能亡国灭族！"

面对爱妻痴痴的眼神，萧岿差一点儿就答应了，但父亲临终前的重托又在耳边响起：你的征途是这江南半壁！

沉默了片刻，萧岿终是道："身为西梁的天子，我想为自己的梦想活一次，就一次。如果输了，我无怨无悔，从此再无野心，专心与你养儿育女，做一对神仙眷侣。"

"就怕你输了，连仅有的立锥之地都没了！"

萧岿不是没想到过这种可能，但既为帝王身，苟延残喘一生和苟延残喘一天没什么区别！帝王一辈子，不能总是潜于深渊，总要长啸九天一次，才不算辜负这历劫千百世才能换来的一世帝王之尊！

萧岿深情地将雪瑶的双手暖在掌中："那你就安心在长安住下去，把我们的儿女养大。将来告诉他们复兴大梁这件事，为父已经尝试过了，行不通，他们就在长安好生做田舍翁、富家妻。待天下一统之时，再出仕为官。"

又是做官，做平民有什么不好？张雪瑶见劝说无效，就要把手抽出来。但萧岿牢牢抓着，说什么也不放。

"父皇临终前曾告我一句谶语：统一四海者，必是四海大姓！你也把这句话转告他们，让他们留意这天下为数不多的士族，日后也好有从龙之功。"

就算不能在南面为帝，以我兰陵萧氏二十多代人的积淀，日后也可北面为相！萧岿心中暗忖道。

张雪瑶狠狠用力一把抽出了手，适才眼中满满的爱已荡然无存："萧郎为帝不过五年，已完全变成了自己曾经最为讨厌的样子。我是绝不会让琼儿他们重复你的道路的，也不会将你今日讲的一个字告诉他们。我只会教他们堂堂正正做人，不会教他们如何做官、做天子！"

萧岿一愣，没想到妻子回绝得如此干脆。但很快，他就想明白了——为人父者，总希望孩子们成龙成才，振兴家族；为人母者，只希望孩子们平安快乐、保持本性，什么国家兴亡、家族发达，统统都是枷锁。

也罢，责任这个东西不是教会的。我兰陵萧氏发达二十多代，不是偶然的，朕相信琼儿他们迟早会明白的。

萧岿摸了摸雪瑶柔弱的肩膀，作别道："琼儿我会送来长安的。如果我有不测，以后萧家的担子就得你来挑了。"

张雪瑶脑海中顿时闪过乱石飞落、水漫城池等恐怖的场景。她猛然间意识到，这有可能是夫妻二人的最后一面了。正要抓住萧岿的手，再认真看他一眼，却发现他已起身，向阁门走去。

"萧郎，"她犹豫着，最终还是没有下床，"保重……"

萧岿没有回头，只是停下了脚步，应了一声："我会的，你也是。"

然后将万般的不舍化作一个急匆匆的背影，留给了张雪瑶。

离开石渠阁，萧岿照例去寝殿拜见了北周名义上的天子宇文邕。宇文邕表面上还是一副深闺中自娱自乐的无忧天子模样，一见萧岿，就令人燃上龙涎香，摆好象戏，要与他、近臣长孙览弈上几局。

当着宇文护安插在宫中的眼线——长孙览的面，萧岿自然是恭敬不如从命，与其对弈起来。

象戏按照战国七雄的态势布局，弈到高兴处，宇文邕突然指着萧岿执的燕国棋子道："这当年的燕国还真是麻烦，明明答应献土，却出尔反尔，弄个荆轲来行刺，言而无信，其罪当诛。"

萧岿心领神会，燕国在北，木杆可汗又名叫燕都，宇文邕显然是指这位准岳丈不守承诺，迟迟不肯将三公主嫁过来，致使迎亲的使团滞留漠北已近一年。

据他所知，上次杨荐前往漠北王庭游说木杆可汗后，后者原是同意了的。但由于北齐的太上皇帝高湛许诺只要木杆可汗同意嫁女，便会让侄子高长恭休掉妻妾，做可汗的乘龙快婿。

四年前攻打晋阳城时，木杆可汗是亲眼见识过高长恭的厉害的，对他邙山之战的破阵之举更是仰慕不已。相比之下，宇文邕已然成年，却还是一尊摆设，毫无实权可言。于是木杆可汗犹豫了一年，至今仍让杨荐、王庆等迎亲大臣在漠北喝西北风。

萧岿明白，这位三公主长得好看与否倒在其次，其背后的木杆可汗控弦百万，军力天下无敌，才是宇文邕最为看重的。他要是做了北周皇帝的老丈人，别说宇文护不敢再随意小觑宇文邕，就是北齐也得夹起尾巴做人，从此不敢主动招惹北周。所以，宇文邕是在借棋问计。

萧岿想了想，先落一子于长孙览所执的齐国之境，然后微微笑道："陛下所言甚是，所以当年齐宣王攻伐燕国，乃是替天行道。只可惜，其子齐愍王昏庸，逼走名相孟尝君，结果反受其噬。"

长孙览不知二人所言为何，只能在一旁赔笑。宇文邕却是把弦外之音听得清清楚楚——萧岿口中的齐国即为北齐，齐愍王即为昏庸的高湛。至于孟尝君，自然就成了如今已加尚书令衔，名义上位比宰相的兰陵郡王高长恭。

搞清楚了话中的人物所指，宇文邕立刻豁然开朗。高湛拿高长恭的婚姻做诱饵，其实纯属搅局，因为高长恭夫妻感情甚笃，是绝不会休妻的。只是木杆可汗与高长恭素无交集，不甚了解其为人，所以才会被高湛蒙蔽。

只要能让木杆可汗了解到高长恭夫妇情深似海，高湛的阴谋必破！

宇文邕遂笑道："细细想来，当年的燕国不讲道义，也只是在派出荆轲的燕王喜时。之前的燕昭王临危受命，复兴燕国，打下齐国七十余座城池，乃真英雄也。"

"陛下评价的极是。"萧岿默契道。

他从宇文邕的眼中分明看到了一份期许，也看到了一丝嫉妒——自己很快就要开启复兴大梁的东征之战了，如果成功，那就是"燕昭王第二"！

萧岿又与宇文邕下了几局，方才起身告退。

临走前，宇文邕宽慰他道："张皇后在长安四五年了，已然习惯了这里。梁侯放心，朕会好好照顾他们母子的。"

萧岿感激地深施一礼，有这句话在，他就可以放手一搏了，哪怕前面是刀山火海……

当晚，他又马不停蹄去了宇文直府上，在了解了宇文护的担忧后，精心为其设计了一番说辞。宇文直别看平日里遛鸟逗狗，在关乎前程的问题上可是极为认真，一直与萧岿谈到子时，将交代的话全部烂熟于胸才算完事。

第二天，宇文护按照计划在未央宫的露寝殿召开中外朝会。众人等宇文邕升殿，然后像泥塑一样木然在龙椅上坐定后，才开始了今日的集议。

朝会照例还是由宇文护主持。他从坐席上起身，迈步来到御阶之下龙椅的正前方，公然背对宇文邕，面视众臣道："诸公，今日其他议题全部搁置，只议一件事——是否派兵南征江左。"

自从除掉朝中的老对手赵贵、侯莫陈崇后，宇文护越发独断，每次朝会该讨论什么，不该讨论什么，全部由他裁决。众臣只能在他划定的圈圈里议事。

此刻听他这么一说，不少人只得把预备好的奏本收好，等待来日再议。

于是乎，事先准备发言的没了话说，本就没话说的按计划保持缄默，朝堂之上一时寂静得可怕。

宇文护见状，便点名刚刚回京的宇文直："豆罗突，你是派驻江陵的特使，对南边的情势最为了解，不妨说说想法。"

宇文直兴冲冲地起身，出列来到宇文护正前，目中只有大冢宰而无身后的大周天子道："据臣了解，陈国要亡了，就算我大周不动手，他们也会亡于内乱！"

他按照萧岿所教的意思，先将陈国内部欧阳纥、华皎、戴僧朔等封疆大吏拥兵自重，与陈顼离心离德的形势大肆渲染一番，又将萧岿公开陈蒨的遗诏，致使陈顼"司马昭第二"的面目公然昭于陈国臣民面前的有力舆论形势添油加醋一通，众人听得无不热血沸腾——这真是天赐良机，如果白白错过，怕是会被东贼北齐抢了先。

宇文直最后建议立即出兵江南，且兵马不能少于八万。他陈述完毕，退居一旁，等待宇文护的决断。

宇文护不想自己做决定，便问其他大臣："诸公觉得该当如何？"

杨忠、达奚武为代表的武将们自然是赞同南下，灭掉南陈，在这三分天下中取其二。在他们眼中，西梁只能算在大周的三分之一内，故未将其列为天下鼎足之一。

一片赞同声中，东边的文臣队列中突然站出一人，年逾五旬，举手投足皆儒雅有度。但一听其说话，却是锋芒毕露。

"我以为不可！保定三年、保定四年，我国与北齐两次交锋，皆大败而归，兵民损失甚巨，实在不宜再兴兵南征。"宇文护一瞧此人，顿时来气，又是博陵崔氏的人！

眼前的梁州刺史崔猷和前任江陵总管崔士谦都出自天下豪门博陵崔氏一脉，心中只奉宇文邕为君父，从不买宇文护的账。这次他又当众去揭宇文护的伤疤，让后者好不恼火。

替他发声的是宇文直："崔使君目光好生短浅，两次东征重在吓破东贼之胆，迫其转攻为守。君不见从那以后每逢冬季，东贼都会派人凿开黄河上的坚冰，以阻挡我大周的雄师东渡偷袭！"

这话听得顺耳，宇文护微微颔首。

崔猷不疾不徐道："北齐主昏于上，臣奸于下，百姓离心离德，亡国是迟早的事。但陈国两代先君为国鞠躬尽瘁，为民殚精竭虑，如今百姓安居乐业，哪是一场征伐就能灭亡的？"

宇文直针锋相对道："可惜呀，陈霸先、陈蒨已死，现在的陈顼想做曹操、司马昭，早已失心于百官、百姓，正是趁其病要其命的大好时机！"

崔猷不以为然："国公难道不知，曹操、司马昭正是顺应了民心，与民休息，因而为子孙打下基础，顺利实现了改朝换代吗？陈顼虽然私德不佳，但还懂得萧规曹随，与百姓为善。何况他还有号称'天上石麒麟'的徐陵辅佐，就算取代了陈伯宗，百姓也会默然接受的。"

博陵崔氏的人怎么个个又臭又硬？宇文直有些恼怒，好在萧岿提前做了交代，这点儿说辞难不住他。

"崔使君太过迂腐了！陈顼之前联络吐谷浑、北齐和木杆可汗，一心想逼迫我大周交出巴蜀、荆襄。他早就存心与我为敌了，若是等他坐稳了江山，第一个要打的就是我大周。"

宇文直还是第一次当众力陈军国大事，越说越有感觉，最后竟自我感觉有些慷慨激昂。

"与其让敌人把马拴在我大周的篱笆上，不如我们先把缰绳系在他们的篱笆上。"他说着"扑通"一声跪倒在地，"臣愿为马前卒，领兵前往荆襄，拿下江左，攻破建康，为大周粉身碎骨也在所不惜！"

宇文护点点头，这小子倒有三分先皇年轻时的冲劲。他沉声道："此战就算不能灭掉陈国，攻下湘州、郢州，打开东下建康的大门也是大功一件。豆罗突，你可敢立军令状？"

宇文直热血上涌，朗声道："当然敢。如果不能取胜，我但听大冢宰……陛下和大冢宰的处置！"

"取纸笔来！"宇文护没问宇文邕的意思，直接下令道。

殿上设好书案，宇文直取过纸笔，用大白话立下了一份军令状。按照萧岿的建议，他的言辞十分决绝，拿自己的人头担保，一旦战败，愿以死谢罪！

按萧岿的想法，宇文护是他的堂兄，宇文邕是他的亲哥，就算败了也不会真拿他怎么样的。但是，现在宇文护作为决策者，他需要看到统帅的决心。

果然，宇文护接过军令状瞅了瞅，信心又足了几分。遂建议宇文邕任命宇文直为襄州总管，都督襄阳、荆州、汉东等十五州诸军事，作为此次大战的总指挥；委任权景宣、元定为陆军正、副统帅，率十万大军会合西梁的水军，两路人马水陆并进，迎战陈国。

宇文邕自然是一概照准，并难得在朝堂上开了次口，赐给六弟宇文直一柄自己随身的佩剑，准许其便宜行事。权景宣、元定和西梁统帅王操以下，可自行裁决生死。

宇文直千恩万谢，然后持佩剑、虎符去五兵部调兵。

萧岿知悉朝会的结果后,当日又在宇文直的府中与其谋划了一番。他计算了一下,宇文直调齐十万大军和一应军需南下至前线,起码也要半月。在此期间,吴明彻的大军必然会进抵郢州,进而推进至湘州与华皎、戴僧朔开战。所以最好的办法是西梁水军提前与华皎在洞庭湖会合,先发制人,主动攻击吴明彻。

事不宜迟,两人定下大计后,萧岿连夜出发,八百里加急先行赶回江陵。待他返抵江陵时,吴明彻庞大的舰队已赶至郢州。

令吴明彻意外的是,程灵洗并未被镇住,反而拒绝吴明彻的船队进入郢城外的江面,理由是朝廷未有明诏言明这些军队目的为何,目标是谁。一下子涌来郢州,军需消耗甚巨不说,还难免叨扰郢州百姓。

吴明彻知道程灵洗的过往。此人本是一介平民,天生勇力,颇爱打抱不平。侯景之乱那年,他在当地登高一呼,召集了几百同乡守卫黟县、歙县,被大司徒王僧辩所赏识,从此成为其麾下一员猛将。

十二年前,王僧辩与当年的战友、大陈先皇陈霸先产生分歧。先皇突然攻打建康,擒杀了王僧辩。当时王僧辩的部将逃的逃,降的降,只有他坚持抵抗,直至力竭被俘。先皇为了降服他,以其部下的性命相逼。不得已,程灵洗在得到先皇厚葬王僧辩的承诺后,终于答应效力。

这么多年以来,王僧辩的忌日他都会备足太牢大礼,公开祭典。可以说,在他的心里,王僧辩永远是他的主公。

吴明彻知道想要让他认怂很难,但如果言明自己所率大军的目的何在,岂不是要逼反华皎?

思来想去,他派人给程灵洗传话:本将可以不向郢州索要一钱一粮,亦不会让士兵骚扰一个百姓。但是,你程灵洗必须将儿子程文季派到我帐下听用,将郢州的驻军交给我指挥,同时收回调任武州刺史的奏表。

他本想逼反程灵洗，好制造收拾他的理由。没想到程灵洗竟然同意了，当天就把儿子送到了吴明彻的船上。

吴明彻疑惑了，难道老夫看错他了？他真是爱民如子的好官？那他为何跟华皎一唱一和，与安成王对着干？

疑虑之下，他将程文季编入军中，给了一个有名无实的低级武官。同时派人接管了郢州军的指挥权。

见程灵洗没有丝毫异动，他才放心地在郢城宣布就任湘州刺史，随后遣人送圣旨到华皎处，令其五日内上交湘州刺史的印信和所部兵马的名册，并移镇广州去接任正被围剿中的欧阳纥。至于所属军队、战船，全部原地待命，等吴明彻抵达后，再行安排。

吴明彻另将一份圣旨送到戴僧朔处，内容与华皎那份大同小异，只是移镇之地换成了远在西南的不毛之地兴州。

华皎急忙求助于萧岿，询问北周的态度。信中不再称呼"梁主"，而是称呼"陛下"。萧岿知道他现在生死攸关，便将宇文直正征调十万大军，准备从陆路攻击陈国的消息和盘托出。

喂下定心丸的同时，萧岿又以君父的身份命他和戴僧朔回信吴明彻，答应他的要求，但必须多宽限五天。理由就说是为了攻打江陵，去岁新征了数万士兵，还未来得及登记造册。

华皎二人当即照办，一面向吴明彻释放烟雾，一面按萧岿的命令，迅速将麾下的三百艘金翅大船集中起来。

吴明彻收到回信后，见华皎还算识趣，便告诉信使：只能多给三天，否则就出兵"帮助"华使君移镇。

华皎见其上当，立即率领舰队开进洞庭湖，北上与西梁的水军会合。

萧岿也将隐藏于江陵秘密水军大营之内的二百余艘金翅大船以及三百余艘艨艟、走舸等小船交给王操、马武，二人作为正、副统帅，率领南下洞庭湖。

此次大战关乎西梁的国运，也关乎兰陵萧氏的存亡，萧岿自然不能缺席。他任命宰相刘盈和五兵尚书魏益德为江陵正、副留守，守护大本营，自己则准备随军一同出征。

王操提醒他：北周的诸将此前未曾涉足过江南，此次出征可谓人地生疏，所以还需派一名既熟悉江南地形和陈军军情，又精通水战的大将前往襄阳，作为宇文直大军南下的向导。

萧岿现在手头能用的将领不是随军出征，就是留守江陵，哪里还能找出一名多余的大将去支援宇文直？

"陛下忘了？殷亮正在长沙赋闲。"王操提起一人。

"怎么忘了他了！"

萧岿这才想起从前的五兵尚书殷亮前岁刚刚致仕，现在就在长沙养老。这位老将军从前在南梁的扬州、江州、吴州、高州、南豫州等地任过武职，对长江中下游的地形、沿岸工事了如指掌。而且，陈国的很多将领从前都是他的同僚或是旧部，不像舅爷王操久在父皇帐下，与军界、政界少有交集。

就他了！萧岿拍板，然后亲自写下一份手诏，任命他为征东将军，请他火速赶往襄阳。

同时，他还嘱咐留守的刘盈：一旦朕顺利拿下了建康，确定可以自立，爱卿要迅速从长安将皇后和皇子、公主秘密接回江陵，免得成为宇文护要挟朕的筹码。

所有事情安排妥当，萧岿身披一副白色犀牛皮铠甲，头戴银色凤翅兜鍪，在王操、马武、李广等将领和负责粮草辎重的度支尚书傅准的簇拥下，英姿勃发地来到水军大营。

此时两万水军将士已全部在岸边的空地上排成整齐的队列，等候他的检阅。

萧岿登上指挥演练水军之用高达五十尺的指挥台，面朝下面持枪鹄立、星旗电戟的巍巍两万之众，朗声问道："将士们，你们是哪国的军人？"

众人先是一愣，旋即齐声道："大梁的军人！"

萧岿摇了摇头："错！天下本是一家，长江本不分南北，黄河亦无分东西，人更是无问周国、齐国、陈国。那时天下只有一国，百姓共奉一君，官员同处一个朝堂，士兵着一色铠甲。"

讲到这里，萧岿有意顿了顿。虽然他说的这种情形距今最近的一次已是二百五十一年前的西晋，但自出生起就身处大分裂之世的将士们却一个个目光激昂，内有激流，对这位陛下口中的大一统时代充满了无限的热情。

他们能听懂，且乐于去听，萧岿备受鼓舞，声音愈加地洪亮："上天创造长江、黄河，不是让世人用来划设国界的，而是造福天下万民，灌养天地万物的！天地之大德曰生，圣人之大宝曰位。何以守位曰仁，何以正人曰义。我萧岿不才，愿做一个仁义之君，率领诸君打下江左，让西梁、南陈融为一国。如果可能，我有生之年，将为诸君，为天下的苍生再造一个大一统盛世，让天地之大德泽被苍生！"

统一的车轮一旦开动，就没有理由再停下来！萧岿早已下定了决心。

"一统天下，泽被苍生！"西梁全军齐声山呼，气震寰宇。

父皇，你看到了吗？岿儿这就要去光复大梁了！萧岿心中默默道，同时对着远在长安的妻子立誓，拿下建康，一定要在建康宫中的太极殿为她举行盛大的封后大典。

萧岿抽出腰间沉甸甸的湛金宝剑，剑刃一指东方："出征！"

旋即，士兵们在王操、马武、李广等诸将的指挥下，纷纷向停泊在岸边的金翅大船奔去。一个时辰内，全军陆续登船完毕。两百余艘巨舰浩浩荡荡驶出大营，沿江而下，向洞庭湖进发。

江陵自十二年前被宇文氏攻破以来，已许久没有出现过千帆过境、百舸争流的盛景了。萧岿立于座舰的船头，久久注视着江上的浩浩水师，心中感慨万千——今日我萧岿迈出的这一小步，也许将是历史的一大步！

路上的这几日天气格外晴朗，也无甚大风，所以船队行军十分顺利，两天后便在长江与洞庭湖的交汇处与华皎的水军会师。

一时间水面上全是威风赫赫的金翅大船。每艘船都形似一座移动城堡，船首、船尾有的包有铁皮，有的以巨大的铜铸兽首为盾，全速开动时如撞车横冲，寻常小船触之必毁；船舷和每层船楼都围有坚固的木质埰墙，既可防守，也可架设弓弩反击；船楼部分顶层皆为飞檐，高的有五层之多，低的至少也有三层，高达数十尺，如山峰般难以攀越。

最让人胆寒的是，每艘金翅船皆有威力巨大的拍竿，或为投石机，可以远程轰击，或为粗大的木柱，可以近距离拍击。如果没有对等的装备与之对抗，结果只能是葬身鱼腹。

两军会合后，华皎、戴僧朔并未急于赶至萧岿的座舰，前来觐见，而是请萧岿前往他们的座舰，谓之检阅水军。

西梁水师旗舰的顶层船舱内，居于萧岿御座下首、一身铜色战甲的马武不悦道："这二人虽然还未公开叛陈，但既已暗附于我大梁，俯首称臣，就该有个臣子的态度。如今这般造次，定是把北周当成了真主子，把我西梁当成了北周的附庸，故意轻视之。"

他的大手紧紧摁在剑柄上，只要萧岿一声令下，他现在便敢取了华皎二人的人头。

内穿明光铠，外罩赤色长袍的王操捻了捻胡须，补充道："二人的心思怕是不止于此。他们之所以举兵反叛，想保住目前的地盘和权势是最主要的原因。没了地盘，陈顼是不会要他们性命的。所以他们更想示威，炫耀实力，好在击败陈国后，继续保有一方势力。"

萧岿点点头，这两人虽无称帝的野心，但绝对有做土皇帝的贪心。二人现在耀兵于朕的面前，无非是要朕倚重甚至倚仗于他们，以便在未来的大梁版图内保持特殊地位。

看清了对方的底牌，接下来就是拿出对策。马武建议不能示弱，勒令两人立刻来御船面圣。傅准也是这个意思，要先给两人立下规矩，否则他们今天能叛南陈，明天就能反大梁！

萧岿不置可否，转而问计王操："舅爷你觉得呢？"

王操不疾不徐地答道："既然他们要陛下前去检阅，去便是了！"

舱中的众文武皆说不可，这样太过迁就二人，日后怕是更难以驾驭了。马武的担心更重，认为二人现在尚未公然反叛，万一反悔，将萧岿扣下送至建康，岂不是为陈国立下了大功。如此一来，陈顼不仅无法再为难他们，还要加官晋爵以示嘉奖。

萧岿不以为意地笑笑道："华皎、戴僧朔多年来与我江陵暗中来往甚密，在除掉侯安都、罢黜陈顼等事上二人出力颇多。这些事要是被捅到建康去，就是大罗神仙也救不了他们。诸公就把心放到肚子里去吧。"

说罢，萧岿换上一件白色的龙袍，让马武陪同，转乘一艘轻便的小船——走舸前往华皎的旗舰。走舸体长不过三十来尺，没有船楼，只在船舷上围有一圈垛墙，轻便如飞鸥，平常用于传信、偷袭、运兵。萧岿乘着走舸，不过半炷香时间就赶到了华皎的座舰。

华皎的座舰用湘州当地的优质杉木所造，前后长达一百五十尺，高达九十尺，上建五层船楼，体积远远大于寻常的金翅大船，宛如一个庞然大物昂首于湘州军的船队排头。顶层之上还建有一个瞭望台，用于观察敌情和旗语传令。二三层甲板颇为开阔，如有必要，可以走得下战马。为了开动这么大的战船，船舱中配备了三百多名水手，长短桨齐全，开动起来时号声嘹亮，百桨拍江，蔚为壮观。

萧岿的走舸置于其旁，小如蝼蚁。仰望着这艘水上"高厦"，他心中不由叹道，就是自己的旗舰与之相比，都要逊色一些。

但再好的战舰也是一件武器，是武器就要服从于人。今日朕目之所及，必为朕之所属！

此时，华皎已和戴僧朔率一众党羽候在船头。见萧岿的一叶轻舟缓缓而来，一股优越感油然而生——西梁国土尚不及我治下的湘州一地，向他称臣，真是便宜他了！

然而他与北周朝廷素无来往，北人强势，仓促投效之下难以谋得好的待遇，为今之计也只能先屈从于西梁，日后再徐徐图之……萧岿的轻舟在旗舰一侧停稳，然后再攀绳梯上去。踏上甲板后，首先映入眼帘的是一个身材威武高大，眼睛却飘忽不定、时时都透着股算计的中年男子。

武人身形，商人面相，这华皎可谓是"表里如一"——这些年来在我大梁与陈国之间首鼠两端，虚与委蛇，从未停止过算计。但其又天生孔武有力，冲锋陷阵不在话下。既然如此，那朕就教教你如何安心做一个武人！

正思忖间，华皎已率戴僧朔等众人快步行至近前，然后带头躬身向萧岿行礼。

"陛下远道而来，臣华皎有失远迎，还请恕罪！"

马武见他没有俯拜于地，行君臣大礼，当即向前一步，就要质问其罪。萧岿一把拦住，示意不要轻举妄动。

他面色和悦地上前虚扶一把："司空言重了，值此大争之世你我君臣能共创一番大业，乃是难得的际遇。些许礼数，朕不会介意的。"

"陛下胸有四海，必能坐拥这江南半壁！"华皎也乐得拍个无本的马屁。

然后他一转身，将麾下的岳阳太守章昭裕、桂阳太守曹宣、湘东太守钱明等参与举事的党羽一一介绍给萧岿。这些人都是守牧一方的地方大员，且辖地比西梁治下的长沙、武陵等郡只大不小，却个个甘愿听从华皎的差遣。如此大的阵营，分明就是让萧岿见识一下，我华皎可不是落荒投奔的破落户，而是手握一方天地的封疆巨擘。

萧岿听其介绍完毕，先是将目光投向了章昭裕，也就是如今正在广州征讨欧阳纥的章昭达的弟弟。

"章将军，朕记得没错的话，当年侯景之乱时，你还未入仕，却与兄长散尽家资，招募乡勇前去援救我太爷爷被困的台城。"萧岿说着躬身朝其深施一礼，"将军有大恩于我萧家，请受我一拜！"

年逾不惑的章昭裕长这么大，还是头一次见有皇帝向自己行礼，激动得赶紧将腰弯成大虾状，连声称："臣愧不敢当，愧不敢当！"

萧岿上前伸手将其扶起，又替他掸了掸斗篷肩部的灰尘，目含谢意道："令兄章昭达当年在台城之战中，被侯景的叛军射伤了一只眼睛。朕无缘当面致谢，请代令兄再受朕一拜。"

不等章昭裕反应过来，萧岿又是深深一拜。这一次，章昭裕的眼泪都给拜出来了，当即立下誓言要为大梁招揽哥哥，让他一同重新效力于萧家。

萧岿又依次与曹宣、钱明等人寒暄，并对这些人的履历和过往如数家珍。他一面大力赞扬他们在梁朝时的功业，一面又巧妙地为他们在陈国所受的委屈和不公鸣不平。一番交谈下来，众人无不对他心生好感和敬意，看得一旁的华皎眼睛直发愣——这才头一次见面，老子这么多年攒下的兄弟情义就被这萧仁远三言两语比下去了！难不成，这就是所谓的天生贵胄？

将华皎的手下挨个儿收揽了一通后，萧岿才问被冷落良久的华使君："可以开始检阅了吗？"

华皎心中颇为不快地点点头，然后和戴僧朔为前导，领着萧岿来到旗舰的船首。此时，湘州水师已布阵完毕，分成整齐的东西两列，中间留出一条宽阔的航道，供旗舰穿行检阅。

就在华皎准备宣布检阅开始前的一刻，萧岿忽然命马武拿出一面代表西梁天子的正黄色龙旗，令其悬于桅杆之上。

见华皎面有不悦，萧岿问道："华使君，既然是朕来检阅，悬挂朕的龙旗没有问题吧？"

戴僧朔在后面一扯华皎的衣背，华皎这才勉强笑道："陛下检阅，当然要挂陛下的旗帜。来呀，撤下我的军旗，换上陛下的龙旗！"

随着一面黄灿灿的龙旗徐徐升至桅杆顶端，水上阅兵正式开始。萧岿身无片甲，昂然伫立于下饰白虎兽首的船头，如骑虎仙人俯视苍生一般迎视着面前一眼望不到头的金翅大阵，气度异于常人。

有些人手无缚鸡之力，却天生能让四方顺从，身后的马武心中暗忖，随即腰板挺得更直，胸膛挺得更高。

湘州军的水军队列绵延数里，萧岿用了一个时辰才检阅完毕。整个过程中，他岿然于船首，一双如水的龙目默然间洗涤着众人的心头——原来这就是天威！

这些军人多为湘州、巴州当地人，在陈国朝廷的号召下，多年来日夜操练，时时在准备攻伐江陵，活捉萧家人。今日突然要俯首于萧岿脚下，心头多有不服。但这位年轻的天子竟然敢孤身来到重重军阵之中，且高挂龙旗招摇于阵前，这等胆略绝非常人可及！而且难得的是，检阅中他的眼中只有前方，从不顾及背后。要知道腰挎利刃的华使君等人就在身后咫尺之遥，什么情况都有可能发生。

天威赫赫，龙旗猎猎，这也许就是传说中的真龙天子吧……

检阅完毕，萧岿在华皎旗舰上的帅厅中升座，命湘州军的高官全部列班。萧岿刚才的一番举动早已降服了众人，所以他们身上再无初见时的桀骜与不驯，除了华皎之外全都恭敬于御前。

萧岿首先讲了下此次大战的计划，即示弱于吴明彻，出其不意攻下郢州，然后与北周大军水陆并进，顺江东下攻占江州，再图建康。

"届时，诸位就是光复大梁的首功之臣，明日的江总、毛喜！"

众人听得热血沸腾，纷纷表示愿意追随萧岿，直捣建康，活捉陈顼。

战术方针上取得了一致，萧岿忽然话锋一转，转头问华皎："华使君，朕听说你在湘州正准备新征三万兵丁，可有此事？"

华皎点了点头道："确有此事。"麾下现有五万大军，加上北周、大梁的兵力也不过才十七万。如果想要拿下整个江南，这点儿兵力是远远不够的，所以他决定再新征三万人作为后备力量。

纯属托词，萧岿暗忖，分明是为了以后拥兵自重，增加向朕要价用的筹码。

"湘州是攻略江左的基石，也是使君的安身之本，切不可加重百姓的负担，失去民心！"萧岿规劝道。

华皎不以为意道："陛下过虑了吧？我经营湘州多年，当地百姓受我恩惠颇多，多征几个兵不过是少几个种地的而已，碍不了他们大事的。"

"华使君，"萧岿略微加重了语气，"朕不是在跟你商量征不征兵，而是在命你停止征兵！"

在场的人一愣，刚才还和颜悦色的萧岿此时已是面色微冷，目有愠色。

华皎也是吃惊不小，他一直耳闻萧岿脾气极好，无论对臣子还是主子北周都是谦谦有礼。难道传闻有假？

现在顾不得探究真假了，丢面子事小，就此被他压过一头，再无翻身之日事大！想到这里，华皎脖子一梗道："陛下，华某是在为大局考虑。只要攻下了江左，我立刻解除兵籍，放他们回家便是！"

"如果他们中有人战死，使君如何放归？如果他们中有人残疾，放归后如何自力更生？"萧岿冷冷质问道，"湘州自我岳父张缵主政时起，短短十几年来连遭太清之争、王琳之乱两次大规模的兵祸，百姓家家受损，如今尚未恢复元气。所以朕命你即刻停止征兵，已征来的兵勇马上放还！"

华皎抬手朝萧岿拱了拱，拒绝道："恕难从命……"

"华皎！"萧岿的眼神变得硬如坚冰，"你现在已无退路可言，于陈国你文比不上徐陵，武比不上吴明彻，忠比不上毛喜，但你却是最大的军阀，可以说你在陈顼眼里毫无用处，却危害最大。你说除了处死你，他还有别的选择吗？"

华皎闻听倒吸一口凉气——是呀，我于陈顼有百害而无一利，只要他主政陈国一天，断没有我的容身之处！

此时，萧岿的眼睛仿佛一双大手般牢牢薅住了他的眼珠子，令其无法转动半分。

"再者，你与北齐间隔北周的汉川郡、吴明彻重兵驻守的郢州。想要投靠高湛，只能拿你全部兄弟的命换取一条血路！"

华皎心中默默同意，那样不仅要丢了地盘，还要失去军队，跑去北齐怕是连个郡守都没得当。

"所以你唯一的安身之所只能是我大梁的朝堂！除此之外，你再无处容身。"萧岿的眼神是前所未有的锋利，即便华皎重甲在身，也被戳了个透心凉。

面对这个拥有三百艘巨舰，却即将无家可归的大军阀，萧岿下令马武将其就地拿下。章昭裕、钱明等人顿时屏住了呼吸，眼看着马武单人上前，赤手扣住华皎的双手，将其按倒跪在萧岿面前。

在战场上还没怵过谁的戴僧朔也为马武的胆量所震慑，更为萧岿的气势所折服——都说天子之怒，伏尸百万。萧岿现在只是面有愠色，就能将一方诸侯顷刻间降服，要是吹胡子瞪眼起来，怕是这三百艘金翅大船都不够他沉的！

被押倒在地的华皎本想反抗，但一瞅这些部下和党羽竟无一人出手相助，立刻没了一点儿脾气。遂磕头如捣蒜，向萧岿求饶，一个劲儿地表忠愿做马前卒，任凭萧岿驱使。

萧岿端坐于正位上，声音虽如常，但语气却不容丝毫质疑："这么说，华使君同意放弃征兵了？"

"当然同意……不，臣遵命！"华皎痛快道。

萧岿这才示意马武放开了他，然后轻声说重话："使君既为大梁臣子，今后当身体力行，为部下做出表率。否则，朕绝不姑息。"

"微臣明白，微臣明白。"华皎将刚才欠下的君臣大礼加倍补了回来，一个劲儿地磕头。

随后，萧岿出于统一作战的需要，令双方水军进行混编，所有号令即日起均出自王操一人之口，其他所有人必须无条件服从。众人谁也不敢有怨言，全部表示谨遵圣命。

敲打了一通后，萧岿适时给个甜枣，分封众人国公、郡公、县公等不同级别的爵位，勉励他们为国效力。

在王操的统筹下，两军很快完成了整合混编，并悬挂上了统一的书有"蒨"字的军旗。如此一来，这支水军既非西梁的入侵之师，也非华皎的反叛大军，而是遵循先帝陈蒨遗志，上京清君侧的勤王之师。全军在王操的指挥下，五百余艘战船浩浩荡荡顺长江东去，准备突袭第一个目标——郢州的治所郢城。

已变成全军旗舰的萧岿座舰上，回首这一望无际的船队，西梁众臣都是壮志在胸。就连一向矜持的傅准竟也变得颇为激动，随口将《易经》中的一卦当诗吟道："时乘六龙以御天，壮哉呀，壮哉！"

萧岿眼中的景象与他别无二致，但却少了一分激动，多了一分收获的喜悦："现在你们总该明白朕当初为何对华皎的伐林、造船之举熟视无睹了吧？"

傅准等人这才想起之前各地的急报源源不断送到江陵时，萧岿却充耳不闻，视而不见。原来陛下早就盘算好了，要把华皎造出的舰队全盘接收呀！

"借敌之资，充我军力，陛下深谋远虑，我等自愧不如！"傅准想起当初自己言辞激烈的奏疏，不觉有些惭愧。

萧岿不以为意地笑道："朕还要感谢诸位当时的仗义执言，不然陈蒨君臣怎么会放心大胆地造船备战呢？"

敢情我们都在陛下画好的圈圈里呀！傅准虽然被骗，却十分开心。

一路上，大军先过西梁治下的监利郡，再过北周治下的汉川郡。原本进军十分顺利，但在汉川郡行至一半的时候，突然迎面遇上了吴明彻的水军。远远望去，陈军的金翅舰队如猎食的鱼群一般铺面了江面，几欲塞江断流。

萧岿不免有些吃惊，按吴明彻给华皎定下的期限，现在不过才第五天，尚有三天的时间，难不成他在华皎处安插了卧底，提前获悉了我军的突袭计划？

华皎和他的部将们也是心惊不已，如果吴明彻早就知道了行动计划，乘虚而入派人攻打湘州可怎么办？

第九章
萧岿抛砖巧引玉
襄州总管望风逃

事实上，吴明彻并非间谍网了得，也非有未卜先知之能，他此次主动出击纯属个人行为。在他看来，华皎、戴僧朔不过两个草包，被吓得认怂顺理成章。所以华皎的一番表演他是深信不疑的。

但吴明彻一直牢牢记着韩子高在大政殿中的一番嘱托。当时他答应了韩子高，一定要攻破江陵，拔除西梁这根肉中刺。这几日他明面上与华皎扯来扯去，不过是为了迷惑江陵方面。待萧岿摆好瓜子，等着看陈国内斗的好戏时，他则率领水军长途奔袭，突然出现在江陵城外，打他个措手不及，力求一战而破之！

他敢于冒这个险，是心中笃定了西梁国小地贫，根本拿不出像样的水军。到时，他的三百艘金翅巨舰通过江陵城外四通八达的长江枝杈围于四面，然后所有大拍齐射，千百巨石从天而降，保管叫萧岿粉身碎骨。

孰料他千算万算，没算到萧岿谋划出了同样的一着儿。于是两军在毫无准备的情况下，在长江遭遇了。双方的金翅战船多达八百余艘，绵延七八里，一时间长江的水流速度都变得迟缓起来！

面对突然出现的大批陈军，萧岿却异常镇定。他对集中于旗舰上的王操、华皎、戴僧朔分析道："不管吴明彻是出于什么原因出现在这里的，就武器而言，两军的撒手锏都是金翅大船，且都没有岸上友军的支援。因而，拥有五百艘巨舰的我军比只有三百艘战船的陈军，具有绝对的优势！"

华皎、戴僧朔点了点头，面色稍霁。

萧岿继续道："至于湘州大后方，朕听说华使君、戴使君尚留有两万的步骑兵。且陈军想要偷袭，无水路相通，只能通过旱路翻山越岭长途奔袭，所以他们不可能这么快就赶到的。"

两人听完，也觉得有道理，便横下一条心，请求亲自率军出战，力求今日一战击败吴明彻。

萧岿似笑非笑地摆了摆手："不，我们要佯装败退，败得越狼狈越好……"

听完萧岿的临时计划，华皎糊涂起来，现在我军兵力、战船远远超过吴明彻，干吗要故意示弱？

但萧岿没有解释。华皎清楚这一战对自己和萧岿而言，都是生死之战，他绝不会拿西梁的前途儿戏，所以只能暂时以"当皇帝的都喜欢装高深莫测"的理由搪塞自己。

"在此之前，朕需要二位使君先做一件事。"似笑非笑的萧岿终于露出清晰的神秘一笑。

吴明彻此时正回想着萧岿前些日子广发的檄文，还以为对面挂满"蒨"字军旗的战船全是西梁的水军。虽然搞不明白萧岿从哪里变出这么多金翅大船来，但他还是以一个宿将应有的素质迅速冷静下来，并下达了命令：先派二十搜快船冲入敌阵，搅乱梁军前队的阵形。随后的五十艘战船分成两列，准备好拍竿，待乱敌前队的目的达到后，立即轮番发射石弹，发起总攻。

就在他的命令刚刚下达不久，突然有人来报：两艘分别挂着

"华""戴"军旗的金翅大船突然出现在两军的阵前。

难道……吴明彻心说不好，刚才他还在疑惑西梁哪儿来这么多的金翅大船，原来都是华皎的湘州军！

华皎，戴僧朔，你们两个逆贼！

吴明彻怒气冲冲地奔出船楼的顶层，只见对面约莫一里处，两艘并行的金翅大船桅杆上各高悬着一面硕大的鲜红军旗，黄色的"华""戴"二字分外醒目。

吴明彻正欲令座船前行一些，当面质问二人身受先帝隆恩，为何要投靠先帝最为痛恨的萧贼。突然，就听对面破空之声如雷雨大作，成百上千支强弩呼啸着掠过天空，朝自己的船队飞来。

随即，吴明彻的座船上响起了叮叮咚咚的落箭声。他正要命令众人拿起盾牌防御，身前一个士兵忽然大叫"箭上有东西"。

吴明彻这才注意到所有箭杆上都绑着一张白纸。这时头顶密集的破空声也停了下来，他上前从甲板上拔起一支箭，打开一看，不禁怒从心头起，因为上面赫然写着华皎、戴僧朔二人的"讨逆书"！

书中言简意赅，指责陈顼名为托孤之臣，实为不臣之臣，自先帝驾崩以来诛杀异己，揽权自重。华皎、戴僧朔身为忠良之臣，愿奉梁主所持先帝遗诏，联合西梁带兵上京诛杀陈顼。同时，书中号召所有陈军官兵当思先帝隆恩，跟随勤王之师拨乱反正，勿跟随逆贼陈顼篡夺幼主江山，做大陈的千古罪人。

身为"逆贼"胁从的吴明彻大为光火，将讨逆书撕得粉碎。他知道部下们看到这些内容，必然会心生动摇。因为华皎的战舰数量和水军实力在陈国是数一数二的，他一旦反了，那对西梁而言就是如虎添翼。这也是他为什么答应多给华皎三天的原因之一。

为今之计，必须速战速决，打一场胜仗，让将士们看下华皎的水军战力不过如此。吴明彻立即改变计划，率领五十艘大船为前锋，排成尖锐的长矛阵形，对着梁军船队就猛冲了过去。

待船队前进至有效射程内，早已准备好的拍竿立即抛射石弹，成片的巨石呼啸着就朝对面的敌舰砸去。但与此同时，对面的梁军也是拍竿齐射，巨大的石弹在空中翻滚着就与己方刚刚发出的石弹撞在一起。一时间天空中撞击声大作，犹如天雷滚滚，同时碎石分溅，江面被水花撕裂，又似天崩地裂。

不过石弹不比箭弩，扔到半空毫无准头可言，不少石弹幸运地躲过了撞击，纷纷落向彼军的战舰之上。顷刻间，甲板、桅杆、船帆的破碎声此起彼伏，不少战船不是挂彩，就是被砸沉。

其中，一块磨盘大的巨石就落在了吴明彻的座舰顶层，在顶棚开了天窗不算，还再接再厉砸穿了第四层、三层地板，直到第二层才停下。一同被砸烂的，还有吴明彻一名亲兵的脑袋。

吴明彻顾不上这些，奋力爬上顶层的瞭望台，站于战船之巅，亲自挥舞令旗指挥前锋船队进击。瞭望台上风力最盛，他的红色斗篷如战旗一般迎风挥洒，为身后的战船指明了唯一的方向——前方。

但梁军也不是好相与的。石弹之后，大射程的强弩又纷沓而至，长矛大小的弩箭很快就把吴明彻的座舰顶层扎成了"刺猬"。有的士兵整个人像糖葫芦一样被钉在了甲板上，有的则被钉在了墙上，喘息了半天才断气。吴明彻耳边充满了濒死的声音，但没有一个人哀号或是喊疼，很多人在临死前还在勉励同伴杀敌。

不愧是韩子高带出来的兵，只要死在战场，不问死法，不问身后，坦然处之……吴明彻默默在心里向这些士兵曾经，不，是永远的统帅韩子高致敬——韩右军，你放心吧，你想要攻克的江陵，我吴通昭替你拿下！

顶着猛烈的箭林弹雨，吴明彻的座舰总算是冲到了梁军船队的近前。不过他是幸运的，出发时的五十艘金翅大船，此刻已有二十艘沉没在了江面之下。

幸好，他还有十来艘六翼金翅船可用来近身肉搏战。在船队驶入梁军大拍的近射程极限之外后，他急命这些战船重组为长矛阵形，将外侧装有铜锤的三根拍竿高高拉起，待一接触梁军船队，就迅速挥动起来，向梁军的船舷砸去。

梁军亦不示弱，一面挥动铜锤对拍，一面箭弩齐发，射杀船楼、甲板上的陈军士卒。激战中，有的士兵被一竿子拍成肉酱，有的船楼被拍竿一锤子从顶楼劈到底层，形如腰斩。双方交战不过一会儿工夫，士兵、战船的"伤亡"就急剧攀升。但无论梁军怎么攻击，都阻止不了吴明彻突进的步伐。

在他的猛烈冲击下，梁军队列终于从中间被撕开了一道口子。他下令立即向后方的大部队发射号炮，传令他们全速前进，顺着刚刚冲开的口子切入。

就在此时，梁军战船忽然纷纷向两侧散开。划了一个巨大的弧线后，掉头向西疾驰而去。

敌军想逃！吴明彻敏锐地意识到，他立即指挥身边的船只就近去堵截。奈何此处江面宽阔，梁军的船只如天女散花般散开，四下向西撤去。吴明彻身边可以调动的船只不多，又大都被打得伤痕累累，难以实施全速追击，只能眼睁睁地看其逃走。

吴明彻原本瞅准了悬挂着"华"字旗的战船，准备率自己的座舰追上去，生擒华皎的。但身边众人都劝他不要孤舟深入，免得上了敌人的当，毕竟华皎到底在不在上面，谁也没有把握。吴明彻这才放弃了冒险，不过他不打算放过梁军，等后续大部队赶到后，他集合好大军迅速展开了追击。

梁军那厢可谓是望风而逃，一刻也未敢停留，溯江向江陵方向疾行。吴明彻也是胆量惊人，在周陈两国未公开宣战的情况下，率军贴着北周的汉川郡在长江上"划边界"。如此紧追了两日，眼见就要进入汉川郡、西梁的监利郡和陈国的巴州三方交界处的白螺时，突然前方的梁军停止了撤退，掉头在江面上拉开阵势，摆出一副决战的阵仗。

吴明彻以为萧岿不过是虚张声势，遂派军迎了上去。不料，梁军的金翅大船巨石齐发，漫天的石块一时如雨点般落下，将他派出的前锋船队砸得七荤八素，狼狈而归。

昨天还在抱头鼠窜，今日怎么突然就变成神兵天将了？吴明彻正纳闷儿中，忽然有士兵送来郢州方面的急报：北周五万大军在宇文直的率领下已渡过长江，包围了郢城！

吴明彻大叫不好，自己此行为了备足兵力，同时削弱郢州刺史程灵洗的实力，故意将城中大部兵力都征调随军出征。现在郢城的兵马加起来不足五千人，如何顶得住宇文直的五万大军？

他现在终于明白：前日在江上相遇，萧岿故意败于我手，佯装逃跑，原是打了调虎离山的主意。现在大军距离郢城有五六天的路程，如何来得及回援？

现在进，前方是兵力胜于自己的梁军，进不得分毫；退，则梁军必然紧追不舍，就算侥幸回到了郢城，那时也必然陷入梁军、周军的前后夹击之中。更何况程灵洗此人心怀异志，没准儿现在已经降了宇文直，做起北周的郢州刺史了！

吴明彻一时陷入了进退两难的境地。

对面的梁军旗舰上，众将也是不解，宇文直从关中调军南下，陆路难行，怎么可能这么快就赶到了郢州？

萧岿指着御案上的地图道："谁说宇文直的军队只能走陆路，别忘了沔水（今汉水）的上游直通汉中郡。周军只需乘船东下，便可直抵郢州！"

顺着他白皙的手指，众人这才想起长江的最大支流沔水竟是一条现成的直道，一头连着汉中，一头连着郢州。这也是陈国为什么把湘州作为抵御北周的第一道防线，而把郢州当成第二条防线的原因。

华皎等人疑惑了，周军哪里来的船？要运送大几万人，怎么也得上百艘大船！

萧岿没有进一步解释，他把这个有些苦涩的答案交给了舅爷。

面容本来就老过真实年龄的王操一下子仿佛又老了十岁，叹了口气道："十二年前，周太祖宇文泰派人攻破江陵时，曾缴获了二百余艘金翅大船。当时领兵的于谨觉得北人不习水战，留之无用，且南梁已灭，江南平定指日可待，准备将其焚毁。是杨忠坚持，认为江南非一战可平，才将之秘密从汉水北调，运到汉中郡的。"

十二年来，北周与南陈鲜有大规模的战事。这些战船也就此闲置，被很多人慢慢遗忘。直到萧岿从长安启程的当天，杨忠才向他和宇文直提及此事。别看这些船年久失修，但其全为荆襄一带的杉木所造。杉木耐腐力强，这些船虽然如今用作战船有些勉强，运兵却是绰绰有余的。

萧岿原本与宇文直约定在郢州会合，水陆夹击吴明彻。但前日突然与其在半路相遇，所以临时起意，一面领军撤退，一面派人送信给宇文直，请其加快行程，突袭郢城。

华皎、戴僧朔等人听罢，皆备受鼓舞。有了这批大船，加上跟随宇文直前来的五万北周先锋，完全可以在吴明彻背后捅上一刀子。如此，吴明彻必亡无疑！

众人在热火朝天的议论如何消灭吴明彻，萧岿却一时默然不语——现在这些船虽然为朕所用，但终究对付的还是江南，是朕未来的子民。朕只希望能早一点儿恢复大梁，结束这无休止的自相残杀……

"陛下觉得如何？"马武冷不防问了他一句。

萧岿这才从思绪中挣脱出来，有些疑惑道："什么如何？"

王操知道他的所虑，就解释说适才大家讨论了一番，认为应该趁陈军退路被断，军心浮动的良机，对其发动总攻。

进攻的战术上华使君建议凭借我军数量优势，从左右包抄，以铁钳阵形将其步步蚕食。他和马武则认为此法虽稳妥，但杀敌一千，自损八百，损失怕是很重。灭了吴明彻，后面还有江州、建康要打，保存有生力量很有必要。他们的想法是火攻，在走舸、艨艟等小船上装填上硫黄、松香，将之驶近敌船，然后突然点燃。战船虽然坚韧，但全为木制，最怕火攻，用此法只是损失一些小船，却能给吴明彻以重创。

等王操讲完，华皎又补充了自己的看法："王录公的办法虽好，但火攻需借助风力，方能如赤壁之战那样形成燎原之势。现在江上微风徐徐，难以助力。且此处江面宽阔，敌军的大船又无铁索相连，一旦遇火，便会四散逃去，难以造成致命一击。"

萧岿沉思了片刻，认为双方的建议皆有可取之处，也都有不足的地方。

"所以朕的办法是釜底抽薪……"

众人一听，这哪儿是正经军人的打法，分明是外行耍的小聪明。但王操却力排众议，认为可行，因为吴明彻也是正经的军人。他都想不到的战术，一定行之有效！

华皎等人这才没了异议。进攻思想有了，接下来是具体的战术落实。萧岿点名让华皎、章昭裕等人先讲，接着又让王操进行了补充，如此一个堪称完美的歼敌计划就此成型了。

之前的短兵相接不过是热热身，今天的大战才是重头戏，所以王操决定亲自指挥，华皎、戴僧朔领兵冲锋，萧岿则随其督战，以壮军威。

此时的吴明彻也想清楚了，就陈国的整体防御体系而言，湘州是头部，郢州是腰部。现在头部已为梁贼所有，剩下的腰部绝不能有失。所以必须火速赶回，确保郢州不丢。

他下令改后队为前队，留下威寇将军周法慧率五十艘金翅战舰殿后，大部队随自己立即开拔。

他的大部队还没掉头完毕，就接到了梁军大举出击的消息。他爬上顶层的瞭望台一瞅，只见江面上迎面涌来大量的艨艟、走舸，数量之盛，不下百艘。艨艟甲板上有一层敌楼，一时吃不准其兵力情况，但走舸只有船舱，没有船楼，其承载的兵力还是一目了然的。

吴明彻只见这些走舸上兵力稀疏，且吃水很轻，显然搭载的人数极少。

不载人，那只能载硫黄等易燃之物了！

虽说此地江面开阔，有腾挪的空间，但走舸、艨艟速度极快，想追上体积庞大的金翅大船易如反掌。如果碰巧天公作美，再突然来一场大风，那可就麻烦了……

趁着敌船尚有些距离，吴明彻亲自挥动令旗，向周法慧传令——开动所有的大拍，把这些船只统统砸到江底去！

同时为了避免更多的战船陷入战斗，难以自拔，他下令掉头的战船立即出发，向郢城方向驶进。

周法慧年方三十，正是年轻气盛的时候。接到命令后，迅速命令麾下所有金翅大船支起拍竿，填满石弹，对准梁军的轻舟小船猛轰。

刹那间，大拍抛出的巨石裹着嘶嘶的破空之声就盖满了一片天空，黑压压地逼向下面蝼蚁般的小船。远远望去，如乌云坠落，几成传说中的"黑云压城"之势。

马武所乘的艨艟冲在最前，一见敌人中计，抱着必死的决心立于船头挥动令旗——冲！

在铺天的巨石面前，艨艟、走舸这等角色没有胜负，只论生死。很快，巨石就呼啸着砸落了下来。马武座船左侧的一艘走舸被一颗石弹拦腰砸断，瞬间就裂为了两截！船舱中被抛出的一名士兵先是飞到了半空，旋即又被从天而降的一块巨石击中，重重砸入江中。速度之快，马武都无从得知他最终是被砸死的，还是淹死的。

兄弟，走好！马武来不及悲伤，继续指挥侥幸存活下来的座舰向前冲去。

周法慧见下面的"蝼蚁"们发了疯似的继续前冲，对其火攻的目的更是深信不疑。遂下令继续发射石弹，不要停，所有石弹打完为止！

陈军士卒们自然知道这些小船冲过来会是什么后果，为了保命，也疯了似的滚石、填弹、发射。战船上的拍竿像是抽风一样一刻不停地将致命的巨石发射出去，江面上一时巨浪滔天，船板、桅杆、尸体乱飞。战争在这一刻沦为单纯的屠杀。

萧岿望着江面上的浮尸和船只的残骸，不禁捏紧了拳头，指甲深入肉中都不自知。他终于忍不住侧头看了眼想出这个主意的舅爷，为什么不采用前船拖后船的方式，省掉一些不必要的伤亡。实在不行，派出一半的战船也行。

王操的眼中只有前方的战场，没有多余的心思回应甥孙。但他心中无比清楚，陛下心中一定会有所自责和对自己谴责，但战争在某种程度上就是骗的艺术。想骗得逼真，有时必须假戏真做。

这，就是胜利的代价！

不过王操相信马武，他一定尽了最大的努力，在前方指挥将士们前进的同时，如何尽量避开敌军的石弹。

就在萧岿终于感到疼痛，发现手掌被自己掐破时，突然，陈军的大拍哑巴了，漫天的破空之声戛然而止。

陈军的石弹打完了！萧岿与王操猛然间对视了一下，后者立即抽出佩剑，朝头顶瞭望台上的传令兵一吼："反击！"

传令兵是个敦实的青年，之前一直在瞭望台上默默静候着。听到主帅号令，竟用上了吃奶的劲儿将手中的红旗舞得呼呼生风。

随即，憋了很久的梁军金翅大船动如雷震，以排山倒海之势猛地向前冲去。

吴明彻，现在该看看朕的雷霆之怒了！萧岿胸部微微起伏。

对面的周法慧还处于震惊中，难道所有的石弹这么快就打完了？他愣愣地转头看向两边，只见近处的战船上，那些操纵拍竿的士兵们有的气喘吁吁，有的干脆像死猪一样躺在甲板上动弹不得。更有甚者，一艘金翅船的拍竿吊绳竟然被生生扯断！

他这才意识到，自己刚才有多么慌张，带着士兵们都全然不顾后果，只想尽快把梁军的小船给消灭干净。

然而眼前的小船不仅没被消灭干净，还幸存了一大半，这可如何是好？

此时，吴明彻指挥的主力船队还未完全脱离战场，周法慧必须掩护他们，直到撤到安全距离之外才行。

周法慧横下一条心，就算是把船全部开过去与梁贼同归于尽，也在所不惜！拿定主意，他下令所有人摆好弓弩，备好吊绳，准备对冲过来的梁军纵火船展开近身肉搏。

然而，出乎他意料的是，那些艨艟、走舸突然间停止了前行，原地向两侧散开。紧接着，梁军的金翅大船全速开动，汹涌而来。

周法慧愣住了，脑中一时全然空白，不知如何应对，因为他能用来应对的武器——石弹已经没了！

王操望着已为鱼肉的陈军船队，命令左右两翼的华皎、戴僧朔加快速度，迅速从两翼实施包抄。很快梁军的上百艘金翅大船就从左、中、右三面围成了一个大大的半包围圈。

"发射！"王操对着瞭望台上的旗手喊道。

那个敦实的旗手再次用尽全力，打出了标准的旗语。其他船上的旗手依次传递，命令以最快的速度传遍了出击的金翅大船。

一阵拍竿开动的巨响声后，梁军的头顶猛地蹿起一片黑压压的浓密"乌云"。与其他乌云不同的是，这片"乌云"长上了翅膀，瞬息间就飞到了周法慧船队的头顶，然后云变暴雨，带着雷霆之势砸向了下面的船队。

周法慧抬头望去，天已不见，只有漫天的巨石如同天谴的刑具一般呼啸而下。

"原来，这就是所谓的'坐以待毙'！"周法慧无力道，眼巴巴地看着那死亡之雨降临在一艘艘战船上。

包着牛皮的船楼、加厚的甲板、裹着铁制铠甲的战士，在这些巨石面前全都变得脆弱不堪，被砸得不是支离破碎，就是粉身碎骨，正印证那句老话——覆巢之下无完卵。

王操不愧是沙场上的老手，距离和力道把握得极准，将石弹的威力发挥到了极致，只两次齐射就把周法慧的战船纷纷击沉、击毁。他知道前面的征途还很长，石弹要省着用，所以必须弹无虚发。

他原本还想俘虏周法慧的，但士兵们对其座舰格外的"照顾"，结果成了第一个被击沉的敌舰。

王操顾不上打扫战场，他还要乘胜追击，一举击破吴明彻的主力。但前进中才发现周法慧的船队虽灭，但残骸要么将沉未沉，要么刚刚沉入，成为"暗礁"，大大迟缓了船队的行进速度。等他领着大军通过残骸区，吴明彻已率领主力部队远遁，留给梁军一个个仓皇的背影。

萧岿决定重新集结好船队，立即展开追击。他担心的是，宇文直如果不能迅速攻破郢城，等吴明彻率军突然赶回，势必受到内外夹击。

吴明彻也深知郢城的重要性，所以一面全速撤退，一面不断派出零星的艨艟、走舸沿途阻击，不计代价地迟滞梁军的行动，如此总算是争取到一些时间。

萧岿也不敢有丝毫懈怠，一面拼力追击，一面不断向宇文直飞鸽传书，通报军情。如此追击了两天，宇文直那边终于传来了一条消息——郢城仍尚未攻破！

原本宇文直占据了绝对的优势，五万大军突然出现在汉水的入江处，一时让城中的程灵洗惊愕不已。但惊愕过后，他没有弃城而逃，或是举城而降，而是下令全城动员，准备奋起抵抗。

宇文直则觉得胜券在握，一面将攻城的重任交给了副帅元定，令其渡江围攻；一面命令正帅权景宣率领两万人沿长江继续东下，攻打武昌郡，扫清下一步进攻江州的障碍。至于他本人，则计划率一万人留在江北，名为坐镇后方，随时策应各部，实为游山玩水。郢州为沔水与长江的汇合处，周围景致旖旎，他怎么舍得放过一饱眼福的机会。

权景宣、元定作为沙场宿将，对他的想法极力反对：一则，主帅是全军的主心骨，士气所在，当亲临一线，鼓舞全军斗志，以尽早拿下郢城；二则，深入敌国攻城略地，最忌分兵。且原本计划的十万大军现在只来了五万，当集中兵力先攻破郢城，再会合梁军水陆并进，方算稳妥之策。

宇文直不以为然地反问权景宣："权将军十七岁就当上了轻车将军，如今你贵为仅次于上柱国的大将军，反倒不会统兵了吗？难道事事都要我亲临一线，才能克敌制胜？"

权景宣也是一把年纪的人了，现在却被这个能当自己儿子的上司瞎指挥，顿时气不打一处来，当着众将的面吼道："我也是为国公考虑，别忘了立军令状的是你，不是我权晖远！"

宇文直从来只看"皇兄"宇文护的脸色，哪里受得了这般咆哮，当即亮出了腰间的佩剑，反吼回去："你也别忘了我有便宜行事之权，定不了你的死罪，但可以定你的活罪！"

权景宣可不怕什么便宜行事之权，亦梗起脖子，让宇文直现在就下令处置。见北周主官、大将争得面红耳赤，现场年龄最大的殷亮只得出来劝和。

"诸位，诸位，我们的敌人是陈国，不是自己人！和气才能赢，还请诸位以和为贵！"

殷亮虽是武将出身，却生得十分和善。如今年逾花甲，越发显得慈祥，让众人倍感亲近。在他的一番劝说下，权景宣、元定总算是从大局出发，收住了脾气，勉强接受了宇文直的"命令"，各自领命而去。

宇文直见这老头识趣，甚为高兴，拍着老爷子的肩膀道："我听闻西梁官制还是南朝的老一套，没有上柱国一职。殷老将军乃是西梁名宿，当配此职，即日起你就是西梁第一个上柱国了！"

殷亮连忙拱手谢过，但推辞说："雷霆雨露皆由君出，梁主还未封赏，怎敢居此高位。"

"怕啥，我的话就是圣旨，萧岿他不会不听的！"宇文直拍着胸脯道。

殷亮不是锱铢必较的文官，他明白自己的首要任务是协助周军拿下郢城，这种小事上犯不着与其争执，就应下了。

他再次谢过宇文直，然后拜别出营帐，赶紧追上权景宣，将武昌郡一带的地形和紧要信息一一交代，务必使其心中有数。权景宣郑重地朝老爷子拜谢过，便点齐兵马，乘船向东直奔武昌郡而去。

殷亮知道改变不了宇文直的命令，便又自请作为元定的幕僚，协助其攻打郢城。宇文直原本还想让他当向导，带着自己在周边游兴一番。但殷亮这次十分坚持，愿意留下自己的老仆作为向导。宇文直这才勉强同意。

于是，攻城的重任就落在了元定和殷亮的身上。元定也是一员猛将，他本是前朝北魏的宗室，自北魏瓦解后，他和父亲元道龙为了求得生存，只能投效军中，用军功赢得安身立命之本。

虽然这次真正的主帅宇文直吊儿郎当，不堪大任，但既然朝廷将大军交给了他，他就立志要拿下郢城，为自己和家族赢得更大荣耀。

他从殷亮处了解到郢城作为陈国防御体系中的重要一环，修得十分坚固，城墙高大不说，还建有内外两重城池，且引来了长江之水为护城河。现在唯一的劣势就是城中兵力单薄，人心不稳。

两人商量了一番，元定决定从北、东、西三面发起轮番攻击，昼夜不停，使敌疲劳不堪，然后一战克之。至于剩下的南面，则是有意围三缺一，留下一处退路。如果程灵洗实在扛不住了，可以借由此处撤退，否则无路可逃，必然拼死抵抗，增加攻城的难度。

确定了战术，元定展现了名宿应有的效率，两万大军在两个时辰内就完成了在郢城三个方向上的部署。他将每座城门的攻城部队分成五个梯队，轮番发起了冲锋。

一炷香内，三路大军全部攻过了护城河，进抵城墙之下。接着，周军一面架设云梯，向城楼发起猛攻；一面派敢死队手持盾牌冒着城头守军的箭弩扫射，将准备好的撞车艰难推至城门前，攻击城门。

与此同时，殷亮也组织人向城中放箭传书，劝告程灵洗不要负隅顽抗，立即开城，投效明主。殷亮的文笔平平，但话语极具煽动性。他首先回顾了十二年前，陈霸先不顾昔日旧恩，杀死了举荐他的老战友王僧辩。当时唯有使君你一人明知主公已死，还率军力战石头城西门，直至身受重伤被俘。这份勇气和忠诚，我主萧岿十分敬仰，特虚位征东将军一职以待使君。万望使君不忘王僧辩公旧仇，与我携手，共击陈贼。

程灵洗看到信后也是颇为感慨，十二年前陈霸先袭杀大司马王僧辩公时，自己确实十分不忿，一心想着为他报仇。但被俘后，陈霸先拿自己属下们的性命相要挟。无奈之下，才选择了屈从。

这些年来，陈霸先、陈蒨叔侄俩勤勉克俭，多有惠民之举，做皇帝还算是称职。所以自己也渐渐放下了对他们的成见。但这陈顼是什么货色，身价一郡的败家王爷！以一己之私诛杀到宰相和韩右军不算，现在又以刺史任期不能过长为由，来逼迫我们这些老臣。简直岂有此理？

不过对陈顼的不满归不满，这些都可以关起门来解决。现在外敌当前，陈国的尊严、郢州百姓的安危容不得侵犯，自己决不能有一丝一毫的含糊！

出于对殷亮的敬重，他亲笔书就一封回信，令人誊抄数份，射出了城外。

殷亮拿到信后，只看到了十六个字——往事如烟，只论今时。人在城在，人亡城亡。

看来他是铁了心了！殷亮只得专心为元定出谋划策，争取早日攻破郢城。在二人的指挥下，周军一天十二个时辰毫不停歇，将郢城的三面城门像磨盘一样碾来碾去。更让守军头疼的是，元定预留了一支三千人的机动部队，随时会投入任意一座城门，加大攻城的力度，让人防不胜防。两天下来，护城河被填平，城楼被削掉了一半，城墙插满了箭弩，但城门一座未破。

元定的人马也累得够呛。如果不是殷亮和他交替指挥，怕是他也得累趴下。无奈之下，他只得向宇文直请求增援。

宇文直此时正泛舟毫无硝烟，只有烟波的沔水之上，凭栏垂钓。说是垂钓，其实更像是皇帝巡狩，随行的船只多达三十艘，有护卫船、粮船，甚至是专门载着歌姬舞姬的游船。整个出游的队伍人数多达三四千，送信的士兵费了好大的周折，才在一艘满是胭脂味的游船上找到他。

宇文直看完元定的请兵信，打着哈欠问："你们将军麾下多少人？"

"两万。"

"守军多少人？"

"大概五千？"

宇文直的眼睛这才从鱼竿上转到信使的一双黑眼圈上："四个打一个，都不打过，还好意思跟我请求援兵？"

信使只得如实禀报，程灵洗抱定了必死的决心，将城中的数万男女老少全部动员起来防守。这些人虽然战斗力不如正规军，但架不住人多。加之郢城是陈国的防御重心，城中储备的武器、装备充足，完全可以将这些人武装起来。因而元将军力战至今，仍未破城。

蠢材！宇文直心中暗暗骂道。他在信使的百般哀求下，勉强同意以换兵的方式增援——他派出五千援兵的同时，元定需将自己的攻城部队派回五千。

信使不敢自专，只得返回江南，原话告知元定。元定听完气得一把将手中的马鞭折断，大战于前，竟有这样的主帅？不过生气归生气，他也只能接受宇文直的方案。

如此经过一番折腾，总算是求来五千人的有生力量。元定重新鼓起斗志，和殷亮一起投入进攻之中。

经过激烈的厮杀，周军终于在第三天上午攻破了北门。虽然已是疲惫至极，但元定还是强打精神，跨上战马领兵冲了进去。

程灵洗听闻北门失守，也领着混杂着士兵、府役、平民的一支援兵迅速赶了过来，与元定激战在一起。

元定剑指程灵洗道："程公，郢城已破，你也算对得起陈国了。现在投降，我还算你是主动投效，西梁的征东将军还是你的！"

面容憔悴，但眼神依旧不屈的程灵洗持剑指了指身后，慨然道："将军你看清楚了，我身后站的可是郢城的百姓。他们守卫的不只是陈国，更是自己的家园。我身为郢州的父母官，今日只为百姓而战！"

说罢，他打马就向元定冲了上去，两人遂激战在一起。别看程灵洗今年已五十有三，此时又是一脸疲态，但搏杀起来异常凶猛，一柄长剑抢得生风带火，与小自己一旬的元定连战五十回合，竟能连伤其两处。

不过元定毕竟年轻，渐渐地在体力上胜过了程灵洗，频频出重手。连续使出几个霹雳斩后，亦将程灵洗击伤了三处。

程灵洗忍住疼痛，继续力战。元定则越战越勇，步步紧逼，将其逼到了一处墙角，然后双臂高举长剑，狠狠劈去一大块腿肉。

程灵洗一个没坐稳，就栽落马下。元定上前正要生擒，忽然斜刺里冲来两个程府的仆役，用身体护于程灵洗身前。

元定只得挥剑劈砍，将这二人杀得血肉横飞，因为他们没有一个人退让，明明已经被刺中了要害，还要抢在断气前挥砍几下，迟滞他的进攻。等他终于杀死了最后一个挡路者，正要再次擒拿程灵洗时，城门处突然有人骑马疾驰而来，向他禀报——背后江面上突然涌来了大批的陈军战船，正从背后向我军投掷巨石！

元定心中大惊，忙问敌军来自哪个方向？

"东边！"士兵抹了抹一脸的血污道。

是吴明彻！元定迅速做出了判断。

此时已咬着牙重新翻身上马的程灵洗仰天大笑起来："哈哈哈，元将军，现在该老夫劝降你了！退路已断，敌援已至，想活命还是归降我大陈，只是老夫手里没有征东将军，只有郡守、偏将可安置你。"

"我呸，休想！"

元定骂完，便举剑再刺。不料刚交手一个回合，西边就涌来一股陈军，有几百人。这次不是军民混合的杂牌军，而是清一色的正规军。

元定不是愣头青，他很清楚想要消灭这伙人，必然耽误时间。如果吴明彻趁机率军登岸，从背后掩杀，自己怕是要全军覆没了。所以他只得放弃了擒拿程灵洗的计划，心有不甘地打马撤退。

等他一路猛冲到了城外，猛然发现头顶一片"乌云"正滚滚而来，顷刻间化作硕大的"雨点"倾泻而下，将来不及逃命的士兵砸得血肉模糊。

他望向"乌云"飘来的地方，看到一条绵延数里的"长龙"横卧于江上，正不断地抛射着石块，那不是陈军的舰队又是什么？

此次他前来攻城，只准备了云梯、撞车、强弩等攻城器械，根本没有投石车这样对等的武器能用来还击。仅有的战船还被宇文直这个蠢货派到了武昌郡，这可如何是好？

正手足无措中，迎面冲来一匹战马，驭马者正是头发灰白的殷亮。老爷子刚才指挥军队围攻东门，听闻吴明彻的舰队赶到，便立即收兵赶来支援。

他将带来的人马交给元定，然后匆匆拜别道："我料程灵洗会率军杀出来，与吴明彻前后夹击我军。现在只有卫国公那里的一万人能解得了此局，我这就过江去搬救兵，请将军务必坚持到援兵出击。"

他的计划是请求宇文直将手头的五十来艘船只装填上硫黄、松香，向吴明彻的船队发起火攻。只要打垮了吴明彻，元定的兵力还是强于程灵洗，依然可以继续围城。

元定亦是匆匆拱手相送："柱国放心去吧，我这就收缩兵力，固守城外，等待你们破敌。"

殷亮纵马赶到江边，寻得一艘幸存的走舸，拉着战马就上了船。他令舵手绕开吴明彻的船队，直奔北岸而去。半路上，吴明彻的人还是发现了他，不时有箭弩袭来。幸好陈军此时的主要目标是南岸的元定大军，对这条漏网的小鱼不甚在意，殷亮才侥幸活着渡过了江。

下了船，他立即换上战马，直奔江北大营而去。幸运的是，宇文直昨天刚刚结束了游兴，此刻就在大营之中。不过他不是在积极调军，准备渡江救援元定，而是在收拾行李，正忙着撤退！

别看宇文直来这里不过数日，却搜罗了不少的好东西。汉川郡当地的官员极力巴结，光是金子，就进献了三百两。

一见殷亮风尘仆仆掀门帘进来，宇文直急忙上前拉住他的手道："殷公救我！"

殷亮一愣，应该是我求救才对，他怎么先求上老夫了？

只听宇文直慌张道："权景宣那边刚刚传来消息，他进抵武昌郡的当夜，敌将淳于量突然率水军从下游赶来偷袭，击毁五十余艘大船，击杀、俘虏我五千将士！"

更糟糕的是，权景宣自知船只陈旧，加之北人不习水战，恐全军毁于陈军之手，只得弃船登岸，从陆路正撤往汉川郡。

"殷公熟悉这一带的地形，你觉得我们撤往哪里最安全？走水路还是走陆路好？"宇文直明明无病无灾，却是一副大限之期将至的表情。

殷亮也是大感不妙，现在吴明彻、淳于量两路大军已成东西夹击之势。一旦他们会合，就等于在长江之上筑起了一道"水上长城"，彻底切断了我军江南、江北两部的联系。

他只得建议道："当然是走陆路好，吴明彻就算弃船登岸追击，我们是两条腿，他们也是两条腿，未必跑得过我们！"

"对，对，走陆路！"宇文直一下子脸色红润起来，好似回光返照。

见他情绪稍稳，殷亮又劝道："同样的道理，水战我们赢不了他们，但陆战可是大周的强项。只要把元将军的人马接过北岸，再等权将军的人马赶来，我军尚有四万人马，完全有一战之力。"

他想的是，如果能固守北岸，等来陛下的水军，届时两路合击，鹿死谁手，还未可知。

宇文直却不干了，一把甩开殷亮的手，呵斥道："你懂什么？萧岿前日飞鸽传书于我，告知吴明彻手中尚存二百余艘金翅大船，权景宣的战报中估计淳于量那边少说也有三百艘。两路陈军的战船数量与我军不相上下，如何打赢他们？"

在他看来，最要紧的是，萧岿的水军尚在路上，但吴明彻的大军就在眼前，随时会拿石头来砸自己。此时不走，更待何时？

训斥完，他不顾殷亮的苦苦哀求，命令将行李装车，全军即刻撤退。

殷亮也急了，"扑通"跪倒在宇文直的面前，苦苦求道："国公，南岸的弟兄们可是大周的子民，你不能弃之不顾呀！"

宇文直大吼一声："闪开，不然你就是我行使便宜行事之权的第一个祭品！"

说着，他将腰间的御赐宝剑抽出半截，露出一道森森的寒光。

殷亮望着剑背上映照的苍老面容，心说我都这把年纪了，还能活几天？遂目光一沉，斗胆道："国公别忘了，你的军令状是以自己的人头为质。如果损失过重，怕是大冢宰也保不住你！"

"你……"宇文直的手又抽出了一分宝剑，但迟疑了片刻，终是没有完全出鞘，"你想怎么样？反正我是不会留下的！"

殷亮见他口气有所松动，便争取道："请留给我五千人马，我去救元将军。"

　　宇文直瞪视了半天，忽然斩钉截铁竖起一根指头，"不行，只能给你一千人！"

　　殷亮咬了咬牙，应道："一千就一千。"

　　"还有，你要立下军令状，如不能救回元定，拿你的人头来抵。"宇文直狡黠地俯视着他。

189

第九章　萧岿抛砖巧引玉　襄州总管望风逃

第十章
王操妙施解牛术
华皎痛失活关城

四国演义 III

江左龙王

　　殷亮一愣，旋即哈哈大笑起来。早在王操请他出山之时，就私下带话给他：谋事在人，成事在天，此战胜负难料。我等可以战死，可以成为失败的替罪羊，但陛下不行。万一此战失败，宇文直立的军令状必然得我西梁的人来领罚，所以我派君前往宇文直处，表面是做周军的向导，实际上是留你作为破绽，让毫无担当的宇文直随时可以拿来挡箭。

　　当时王操给了自己拒绝的机会，但如今西梁人人上阵杀敌，连陛下都做好了战死的准备，我一个致仕的五兵尚书有什么资格在家颐养天年？

　　"好，请赐纸笔！"他慨然应道。

　　世上竟有这样的傻子！宇文直今天算是开了眼界，立即让人取来纸笔，看着殷亮一个字一个字写完，然后心满意足地收好，留下一千人马予他，头也不回地带着几大车财物逃走了。作为全军的统帅，他此行是对得起"满载而归"四个字了。

　　殷亮这厢不敢耽搁，迅速将手头的士卒集中起来，把能收集到的引火之物全部搬上江边的五十来条船上。匆匆准备完毕，他以一艘金翅船为旗舰，领着众人直奔吴明彻船队的腹背而去。

与此同时，在离郢城不远的江面上，萧岿和王操率军终于歼灭了最后一队陈军的阻击船，共计三十多艘艨艟。

王操原先为了节约石弹，好留着与吴明彻决战，准备用六翼金翅战船与之近身肉搏战，用装有铜锤的拍竿将之一一击碎。萧岿表示坚决反对，现在时间紧迫，宇文直、元定等人没有强大的水军为援，一旦被吴明彻断了退路怎么办？再者，宇文直虽说立了军令状，但如果因为自己救援不及时导致失败，将来宇文护难免出于袒护之心，将责任推给西梁又当如何？

因而，萧岿采用了诱敌深入的战术，把几艘六翼金翅船摆在船队前列，引诱陈军的艨艟靠近，然后再令藏在后面的金翅船突然石弹齐发，用最少的石弹一举将之全部砸沉。当然，己方用作诱饵的六翼金翅船受损也是难免的。不过为了抢时间，他也顾不了这么多了。

望着终于干净了的江面，萧岿伸手一指郢城方向："全速前进！"

吴明彻此时也是分秒必争，不计代价，将所有石弹发射了出去，将元定大军打得尸横遍野，且全是残尸。远远望去，郢城之外如同刚刚山体塌方过一般，堆满了巨石和尸体残肢。

为了赶在萧岿的大军到来之前结束战斗，他同时派遣了一万精兵登岸，从背后向元定发起猛攻。让他意外的是，原本陈顼和他眼中的"骑墙派"程灵洗竟然不顾有伤在身，带着百姓和士兵组成的杂牌军也冲了出来，配合自己前后夹击，痛击元定。

元定虽然将残余的兵力集中在了一起，拼死抵抗。奈何经过连续数日的激战，他和部下都是疲惫不堪，只有招架之势，毫无还手之力。

吴明彻在船上瞧得清楚，又加派了五千精兵上岸，务求全歼元定所部。就在他以为胜券在握的时候，船上的传信兵突然来报：江北出现一支船队，正全速向我军背后袭来！

吴明彻闻信急忙登上瞭望台，向江北望去，只见一支混杂着金翅船、艨艟、走舸的船队正猛冲过来。从其吃水来看，并未承载多少士兵和石弹，那么其如此不要命的冲锋只能有一个解释——准备火攻！

现在手头的石弹已全部打空，这可如何是好？

原本他可以派出艨艟、走舸前去自杀式截击的，但之前为了迟缓萧岿的水军，他已拿所有的轻舟，共计三百余艘充当沿途的炮灰。

情急之下，吴明彻亲自操起令旗，向后面的船只下令——用强弩射击！

船上配置的强弩包括车弩、大黄弩、元戎弩，射程大都多达上千尺，一时间各种弩箭汇聚成的"乌云"破空而起，雨点般地向殷亮率领的船只掠去。

殷亮手下的人本来就不多，多数又在船舱中掌舵划桨，所以陈军的强弩横扫了一通后，但见船只纷纷中箭，被扎成了一个个的"刺猬"，却不见有一艘船沉入水中或是鲜血横流。

吴明彻急了，赶紧又派出十来艘金翅大船排成一道"船墙"，齐头并进前去阻击，哪怕是同归于尽也在所不惜。

殷亮见招拆招，又令船只向东西两侧散开，同时点燃各自船上的松香等物，全速冲向陈军的船队。

"为了胜利，为了对岸的兄弟们，今日鱼腹就是我等安息之处！"点燃船头松香的一刻，殷亮对着船上的将士们铁骨铮铮道。

众人亦是嘶声高喊着"胜利"，用必死的决心响应着这位老者。

只可惜，老夫不能与西梁的将士们一同战死了……殷亮心中颇为遗憾。

随着他的战船引燃，其他的周军战船也纷纷点火，燃成了一个个飞速移动的"火把"，不顾一切地向陈军的船队冲去。远远望去，就像是一支支"火箭"正射向柴堆。

陈军上下，无论是将官，还是士卒，一时皆是大惊失色，慌里慌张地向船舱中的舵手、水手大喊，要他们赶紧开船躲避。

所谓船小好调头，陈军所剩的全是金翅大船，别说是掉头，就是转向都十分费劲。眼看着"火箭"步步逼近，平日里常以名将自诩的吴明彻此刻也是黔驴技穷，徒呼苍天救我。

就在这千钧一发之时，吴明彻突然感到未被盔甲遮挡的后颈处生生发凉。他不敢相信地猛然举起手中的令旗，高高伸过头顶，只见三角形的旗面迎风飘展，几乎被大风扯直。

望着这个简易"风向标"，吴明彻悲极生乐，疯了似的仰天大笑起来，真是天助我也，因为"风向标"所指的风向，正是南风！那些"火箭"立时成了逆风者，被船头的大火反噬，把自己给全点燃了！

更要命的是，这股风来得异常猛烈，吹得周军的火船如上坡一般吃力。且风助火势，小如走舸者几瞬间就被烧得里外透红。

既然上天都站我这边，那就我不客气了！吴明彻立即派出十多艘六翼金翅大船上前，挥动左右装有铜锤的拍竿，将那些敌船敲得粉碎。

周军的船只本来就烧得正欲散架，碰上力达千钧的拍竿更加脆弱不堪，纷纷被击得支离破碎。

之前由于抱着同归于尽的决心，周军士卒还能坚守船上。如今突降大风，同归于尽成了自取灭亡，他们顿时气泄千里，毫无斗志，竟一个个争先恐后地弃船跳江，各寻生路而去。

吴明彻自觉背靠上天，这些敌军便都是逆天者，活该被消灭，遂下令放箭，一个都不放过。

陈军上下也对这些刚刚差点儿就烧死自己的周军愤恨不已，于是都拿起了弓，张开了强弩，将复仇的利箭一支接一支地射入落水者的身体，尽情发泄着胜利者的淫威。惨叫声、船只的解体声在呼呼的风声裹挟下，被带过了长江上的边界，一直传入北周的汉川郡深处，将失败的气味散播到更远的地方。

对士兵下狠手的同时，吴明彻唯独对敌军的旗舰手下留情，下令只用拍竿击碎，但不得放箭射杀落水者。因为他想看看，敢在这个时候拿命上门相搏的到底是何许人也。

殷亮原本是打算以身殉死的，但赴死的半路就听头顶一声天崩地裂似的巨响，紧接着脚下地动山摇，整个人被重重抛出了船舱。最终，身披红袍的他被陈军的水手跳入水中俘获，湿漉漉地带到了吴明彻的面前。

吴明彻上下打量了半天这个一身狼狈，眼中却没有丝毫败将之凄色的老头，问道："你是谁？在北周身居何职？"

殷亮凛然道："西梁前任五兵尚书，殷亮。"

吴明彻听说过这位老前辈，不过他如今既为梁贼伪臣，又甘愿充当北周的鹰犬，那就没什么好客气的了。

他挥了挥手，示意押着殷亮的士兵松手："将军想怎么个死法，说吧，吴某一定满足。"

"我现在还不想死。"

"怎么，想要求我饶命？"吴明彻哂笑一声，"你既然愿意为梁贼效忠，何惧我成全你的一片忠心？"

轮到殷亮发笑了，不过不是哂笑，而是讥笑："心长在我的身上，何须你吴通昭成全？我迟早要为大梁而死，但不能死在这里，更不能死在你的手里。"

吴明彻来了兴致，捋须问道："那你想死在哪里？又死在谁的手里？"

"长安，死在宇文护的手里。"殷亮坚定道。

"这是为何？"

"替梁主开罪，全西梁残土。"殷亮轻叹了一声，"这是老夫能为陛下尽的最后一次忠了。"

吴明彻心中明白了一二，他想不到西梁那片弹丸之地，竟有人视之如瑰宝。想起当年侯景之乱时，自己也曾拿起武器，带领众乡亲奋起抗击，他不禁对殷老头有些惋惜。

他上前一步，微微低头向殷亮拱手道："老将军的忠心令人钦佩，但你之忠乃是忠于一家一户的小忠。我江南乃是华夏正朔，衣冠所在，将军何不随我一起共保陈主，尽大忠于江南万民？"

殷亮大笑起来，笑中无喜，尽是苦味："大忠也罢，小忠也罢，我此生只食梁国俸禄，只奉兰陵萧氏为正主。吴将军又何必强求？"

吴明彻不再强求，命人将他送到北岸，不得为难。殷亮拱手谢过，道了一句"后会无期"，便洒落而去。

为什么我敬佩的人，都是我的敌人？作为胜利者的吴明彻莫名感到了一丝失落。

他收拾起情绪，转而投入了对元定所部的歼灭战中。元定虽然拼尽全力，但终究无法抵挡陈军的两面夹击。他在打光身边最后一个亲兵之后，又砍杀了七八个敌军，最后自杀不成，重伤力竭被俘。

吴明彻打了胜仗却不敢喘口气，一面派人善后将俘虏收押，一面派重兵将散落在城外的石弹迅速运到船上，以备迎战萧岿之用。

忙碌之余，他专程抽空在北门外拜会了此战的功臣程灵洗。

程灵洗正坐在满是血腥味的草地上，让军医处理着伤口。

身经百战的吴明彻满以为自个儿身上的伤就够多的了，孰料一瞅褪去上衣的程灵洗，伤疤竟多出自己的一半。

惊愕之余，他紧走几步上前，向这位郢州父母官深施一礼："使君忠勇，先前吴某多有得罪，还请多多包涵！"

此时，军医正在处理程灵洗背后一处被长剑劈开的伤口。伤口深有寸余，长约五寸，皮肉外翻，几乎见骨，军医正用银线小心翼翼地缝合。

如此剧痛之下，程灵洗脸上未见一丝痛楚，声色如常道："我对陈顼多有不满，故而上书请求调任武州，你猜得也不算错。"

吴明彻见他怨气未消，赶紧又道："使君是一方的封疆大吏，上书己见没有什么不妥。使君忠于百姓，忠于职守，此乃大忠，我这就上书，让朝廷明白使君的心迹。"

随后，他又令人将程文季找来，好让其守在程灵洗身边，照顾父亲。

"不用了，"程灵洗抬手制止道，"他既然已有武职在身，现下就该做好分内之事，且留在你身边效力吧。"

吴明彻想起坊间有关程灵洗早年保卫乡里、驱逐盗匪的传闻，不禁重新打量了下这位使君——少能守乡，老能守国，真乃忠壮之士也！

放下了成见，他主动和程灵洗商量起对付梁军水师的策略来。两人都是武将出身，所想的办法自然都是军事层面的。讨论了半天，程灵洗突然提出一个问题：此战能胜元定，郢州百姓的力量占去一半。而萧岿至少表面上行的是清君侧的义举，又高举先皇的旗帜，他手头还有先皇的遗诏，道义全在他那一边。境内的士人也因去年他孤舟涉险，抱有极大的好感，我们如何能再次调动百姓与之决战呢？

吴明彻一听也是头疼起来，郢州靠近西梁，多年来受其熏染颇多，民心多有不稳。程使君能调动百姓的斗志，是因为对付的是周军，是外敌。但萧岿不同，他们兰陵萧氏本就是江南之主，虽然侯景之乱后萧氏诸王互相攻击，让百姓深受其害，但之前梁武帝统治四十多年，给江南带来了整整两代人的太平日子。且南梁疆域囊括了如今北周占据的巴蜀、荆襄和北齐抢走的江淮，那是何等荣耀？陈国与之相比，可谓是相形见绌。

就在两人苦思冥想，寻找破解之法时，当天申时时分，西梁庞大的水军出现在了郢州的江面上！

萧岿早已猜出吴明彻的打算，所以一路上紧赶慢赶，直追郢城而来。奈何他没料到吴明彻出手那叫一个狠，先是让周法慧的五十艘金翅大船当了炮灰，又尽遣麾下三百多艘艨艟、走舸沿途自杀式阻击，拼命迟滞他的水军行程。

虽然到头来只是拖慢了三个时辰，但等萧岿进抵郢城外的江面时，南岸已为吴明彻彻底控制，北岸已无一个周军。

原本殷亮率军发动突袭之前，已放出信鸽，将这里的战局情况紧急报给了他。但他没想到的是，宇文直撤得这么干脆，连一兵一马都没有留下。

他当初怂恿宇文直立下军令状，一方面是想给宇文护吃颗定心丸，争取他派重兵南征；一方面也想以此为枷锁，不求这位纨绔公子能身先士卒，起码为了自己的前程多些担当，增加胜算。不料此人纨绔到底，不可救药！

在旗舰上望着空荡荡的北岸、严阵以待的南岸和陈国水军，萧岿的脸上第一次露出了帝王不可或缺的一样东西，杀气。

宇文直，这笔账迟早会有人跟你算的！萧岿暗暗立誓，就算动手的不是朕，朕有生之年也一定会促成此事……

身后的华皎见他半天没开口，忍不住请示道："陛下，现在我们该怎么办？"

萧岿转过身，面朝众将道："卫国公已撤，元定大军全军覆没，现在能依靠的只有我们西梁自己了！"

傅准、李广、章昭裕等人皆是目光炙热地回望着他，就等他下命令。

"吴明彻虽然消灭了元定所部，但他刚刚经过一场血战，疲惫至极，正是我军以逸待劳的大好时机。"萧岿说着看向了主帅王操，"王录公，你下命令吧！"

王操谨遵其命，然后下令道："现在情势危急，臣请陛下与臣同为先锋，上阵杀敌！"

众臣纷纷说不可，陛下身系国家安危，怎能以身涉险？

不料萧岿却道："准奏。"

然后换上白色牛皮战甲，与王操乘旗舰率领二百艘金翅战舰组成锥形阵，由章昭裕、李广二人为前导，全速出战。

锥形阵形似长矛，锐不可当，气势汹汹地就冲向了陈军的船队。孰料行进到半路，梁军却不得不慢了下来，因为就在不远处的江岸上，数百名周军俘虏正被五花大绑，排成长长的一排跪倒在地。每人身后都站着一名陈军的刀斧手，随时准备行刑。

南朝长于水战，北朝长于陆战，这原本是天下的共识。但如今北周的精锐之师沦为待宰的羔羊，毫无反抗之力，让梁军士卒无不倒吸凉气。

这时，从江岸上刀斧手身后的陈军队列中忽然走出一员老将，容貌雄伟，双目炯炯，虽然身上多处负伤，但丝毫不减雄姿。他正是郢州刺史程灵洗。

程灵洗指了指跪在地上的俘虏，高声朝梁军喊道："尔等听好了，今日我郢州百姓，生为陈民，死为烈士，犯我陈土者，这些人便是下场！"

说罢，他大手一挥，刀斧手们纷纷手起刀落，几百个身强力壮的北方汉子瞬间全部成了身首异处的刀下鬼。

梁军看得唏嘘不已，出发时满满的士气顿时洒出去大半。

萧岿在旗舰上看得一清二楚，遂一改往日洋洋盈耳的声线，铿锵有力地朝众人喊话道："朕今日将生杀之权赐予你们，想生就拼力一战，想死就战死殉国！谁也不要做俘虏，否则他们就是你们的下场！"

萧岿喊罢，让邻船上的士兵们将自己的话传给旁边的船，然后再次第传到更多的船上。很快，每个梁军将士手里都握紧了自个儿的生杀予夺大权——今日我等只有一种死法，那就是站着战死，绝不跪着受死！

在程灵洗惊异的目光中，梁军的战船再次全速开动，如离弦之箭般冲向了己方的水军。

吴明彻见梁军士气不减，急忙下令前队战船开动大拍，向梁军发射石弹。就在这时，前方的空中突然传来一阵响遏行云的长啸，他抬头猛然发现，一道道白色、天蓝色、黑色的飞影正飞掠而来！他使劲揉了揉眼睛，才勉强看明白那是一群鹘鹰！大约有上百只之多，且皆是羽色纯白、天蓝、纯黑的上品。

吴明彻纳闷了，这种猛禽生在北方苦寒之地，自己也只是在去岁木杆可汗送来的国礼中见过一只，怎么郢州会突然冒出这么多？

他还没来得及搞清楚这个问题，鹘鹰已经猛冲到陈军战船的头顶。不等士兵们做出反应，这些猛禽突然扔下一个个黑乎乎的东西，约莫酒坛子大小。吴明彻原以为是石头，没想到掉下来的正是巴掌大的酒坛子。邪门的是，这些鹘鹰像是受过专业训练的神投手，酒坛子几乎全都被分毫不差地掷于大拍之上，然后化作一个个巨大的火球。

对面的一艘高大战船上，萧岿望着火球在陈军战船上炸得此起彼伏，侧头向王操露出了一丝赞许——这些花重金从木杆可汗那里买来的桀骜之禽，想不到舅爷仅用三年时间就将它们训练成了大梁的战士！

在塞外时，朕听木杆可汗说鹘鹰像射出的箭一样，能在风驰电掣中准确地抓取猎物。当时还以为是大话，如今一见，大汗诚不欺朕。

借着陈军战船拍竿失火的有利时机，王操拔出佩剑朝前一指，厉声下令："冲啊，不能生，就战死！"

李广、章昭裕等将领皆是额头青筋迸出，厉声重复着他的命令，然后率领战船向前冲击。同时，战船上的投弹手开动左右一对拍竿，将千斤巨石凶猛地投向陈军的船队。

风水轮流转，吴明彻的人现在成了待宰的羔羊，眼看着石弹在空中像车轮一样疾速翻滚着，夹着奔雷之势从头顶坠落。仅第一次攻击，就有十艘金翅大船被报销掉，陈军的队列从正面被狠狠撕开了一道口子！

几乎是同时，萧岿和王操喊道："进攻！"

陛下、主帅所令，谁敢不从？梁军将士驾驶着战船一边猛冲，一边继续投掷石弹。从空中鸟瞰，此时的梁军船队如同庖丁手中的杀牛刀，从刚刚打开的口子处划出一道优美的弧线，将二十多条金翅战船从陈军队列中切开。梁军紧随其后的六翼金翅大船迅速跟上，将这切出来的一大块"牛肉"团团包围，然后挥动裹着铜锤的大号巨木，将其一艘接一艘地敲得皮骨不存。

开战仅仅半炷香时间，吴明彻就接连损失了三十多艘金翅战船！

萧岿不给他任何喘息机会，和王操指挥前锋船队保持着锥形阵，又折向南边，再次施展庖丁解牛术，从陈军队列中切下一大块"牛肉"。后面的梁军战船立即跟上去补刀，三下五除二就将之剁碎成了"牛肉饺子馅"。

如此一来，陈军损失的战船数量迅速攀升到了五十余艘！

出征之前，萧岿听舅爷提出他的"屠牛战术"时，还为船队的配合能否真如庖丁之刀一般游刃有余而担忧。

看来朕是杞人忧天了，在朕长居长安的两年中，舅爷和蔡令君一定是日夜操劳，尽心练兵……萧岿望着舅爷斑白的两鬓默默感激道。

另一方面，吴明彻则是看着不断消失的战船，头皮一个劲儿地发麻——萧岿这小子竟拿老夫的舰队当老牛一样屠戮，着实可恶、可怕！为了不坐以待毙，他决定收缩队形，打一场防守反击大战。

为了争夺时间，他又一次爬上瞭望台，亲自挥舞令旗，指挥船队迅速后撤，紧贴南岸摆成一个大大的弧形。这个弧形阵的外侧全部是六翼金翅船，前侧的一对拍竿一齐挥动，好似一群武林高手左右开弓，挥舞着长剑。

在吴明彻的巧妙布阵下，陈军船队变得密不透风，数百条拍竿齐声播动，把江面当成大鼓一般敲击出冲天的浪花。

萧岿不禁哑然失笑，指着吴明彻的拍竿大阵道："这简直就是一群锣鼓队！吴通昭不习音律，真是屈才了。"

身旁的华皎一听也是哂笑不止："吴明彻如今已是无计可施，只有招架之势了。陛下不要手软，应速速歼灭。"

萧岿点点头："他想让朕冲上去挨砸，等我军疲惫之时好趁势反击，做梦！王录君，就辛苦你教教他怎么打仗吧。"

王操领命，然后向分散于周围几艘战舰上的驯鹰师下令：把鹘鹰全部撒出去！

驯鹰师一共三十多人，除了四五个是萧岿重金从塞外请来的，其余的皆为他们在西梁军中选出的徒子徒孙。

得到王操的指令，他们立即招呼适才刚刚回船的鹘鹰再次携带内填硫黄、火油等易燃之物的坛子，点燃引线之后，令其腾空而起向着陈军的战舰俯冲过去。

吴明彻原本还等着萧岿大军上来送死，猛地听到头顶传来一声声鹰唳，顿时浑身一个激灵，怎么这伙畜生又来了！

"来呀，搭好弓弩，给我统统射下来！"吴明彻站在瞭望台上吼道。

弓弩手们得令后，急急忙忙去找弩拿箭，然后将望山对空抬起，等一切准备妥当，却发现为时已晚。因为鹘鹰还有另一个名字——矛隼，意思是它们的出击像飞行中的矛一样又快又准，即使是全速奔跑中的兔子都难以逃脱其鹰爪。

这些训练有素的鹘鹰抢在陈军弓弩手动手之前，就已经掠至第一排的金翅船头顶，按照驯鹰师的指令将一个个坛子对着拍竿抛了下去。轰隆隆的爆炸声立时在陈军战船之间接力响起，长达数十尺的拍竿不是被炸上了天，就是被轰进了江里，全然没有了先前的威猛之势。

"锣鼓队的鼓槌被缴械了。"萧岿优雅笑道。

在鹘鹰的偷袭下，陈军前队的许多六翼金翅船纷纷成了哑巴，且其中不少船只还着起了火，场面一时混乱不堪。

不过吴明彻也并非一无所获，虽然没来得及阻止绝大多数鹘鹰的偷袭，但它们返回梁军的船只时难以瞬息而至，这就给了陈军强弩射杀的机会。一时间，陈军的弓弩手将所有的愤怒和复仇欲望全部发泄在了这些畜生身上，甚至不惜动用车弩这样的大杀器，将长矛大小的弩箭射向它们。

有的鹘鹰先被刺穿了翅膀，坠到陈军的战船上，又被围上来的士卒刀劈剑刺，剁成了肉泥；有的被射穿了身躯，凄厉地惨叫着落入水中才断气。最终安全回到梁军战船上的只剩下不到三分之二。

萧岿和王操看着不禁有些肉痛。把一只野鹘鹰训练成标准的猎鹰，至少需要三年的时光。且不说鹘鹰的数量本就稀少，光是再训练出一批新的有生力量就要再等三年！那些驯鹰师们看到自己的“孩子”一去不复返，个个都是悲伤不已，只是碍于眼前的战事，只能无声地垂泪。

“朕会命史官在我大梁的史书中记下它们的名字，它们每一个都是烈士！”萧岿亦有些动容。他真心希望后世的子孙在祭典自己时，也能铭记这些天空中的英雄。

萧岿只允许自己的情绪放肆了片刻，便全部隐藏起来，重新将注意力投入眼前的激战中。

刚才在王操的授意下，鹘鹰投下的酒坛子颇有技巧性，不是集中轰击一处，而是散点式袭击，在宽达一里之遥的敌军队列正面集中打击了三处。这样就制造了三个突击点，便于将敌军分段切割，分而歼之，使吴明彻首、腰、尾不能兼顾。

萧岿看了看已近黄昏的天色，心说现在可谓是吴明彻的黄昏了。致命一击，就在此时！

王操的反应比萧岿还快，拔剑在手，向瞭望台上的传令兵发出总攻的信号。旋即，敦实的传令兵砍人一般将令旗挥得生风带火，把主帅的命令准确无误地传递给了所有人。

李广、章昭裕等人立即率领所部战船，向鹘鹰攻出的突击点全速前进。

吴明彻也是沙场老手了，很快也发觉了王操的意图。但此时他却有些无可奈何，因为他把阵形排成了一条细长的“墙”，刚才防御的时候有上百的拍竿挥舞于阵前，足以令对手无从下手。但现在“墙”面出现了缺口，内部缺乏足够的纵深，己方的战船立时成了案板上的鱼肉，任其摧残了。

难道这就是我吴通昭名将之路的终点吗？吴明彻有些遗憾，古有李广出师未捷，血洒疆场，今有我吴通昭东征未果，葬身鱼腹……

也罢，死则死矣，舍得这条命让萧岿自损八百，伤其精锐，自有我大陈的其他猛将攻取江陵！韩右军，等会儿老夫就下去陪你！

吴明彻迎着呼啸而至的强弩、巨石，拔出了佩剑。

"有援兵，快看！"旁边战船瞭望台上的传令兵突然大喊道。

吴明彻急忙转头向已有些暗淡的东边望去，果然看到江面上出现了大量的船只，高大的船帆在夕阳的照射下，发散出金色的光芒，给他和麾下的将士们照亮了一条生路。

这是……淳于量！

吴明彻激动地自语道："老东西，你可算是来了！"

士兵们也是欣喜若狂，有些人竟然一时忘记了近在咫尺的敌人，欢呼起来。

在他们的对面，萧岿此时则是心有失落。按照殷亮飞鸽传书中的情报，淳于量的金翅大船至少也在二百余艘，加上吴明彻的残余战船就会达到近四百艘，与我军的实力相差不远。

如果我军继续攻击吴明彻，必然给淳于量以逸待劳、背后出击的机会。但如果任由他们兵合一处，又会加大我军败敌的难度。陷入两难之中的萧岿目光寻向了身旁的王操。

王操反观萧岿，明明心中不畅，却还是面如玉色，波澜不惊，真是成精了！

于是，他也淡淡道："淳于量在南梁时就是一员虎将。当年文道期招募荆襄一带的蛮人作乱，连百战百胜的王僧辩都无功而返，最后是他率千余人深入山地，俘虏了万余叛军。如果我们继续与吴明彻纠缠，他必会冲过来大肆掩杀，坐收渔翁之利。"

听舅爷这么说，萧岿便不再纠结，只要水军、战船还在，就不愁没机会击败他们。遂下令全军收拢队形，后撤五里。

前方的章昭裕、李广等人皆是心有不甘，但军令如山，只得一边放出强弩，尽可能多地射杀近在眼前的陈军，一边下令撤军，逐步脱离战场。

吴明彻的船队现在撤成一长串，无力发起全面追击，只能坐视萧岿率军西撤而去。

下次，准叫你有来无回！

与此同时，萧岿伫立于船尾，久久凝视着今天差一点儿收入囊中的郢城，自言自语道："郢城，朕一定会赢回来的。"

不料当晚，失败的情绪就弥漫了整个梁军船队，就连一向足智多谋的王操都有些愁眉不展，颇感江郎才尽。

事情是这样的，戌时萧岿正在座舰的指挥厅中与众臣商讨明日的作战计划，有士兵忽然来报：衡阳内史任蛮奴从湘州赶来，说有紧急军情。

华皎当即从椅子上猛地站起来，情急之下竟然忘记了御前礼仪，急令："快让他来！"

任蛮奴是他留在湘州守卫大后方的，那里如果有军情，就意味着自己的后路被人抄了！

萧岿自然明白他心中的担忧，虽然不想过多苛责他的失仪之举，但还是道："镇定！使君为代天巡牧之人，当有封疆大吏的应有之度。"

华皎这才意识到刚刚失仪了，赶紧俯拜在地，向萧岿请罪。

"无妨，以后多加注意便是。"萧岿摆了摆手，示意他起身回座。

不久，一个神色慌张、发髻有些凌乱的精瘦中年人来到了厅中。他进来没顾上向萧岿施礼，就直奔华皎近前跪倒在地，声泪俱下道："主公，属下失职，大活关城丢了！"

大活关城是湘州的治所所在，华皎经营多年的老巢。那里一丢，他多年积攒的家当必然不保。更重要的是，大活关城乃是湘州的交通要隘，衡阳郡、湘东郡、邵陵郡等各处皆可通达，一旦失守，湘州全境也将尽为陈顼所有！

傅准、李广等人原本还想治任蛮奴一个目无君上之罪，一听他所言，顿时也是方寸大乱，一起看向萧岿、王操，这可如何是好？

萧岿面如常色地端坐正位上，令任蛮奴起来，把事情的经过讲清楚。

任蛮奴不识萧岿，刚才进来时心里只装着主公华皎，根本没来得及注意这个身着白袍的上座者。此时一听他吩咐，还有些迟疑。

华皎虽然心中翻江倒海，还是立即令他给陛下行礼。

"罢了罢了，军情紧急，先说正事！"萧岿命令道。

任蛮奴这才半欠着身子，面朝萧岿简要讲述了湘州发生的事情：原来章昭达南征广州是明修栈道，其大军向南推进到江州与湘州交界的云霄山后，立即分兵给随行的大将徐度，由其率主力暗度陈仓，转头西进，从山中的岭路迅速插入湘州的茶陵，然后挥师北上直扑大活关城。

"那广州的欧阳纥呢？章昭达就不管了？"华皎急问。

任蛮奴一路疾驰而来，本来就口干舌燥，说了一长串话，嗓子有些发哑，不得不吞了吞口水才又道："欧阳纥本想联合当地的南粤首领冼夫人，一同举事。但冼夫人坚决不予配合，还劝他勿要随意兴兵，让岭南百姓遭殃。欧阳纥一时竟犹豫起来，准备与章昭达讲和。"

萧岿听说过冼夫人的威名，不禁叹息道："岭南有此巾帼英雄，是当地百姓之福，也是陈顼的运气呀！"

任蛮奴又继续讲述道，他仓促之中正要准备迎战，徐度忽然在阵前取出一道圣旨，宣布除华皎、戴僧朔两名叛首外，其余诸将、军士只要肯拨乱反正，重新听命于朝廷，都可以既往不咎，还居原职，戍守原地。

徐度大军突然袭击，士兵们本就军心不稳，一见朝廷肯既往不咎，不少人竟主动缴械投诚。有了人带头，很快就有更多的人仿效。任蛮奴斩杀了几人想予以震慑，不料反而激起了兵变。徐度趁机强攻，不到两个时辰就拿下了大活关城。任蛮奴最后只带了百余名亲信逃了出来。

萧岿听完，怒其不争道："徐度拿出圣旨当甜枣，你却拿根大棒打自己人，士兵们怎能不起兵变？"

任蛮奴面露愧色，分辩道："臣也是一时急糊涂了，想着以儆效尤。"

"你要是拿出华使君在城中的全部家资，分赏给众将士和他们的家人，他们岂会投降？"

任蛮奴猛然惊醒过来，我怎么没想到呀？这样一来，将士们的身家就和使君紧紧拴在了一起，说什么也会死守的，因为谁也不想任自己的财产置于朝廷大军的随意支配之下！

现在说什么都晚了。萧岿很清楚，华皎的大军十之七八都是湘州当地人，现在湘州落入徐度之手，将士家属尽在掌握之中。怕是不用陈军劝降，士兵们就得哗变！

先有宇文直，后有任蛮奴，朕数年来精心筹划的东征怕是要毁在这些蠢材手中……萧岿突然感到了一种前所未有的无力感。

唯一值得庆幸的是，华皎还算不笨，早在出征前，已把章昭裕、曹宣等党羽的家眷送至洞庭湖上，以防万一。

厅中沉默了半天，华皎忍不住先开了口："臣既然举兵投效陛下，就绝不再做陈国之臣。现在这件事在军中还未传开，保密一日应该问题不大。臣建议明日奋力一战，只要歼灭了吴明彻和淳于量，郢州必然不保。届时，陛下将郢州的漂亮女人分与众人，银库尽其索取，何愁军心不定？"

"就是，重赏之下必有勇夫！"戴僧朔附和道。

傅准却不赞同："如果我们像土匪一样肆意践踏郢州，陈国其他地方的百姓怎么看？必定视我军为仇敌，不共戴天。到时我军别说是打下江左，怕是连江州都到不了！"

华皎、戴僧朔可不这么看，尤其是以勇力见长的戴僧朔，更是直言在战场上只要足够狠，就是虎狼都得认怂。把郢州收拾服帖了，以后江州、南豫州、扬州等地才没人敢死硬抵抗。

王操也表示反对："戴使君还记得侯景吧？当年此贼为了震慑江南，先屠建康，再灭门琅琊王氏、陈留谢氏等门阀世家。但江南百姓何曾被他所吓倒？"

戴僧朔是经历过侯景之乱的，一时语塞，不知该如何回答。但如果不按他和华皎的办法去做，军心浮动的难题又无法破解，厅中的众人皆是愁眉不展。

"众卿不必忧心，朕已经有了定计。"萧岿声如松风道。

众臣一听无不竖起了耳朵，等不及要听他的锦囊妙计。

就听萧岿轻描淡写道："今夜，就将湘州的事情如实告知所有士卒，一个字也不要隐瞒。"

"陛下万万不可！"华皎急了，急忙跪倒在地。

萧岿轻轻抬手，示意他先听自己说完。

"同时，朕还要颁诏，准许湘州军的将士们来去自由。愿意保全小家的，发盘缠，任其离去。愿意留下的，朕赐民爵，今后全家蠲免赋税。"

华皎耐着性子听他讲完，赶忙劝谏："这些士卒原先多是穷苦乡民，不懂什么国家大义，怕是会辜负陛下的好心，选择弃军归乡的！"

萧岿摇摇头："将者，智、信、仁、勇、严也，五者缺一不可。智以御敌，信以立威，勇以克城，严以肃纪。而仁，则是御心之器。我西梁地小兵少，唯有仁达天下，方能胜过他颍川陈氏！"

华皎有些不甘心，又建议："就算陛下想用一颗仁心劝他们留下，但仅仅赐予民爵是不够的。微臣窃以为还是要拿近在眼前的郢州作为奖赏，如此重赏配合仁心，军心才能稳住。"

"朕刚刚说了，要仁达天下，这天下当然也包括郢州。朕自立志要做这江南之主时起，就将陈国百姓视同朕的子民，绝不忍心加害。"此刻的每一个字都是发自萧岿内心，眼神亦是少有的炙热，"因而朕每次对陈国下手，都只对付陈国的君与臣，绝不让兵乱殃及百姓。"

华皎终于明白了，这些年来陈宝应、周迪等军阀纷纷举兵反叛陈国，自己曾多次建议萧岿趁势出兵，都被他婉拒，原来是这个原因！还有他费了九牛二虎之力，跑去陈蒨那里要什么劳什子遗诏，看来也是希望以此说服尽可能多的陈国人归降，减少不必要的杀戮。

这时，萧岿忽然起身走下正座，伸手将他扶起，目含期望道："湘州军是使君一手带出来的，这个任务就交给你和众位湘州军将领去办吧。能留下的，是我大梁的战士，不能留下的，也是我大梁的子民。"

华皎那颗锱铢必较的脑袋实在想不通萧岿的仁心到底能换来什么，但现在湘州已失，他唯一的容身之处就是西梁，所以只得遵从。拜别了萧岿，他、戴僧朔、章昭裕等人和其他中高级军官分头行动，一艘船接一艘船地告知湘州失陷的消息，随后又一字不差地传达了萧岿的诏令。

不出所料，士兵们先是一阵心慌，忧心之色跃然脸上。有的甚至当场哭号，恨不能马上回去解救爹娘。但出乎意料的是，当他们听完了萧岿的圣旨，一半左右的人竟选择留了下来。从前他们当兵是为了养家糊口，现在起他们是为了萧岿，为了那个仁达万民的大梁。

为了安置那些决意离去的士兵，船队当晚又后撤了五里，然后靠岸以使其下船，从陆路返归湘州。那些选择留下的，则领取了一份抚恤金，转交离开的同乡，请他们代为照顾家人。

与此同时，吴明彻和淳于量也得到了徐度进占华皎老巢的消息。吴明彻禁不住对想出此计的毛喜伸出大拇指，真乃管仲再世！

虽然按照陈顼的意思，吴明彻为主，淳于量需听其调遣。但吴明彻不想自专，就主动与淳于量商量如何借机破敌。

起初，二人都认为应该利用梁贼士气低落的机会，在明日发起总攻。但随后在具体的战术上，淳于量主张岸上的守军用投石机，水军用大拍，水陆联合攻击。吴明彻则主张火攻，一个不留。

淳于量好奇，当初你在平定韩子高时，那些叛军你不是一个都舍不得杀吗？

吴明彻冷冷道："韩右军的手下是在为大陈的前途而战，这些叛军则是实实在在的叛国！"

淳于量同意了他的想法，不放过一个叛军，还有一个敌军！

第十一章
陈军火攻遭反噬
梁帝求仁弃屠刀

对于陈军而言，火攻的最有利时机是江上刮起强劲的东风之时。然而今夜江面上只是微风徐徐，吴明彻和淳于量又无诸葛孔明之能，预知第二天是否有东风，因而只能在战术上想办法。

二人经过一番谋划，决定将淳于量带来的三百余艘艨艟、走舸装满火油和硫黄等物，用其作为"火把"，全速冲击梁贼的船队。为了增加胜算，两人又在火攻之前，精心策划了一出前戏，以迟缓梁贼的行动。

两人一直讨论到子时，直至把所有能想到的纰漏都给解决掉。随后他们又分头行动，一人负责调遣船只，排兵布阵，一人负责从郢城调来足够的火油等助燃物。如此一直忙碌到寅时，把郢城城中的所有火油都搬到了船上，才算罢休。

等第二天的太阳升起时，陈军的三百余艘中小战船已被武装成了一个个的火药桶，只等着点燃，把对面的梁军打下炼狱！

伫立于座舰的顶层甲板之上，吴明彻目迎着太阳完全升上了地平线。

"今日一战，一定会载入史册的！"他望着所有的战船都被撒上了一层无比辉煌的金色，心中一时踌躇满志。

早在年轻时，他就立志在这大争之世建功立业，成为彪炳史册的名将。为此，他专门跑到汝南，向易学大师周弘正请教阵法、奇门遁甲。后来跟随先帝陈霸先征战天下时，他一直追随左右，向其学习兵法、治军之术。积淀了这么多年，也等待了这么多年，终于在这场关系陈国国运的大战中，迎来了自己的主场。今天，老夫就让天下人都看看，我吴明彻是如何扬名立万的！

辰时时分，陈军舰队在吴明彻和淳于量的率领下，浩浩荡荡行至梁军阵前。西面的梁军亦是列阵于江上，四百余艘金翅战船和二百余艘各式轻舟沿江蜿蜒数里，好不壮观。

两军军力相加，各式船只多达千余艘，将江面塞得满满当当，几欲断流。

吴明彻心说：此战之后，陈兴梁亡，天下怕是二十年之内也难有这么大规模的水战了！

他习惯性地攀上瞭望台，亲自拿起令旗，朝前重重挥下，同时大喝一声："发射！"

程文季等诸将立即遵照指令，下令船上的弓弩手望山朝天，向着梁军船队发射弩箭。不过他们射出的不是漫天箭雨，而是零星飞箭，每支箭的箭杆上都绑着一张纸。纸上是一封告梁军将士书，将湘州光复、军属已为朝廷所控的"好消息"悉数告知。

按照吴明彻和淳于量的猜测，萧岿和华皎一定会隐瞒湘州已失的消息，好稳定军心。现在他们"坦诚相告"，势必将扰乱梁军的军心，使其无心于眼前的大战。

果然，陈军的箭弩射过去之后，梁军一时毫无回应，船队也止步不前。

太好了，今日尔等的人头就是老夫名将之路上的最后一块垫脚石！吴明彻再次抬起了手臂，下达了第二条命令——出击！

陈军原本密实的第一排队列，突然天女散花般向两侧散开，露出了十多排蚁群似的艨艟、走舸。这些轻舟后面都拖着一条装满助燃物的拖船，迅速鱼贯而出，一边进击，一边放火箭点燃拖船上的硫黄等物，不要命地冲向梁军的战船。

同时，陈军后面的金翅大船紧紧跟上，填补了轻舟的空隙，只待梁军被烧得一塌糊涂时，冲上去大肆扫荡。

那些冲在前面的火船速度极快，又数量繁多，刚刚被重磅消息袭击过的梁军似乎手足无措，既没发射石弹予以阻击，也没改变阵形，紧急规避。

真是太好了！吴明彻欣喜若狂，萧岿呀萧岿，亏你善于操纵人心，玩弄权术，今天你算是萧郎才尽了！

他下令所有金翅大船架设好强弩，支好拍竿，随时准备歼灭梁贼。而他本人，则立于视线最为开阔的旗舰瞭望台上，注视着那些飞速行进中的火船一步步逼向毫无应对之法的敌船。

眼看火船就要窜进去大肆纵火，突然，梁军前排的战船诈尸一般长桨开动，向后猛地撤去。步调整齐有序，极为有素。

吴明彻哂笑一声，现在才想起来躲避，早干吗了……他的笑容忽然僵住了，因为他恍然发现梁军的船只并非是整排后撤，而是单单留下了左右最边上的四艘金翅大船。这四艘船动如雷震，疾速向南北两个方向划去，直至再也无法移动。

吴明彻僵硬的表情也随之解冻，羊痫风发作似的抽搐起来——只见四船之间的江面上赫然出现了一条粗壮的铁链，结结实实地拦在了极速逼近中的火船正前方！其中内侧的两船拽着铁链，外侧的两船分别以另一根铁链与其相连。

那些前排的火船水手本来正使出吃奶的劲儿划桨，根本没做停下的准备。甲板上的士兵急忙喊停也无济于事，只能眼巴巴地看着船头撞在了大腿粗的铁链上。紧随而后的第二排火船不知前方情况，继续保持着高速行进状态，也跟着撞上了上去，与前排着火的拖船碰在一起。一时间梁军队列前撞击声、船裂声、号叫声此起彼伏，顷刻间就集小火为大火，聚成了一个硕大的火堆！

傅准等人在旗舰的顶层甲板上，将陈军的惨状看得一清二楚。他们无不向伫立于最前方，如青云出岫一般昂然独立的男子投去钦佩的一瞥——陛下果然料事如神！

就在昨夜众人分头宣读圣旨回到旗舰上后，继续讨论次日战术的时候，萧岿笃定吴明彻会火攻。因为双方在战船数量上难分伯仲，武器上你有拍竿，我也有拍竿，也是旗鼓相当。但两军都必须一战定胜负，唯一的办法就是拿战船的木质结构做文章，实施火攻。

为此，萧岿提出了以铁链锁江，借力打力，将敌船聚成的火堆回赠给吴明彻的妙计。

此刻火船已聚火为堆，萧岿转头向王操雅然一笑道："录君，动手吧。"

王操得令，立刻拔剑出鞘，刃指无措的陈军船队："开船，火烧敌船！"

最前列一左一右的四艘金翅战船上，李广、章昭裕立即下令开船。王操事先早在船上配备了三倍的水手，原本两人划动的长桨现在由六个人来划，动力大大提升。加之船只的行进方向与江水同向，顺流之下竟带着十几艘轻舟组成的"火堆"向前冲去。

中排的陈军火船上，本来抱定必死决心的士卒们见前面火光冲天，火焰高达五六丈，几瞬间就把一片躲闪不及的火船吞噬，连渣都没剩下，顿时心生恐惧，急忙停止前进，掉头躲避。但船上本来就着了火，他们需要一面灭火，一面转舵，一些船只还没来得及掉头，就被后面的"火堆"追上。后排的火船好多还未点火，士卒们见前面的"火堆"气势如虹，匆忙向底舱的水手喊话，指挥其划桨掉头回撤。

陈军的纵火船队本来就无统一指挥，只管前冲纵火，现在立时乱成了一锅粥。有的船同时忙着转舵，竟撞在了一起。

李广、章昭裕拖拽的"火堆"因而迅速追上了更多的敌船，船上的火油、硫黄遇火纷纷发生剧烈的爆炸，散落的火星又接连点燃了更远处的火船。一番连锁反应之下，陈军的纵火船队成了失火船队，火势绵延足有半里，直把江面映成了一片赤红色，几乎要把江水煮熟！

原来这就是所谓的"火速"！

萧岿见势下令弓弩手蘸上火油，对着还未着火的火船放箭，将其纷纷点燃。后面的陈军眼巴巴地看着江面上一条巨大的"火舌"顺流而来，将弱小的战船一只接一只地吞噬。那阵势，令人不禁怀疑这究竟是不是龙王的舌头，对人命竟如此贪婪。

吴明彻一面急忙下令尚未卷入战斗的主力船队后撤，一面令前面船只上的传令兵向火船上的人下令，立即停止前进。

士兵们不是傻子，停止前进就是原地等死。加之身后有一条"火舌"紧追猛赶，谁会傻乎乎坐等被烤熟。于是他的命令变得一文不值，火船反而撤得更快，不消片刻就涌入了金翅大船的队列中。

金翅大船大都正在缓慢地掉头，有的正横于江面上，被迎面而来的走舸一头撞上，火船内部的火势受到挤压，立刻发出剧烈的爆炸，将大船瞬间点燃，变为一个个移动的火把。不一会儿，就有十几条金翅船被祭了火神。

更让吴明彻头皮发麻的是，梁军封江铁链推动的那条"火舌"正步步逼近。照此下去，怕是今日自己倒要成了他萧岿名将之路上的铺路石！

他咬了咬牙，违心地下了一道骇人的命令：金翅大船拍竿齐发，用石弹击沉那些火船！

身边的几位偏将皆是目瞪口呆，难道真要对自己人下手？

瞭望台上的吴明彻忽然伸出左手，右手抽出佩剑对准左手小拇指就劈了下去。然后面不改色地捡起断指，朝江中奋力一抛。

"身体发肤，受之父母。我吴通昭今日就断去一指，随他们沉江殉国！"

见他如此决绝，众人也无话可说。随即，陈军的主力战船石弹齐发，将能打出去的巨石全部发射了出去。铺天的巨石雨破空而下，像天神的巨足一般踩向江面，把那条已把江水烧开一半的"火舌"踩进了江里。

此举虽然有些狠辣，但并未出乎萧岿的意料。屠戮江南的侯景早年也曾是一员杀伐有度的将领，当他面对人人抗争、处处抵抗的江左时，迅速被心中的戾气所吞噬，最终变成了那个无恶不作的屠夫。

这时，王操忽然提醒他道："吴明彻现在弹尽气竭，很快就要逃了。我军应穷追不舍，务求全歼！"

萧岿摇了摇头，将视线从江面转向了南岸的郢城。那里一片残垣断壁，比起吴明彻的舰队更为凄惨。

"朕决定先登岸，拿下郢州。"

王操不解，劝谏道："除恶务尽，切不可让吴明彻有了喘息机会！"

"吴明彻原本爱兵如子，现在却能对自己人痛下杀手，怕是逼急了，他会以船相撞，与我军同归于尽。"萧岿的目光一直停留在郢城的残壁上，"且水军败得再惨，陆上寸土未失，依旧无法震撼陈国臣民。只有拿下这长江之腰的郢州，才能令其举国震动，进而收拢战线，转入防御。"

只要陈国丧失了进攻的勇气，其他像欧阳纥之流必然伺机而动。届时没准儿不用朕来动手，陈顼就会自行灭亡。

王操想了想，是这个道理。况且现在深入陈境，必须占据一块滩头阵地作为进退之所。否则陈军一旦封锁鄮州一带的江面，将断绝我军的退路。

孙子曰：兵者，诡道也。能而示之以不能，用而示之以不用。深谙此道的王操派出六翼金翅船挥动拍竿，清除阻塞航路的火船，摆出一副要全力追击的阵势。吴明彻为了保全实力，只得下令剩余的金翅船以尽可能快的速度脱离战场，向下游撤去。

梁军则趁机登上南岸，在王操的指挥下直扑鄮城。

江上的战斗结果大大出乎程灵洗的预料。他昨夜知悉吴明彻的计划后，原本以为一个时辰内梁军就会兵败如山倒，孰料开战仅仅半个时辰，反倒是吴明彻带着水军狼狈而逃。

好在鄮城本来就处于战备状态，面对突然登岸的梁军还算是从容。在他的调度下，北门城头上迅速支满了弩机、强弓和滚木，将看似残破的城墙武装得坚不可摧。

然而城外的梁军并未展开强攻，只是在城下摆开威武的阵势。随后，萧岿身着一袭白色的云纹锁边长袍，骑着一头鬃毛飘飘的大白马出现在阵前。

"程使君，可否现身一叙？"萧岿声音清朗地朝城头喊道。

很快，程灵洗就现身城头。由于重伤在身，他今日未披战甲，只是穿着一身再普通不过的素色长袍。

大战在即，两军的头号人物却都是一身布衣现于阵前。一个纤尘不染如灵山隐士，一个姿容雄豪似化作凡身的天神，不免让众人产生错觉——这是在打仗，还是在对弈下棋？

首先开口的是程灵洗。

鄮城危在旦夕，他的声音依旧雄浑："梁帝既要攻灭我鄮州，战场上见分晓便是，何必还要一叙？"

"朕受贵国文帝陈蒨临终所托，此来只为拨乱反正，清除权臣陈顼，还政于幼帝陈伯宗。至于郢州，百姓忠纯，明辨是非，朕何必要攻灭？"萧峞的声音灵动九天，如他的珠玉之容一般让城头的守军无不心生亲近感。

说罢，他一摆手，身后的侍卫立即用木盘托上一卷以极为普通的丝绸为料的圣旨。萧峞伸手取过圣旨，朝程灵洗高高举起。

"大陈先帝的遗诏在此，程使君接旨！"

程灵洗知道先帝生性节俭，那圣旨从料子上看就假不了，遂恭恭敬敬地朝圣旨的方向跪下。守军们面面相觑，也只得跟着俯拜在地。

萧峞徐徐展开圣旨，朗声念道："天康元年四月辛亥日，大陈天子一曰策书。朕今悉以后事付梁主萧峞……"

正如传闻中所说的那样，陈蒨为了保住幼子陈伯宗的帝位和身家性命，防止有朝臣心怀不臣之心，特赋予萧峞为陈国拨乱反正之权。如有大臣心怀不轨，大权独揽，意欲篡夺幼帝之位，萧峞便可执此诏号令大陈臣民，共讨共伐乱臣贼子。

"……钦此。"萧峞朗声念完，合上圣旨，抬头看向程灵洗，"程使君可奉诏？"

城头上的守军心说，膝盖都弯下了，还能不奉诏？

程灵洗对着萧峞手中的圣旨连磕了三个头，然后稳稳地起身道："先帝的遗诏当然要奉，此事我自会向安成王讨个说法。但先帝的旨意中只是委托梁帝代为宣诏，昭告百姓，并未请你率军入我陈国。既然诏已宣完，梁帝就请回吧！"

萧峞微微一笑，指了指身后的军旗："使君看好了，我打的可是贵国先帝陈蒨的旗帜，所率兵马也是贵国的湘州军。是华使君、戴使君请朕代为统领，前往建康勤王，难道使君要与勤王之师相抗，违逆遗诏？"

"哈哈哈……"程灵洗忽然仰天大笑，"老夫虽然不擅权术，但也知先皇予你遗诏，不过是悬利剑于安成王头顶，令其投鼠忌器，并非真指望你安什么好心，能为幼主出头！今日你就是说破大天，这鄞州的大门我也是不会开的。"

话挑得如此之明，萧峉却不急不躁："无妨，朕连陈蒨的宫门都叩得开，小小的鄞城之门算得了什么？朕给你一天时间考虑，今日不会攻城，也不会围城，城中百姓可来去自由。但明日，朕就只能任由华使君、戴使君率勤王之师讨逆了。"

程灵洗拱手拜谢："多谢梁帝美意。今日我一定会大开城门，放愿意投诚或是不愿与我守城的百姓离开，但也会加固城防，等你们梁军来攻！"

"好，明日我们再决一死战。"萧峉忽然话头一转，"朕从俘虏口中获悉，昨夜吴明彻已把城中能用的火油、灯油统统搬走，今夜城中怕是将无油可用，一片漆黑。朕不忍鄞城百姓摸黑度日，特赠予一些火油，以解燃眉之急。"

在他的吩咐下，一些梁军士卒提着五六个木桶，在城门前摆好，然后才返回队列。

程灵洗也不客气，全部笑纳，并承诺一定分给百姓，自己和士兵们滴油不取。

如此，梁军便在鄞城外的江岸边安营扎寨下来。程灵洗也是一言九鼎，四面城门大开，任由城中的人进出，绝不阻拦。

华皎、戴僧朔看到程灵洗"中计"，连忙赶到中军大帐直夸萧峉高明，然后问今夜几时偷袭鄞城？

萧峉放下手中的书卷，反问道："谁说朕要偷袭？朕既然答应了程玄涤（程灵洗字玄涤），就绝不会提前动用一兵一卒。"

两人傻眼了，怎么偏偏一对傻子在鄞城相遇，还各为两军的统帅？

见他二人不解，萧岿解释道："朕今日之举不是针对程灵洗的，而是施恩于郢州的百姓，也让陈国的百姓们看看，朕要取这江南半壁，一定会取之于仁道，绝不滥杀无辜。"

朕要的是百姓心悦诚服，真心归附，绝不是迫于淫威，口称万岁，心存二志。

果然，他的用心没有白费。不久，就有百姓带着行李或是推着独轮车，从东门、南门陆续出城而去。有些士人模样的百姓离开前，甚至向梁军的营地方向叩拜。

不过这种现象并没有持续太久。到了下午时，出城的人忽然戛然而止，直到天黑也再没有一人出来。华皎等人猜测，一定是程灵洗言而无信，见人跑多了，就在城内设置关卡，阻止百姓离开。

萧岿摇了摇头，程玄涤不是这种人。当年侯景之乱时，新安郡一带多地沦陷，群龙无首，只有程灵洗举旗反抗。最后连族叔，身为皇室贵胄的湘西乡侯萧隐都投奔到他的义军中，请他做盟主。如果不是信义之人，族叔怎么会甘受驱使？

傅准、李广劝他人是会变的，还是小心为妙。

"放心，就算他使诈，朕也留了一手，管叫郢城明日城破！"

次日辰时，王操领兵，萧岿亲自督战，一万梁军排成整齐的大阵列于郢城北门前。城头上，程灵洗还是一身素色长袍，身无片甲，只有腰间的佩剑。

开战前一刻，萧岿打马来到阵前，抬头望向程灵洗道："使君还是决定为逆贼陈顼而战吗？"

"不，老夫只为郢城的百姓而战。"

"好，"萧岿的面色微微泛冷，"使君怕是要让郢城的百姓失望了！现在，朕的大将马武已率军从陆路赶至郢城的南门，现在你的主力都被朕吸引在北门。使君还要固守吗？"

在率舰队赶至郢州前，萧岿以防备腹背之名，将马武明着派走，实际上暗中令他率五千精兵上岸，从陆路直奔郢州而来。

"梁帝错矣，我们今日并不打算守城！"回答萧岿的不是程灵洗，而是一个声如钟鸣的老者声音。

随着声音落下，郢城包裹着铁皮的高大城门咯吱咯吱地打开，一个头发灰白、胡须有棱有角的高大老者出现在门洞里。与程灵洗不同的是，他头戴进贤冠，身着赤色绛纱袍，手持象牙笏板，像一尊威严的石像生般笔直地站于门中。

萧岿正猜测此人是谁，就听身旁的王操惊呼一声："徐孝穆，怎么是你？"

号称"天上石麒麟"的徐陵？！萧岿仔细打量了下，他不在建康城好好待着，跑来郢城做什么？据他的最新情报，现在徐陵已是尚书左仆射，陈国尚书省的二把手！

徐陵抬手冲王操拱了拱手，算是见过礼："郢城乃我陈国的西大门，大门危在旦夕，我身为宰执，岂能坐视不理？"

萧岿虽然知道他素有威名，但同样知道他不善兵法，不懂治军，并不能在战术上给程灵洗带来什么锦囊妙计，遂好奇地问："徐公刚才说不打算守城，难道是要出城与朕正面交锋？"

"诚如梁帝所言，今日我军是守不住郢城的，所以……"徐陵忽然一撩袍角，凛然跪在萧岿的面前，"我徐孝穆请梁帝放过郢城，也放过郢城的百姓，就此撤回江陵吧！"

随后，城楼上的众人也是齐声跪下，向萧岿俯拜不起。

这玩儿的是哪一出？梁军众将皆是挠头。

萧岿义正词严道："徐公乃是正直之士，当知陈顼不思其兄割让鲁山郡，换取他自由之身的大恩，反倒在陈蒨驾崩后诛杀异己，架空幼帝，意欲取而代之。陈国交给这样忘恩负义的人，百姓能有太平日子过吗？"

徐陵朗声反问："在北周和贵国入侵前，我大陈的百姓难道过得不太平吗？安成王纵然私德不佳，但他一没擅改先帝的德政，二没开征一项苛捐杂税，三则尽逐身边的宵小之辈。这样的人对百姓而言，难道算不上是好的当政者吗？"

"徐公号称'当世颜回'，应该知道士有百行，以德为先！"萧岿微微加重了语气，"私德不佳，何以为王者？又何以赢得天下士人之心，更遑论百姓万民的拥戴？"

"《尚书》曰：民为邦本，本固邦宁。帝王最大的德就是与民为善，与民休息，与民为盟。安成王久在长安为囚，尝尽人间冷暖，深知百姓疾苦，自当政以来，兴水利，垦荒地，分民田，样样皆是与民为盟之举。"徐陵看萧岿的眼神突然多了一分锐利，"反观梁帝更多的是与士人结盟，孤身涉险也好，浪中抚琴也罢，虽尽显魏晋风流，然于百姓可有一丝一毫的益处？"

萧岿有些激动起来，为自己辩解道："士人政治上尊王，言行上尊德，学术上尊道，他们是天下的脊梁，掌控着舆诵、公论，朕与其交好有何不可？且朕多年来虽与陈蒨多有龃龉，却从未加害陈国一个百姓，还处处为他们的福祉费尽思量，朕何尝与民为敌过？"

徐陵没有立即反驳，而是微微叹了口气，眼中充满了无限的感慨："如果今日江南还是南梁的天下，我徐孝穆相信梁帝将是超越令叔祖简帝、元帝，甚至令曾祖武帝的一代贤君，因为你比他们更懂民心。但你却不及陈国两代先帝和安成王中的任何一人知民心！"

"民为贵，君为轻，朕何尝不知？朕当政以来，散尽千金，赢得江陵十万百姓的归家权。任用贤能，休养生息，民户数连年增长。朕自问，西梁治下，河清海晏，绝不比陈国差！"萧岿玉色的脸上翻腾起一片赤红。

"遇上梁帝这样的君父，的确是西梁百姓的运气。这样吧，"徐陵忽然起身，抬起手臂朝身后一指，"梁帝可有胆量随我进城看看，何为真正的民心？"

王操、李广等人皆是大惊，继而戟指徐陵，直指其老奸巨猾，妄想诓骗谋害陛下。

"我徐孝穆保证，无论梁帝最终的决定如何，城中军民绝不会加害梁帝一丝一毫。"徐陵深深地看着萧岿，静等他一人的回答。

萧岿沉思了片刻，转头朝众人摆摆手道："徐陵若是言而无信，当今天下可还有君子可言？可还有信义可言？"

他再次看向徐陵，也提出了自己的条件："朕可以飞鸽传书马武，令其暂停进攻。但徐公可敢承诺，绝不变动城中一兵一卒的部署？如果朕出城后还是决定攻城，你们需以现在的部署承受一切后果。"

回答他的不是徐陵，而是城楼上的程灵洗："梁帝但请放心，我早已在城外选好一块地方，今日如果战死自有人安葬老夫，无须费心。"

萧岿这才令王操向城南放出信鸽，然后翻身下马，只令李广一人陪同，缓步上前与徐陵并肩走进了郢城的大门。

城门之内，是一条直通南北的长街，两侧建有街巷民宅，八街九陌，放在往日一定是车水马龙。但经过连日来的激战，不少房屋变成了破房、危房，甚至是烧成了灰烬，到处散发着战火摧残下的破败气息。

看到此情此景，萧岿不免有些自责，即使自己尽了最大的努力，也避免不了殃及无辜者。

不过让他惊诧的是，残破的街景之中没有悲天抢地的哭号，也没有充满绝望的叹气，无论此刻城外如何磨刀霍霍，许多百姓只在乎自己的破房、危房，耄耋老人、孩童纷纷上阵，进行着各种修修补补。

然而萧岿沿长街一路走去，脚下始终未见到一丝脏乱。难以想象，在战火连天的当下，还有人在按部就班地净街，保持着郢城的体面。

"梁帝一定很奇怪吧？"徐陵一边并行，一边指着井然有序地进行家园重建的百姓，"残垣断壁之下，竟没有一丝战火带来的狼狈！"

萧岿停下了脚步，侧身认真地看向这个多年前就被太爷爷所赏识的"当世颜回"："为何？请徐公诚实告知。"

徐陵眼中的锐利丝毫不逊于任何一位武将："梁帝真的要听？"

"只要是真话，朕何必畏惧？"

"因为这里是家，是这些百姓们生于斯、长于斯，并准备终老于斯的家园！即便战火滔天，他们也要让家园保持应有的体面和尊严。"徐陵没有任何酝酿，脱口而出道，"梁帝的初心尽管是想仁达天下，但你的仁首先要有杀戮、破坏为铺路石，然后在千万家园的废墟上重建起你萧家的王朝。试问梁帝，你敢说这样的仁纯粹吗？没有一丝血腥吗？"

"朕……"萧岿词穷了，不是他的口才到了极限，而是他的良知不容狡辩。

见萧岿有些动摇，李广提醒他："陛下休要听他胡言，陈顼才是无仁无德、心狠手辣之辈，不然如何诛杀已毫无反抗之力的韩子高、到仲举！"

徐陵倒不强词，坦承道："安成王的确不是最贤明的，甚至品德、公心上与梁帝差之千里。但，他却是当下陈国百姓最需要的当家人，因为他不会破坏陈国的一草一木，只会励精图治，让陈国繁荣富强，这样他的帝位才能稳固，脑袋才能长久地待在肩膀上直至老死。"

萧岿自然清楚陈顼。他当年被俘时，失去了官爵，失去了自由，失去了未来，所以当他再次拥有这些时比任何人都会珍惜。尤其是当他即将富有半壁天下，更容不得一丝一毫的松懈。久贫暴富的人，最经不起失去！

"既然如此，昨天为何还有人逃离郢城？"萧岿忽然反问道。

"因为他们是当地的士族大家、士人，有着雄厚的门阀背景或是仕途前景可以在异地东山再起。他们加起来不及城中民户的一成，"徐陵指了指一户正在糊墙的四口之家，"而这些庶民才是郢城的大多数，也是天下的大多数，本固邦宁的'本'！"

这些才是本……萧岿不觉陷入了沉思。当年太爷爷坐镇江南时，与士族、士人共天下，让他们垄断了大部分的高位。只要出身世家，祖上显赫，即便是不学无术之辈，也能进入六部，甚至进入中书、门下的宰执班列。反观占去人口绝对多数的寒门百姓，虽然也有机会步入仕途，却是代代难出显贵。

太爷爷这样施恩于士族，结果呢？侯景之乱发生时，身居高位的士族们要么袖手旁观，要么举家迁徙，真正自发起兵勤王的反而是程灵洗、章昭达这样的寒门子弟。

只可惜这么多年来，兰陵萧氏的高贵出身限制了朕的洞察能力，惯性地首先考虑士族的拥护、士人的向背……

就在这时，一个年过五旬的老妪忽然摔倒在前方的一处土墙小院前。她手中的木桶滚落在地，里面流出一大片混着麦秸的泥土，看样子正要拿回去糊墙。

萧岿赶紧上前两步，不顾脚下的泥浆伸手将其扶起。

"谢谢公子，真是太谢谢了……"老妪连忙称谢不迭。

萧岿却愣住了，望着老妪苍老中带着一丝硬朗的面容有些难以置信。终于，他有些迟疑地问道："你是……岳母大人？"

轮到老妪发愣了，急忙将胳膊从萧岿手中抽出，然后正身肃容道："公子请自重，老妇人我……"

"不不不，朕刚才失礼了！"萧岿赶忙致歉，"你是雪瑶的母亲吧？"

老妪瞪大了眼睛，虽然有些激动，但还是保持着一份难得的自持："你怎么知道我的女儿叫雪瑶？你是谁？"

自岳父张缵被杀，岳母失踪，已经过去了十七年。虽然当年雍容有度的刺史夫人饱经沧桑，已沦为市井老妪，但萧岿还是第一眼就认出了她。

这么多年来，雪瑶一直朝思暮想，盼着能与母亲再见上一面，不想她竟近在郢城。萧岿便简要讲述了雪瑶如何成为自己的伴读侍女，然后又如何青梅竹马，最终结为夫妻的。

"原来如此，"张母脸色突然转冷，怒指着萧岿道，"你果然与你父亲萧詧是一丘之貉，自家给北周当牛做马不算，还要拉上全江南的百姓。我女儿真是有眼无珠，怎么会嫁给你这种奴颜媚骨之辈！"

"岳母错怪小婿了，我萧岿既然要做这江南之主，今后就绝不会再唯北人马首是瞻！"萧岿极力辩解道。

"我看你们萧家全是一个样子！你七叔爷萧绎为了灭掉主政巴蜀的八弟萧纪，先向宇文氏称臣，然后引其攻占巴蜀。你爹萧詧为了剪除萧绎，再次向宇文氏称臣，引得宇文氏屠戮江陵。你们萧家还要坑害江南百姓到什么时候？"张母说到激动处，双目中满是泪花，"当年我夫君如果不是卷入你们萧家的内乱，怎么会丢了性命？我那可怜的雪瑶又怎么会与我生离十七年？"

萧岿一时无言以对，当年几个叔爷、叔叔为了争夺太爷爷死后空悬的帝位，互相厮杀不算，还把整个江南的精英、豪族、百姓都卷入了进去，以至于巴蜀、荆襄、两淮如今全部沦为北周和北齐的领土！

"睁开眼看看吧，老身今生的苦难，还有这么多年江南百姓的苦难，全都是拜你萧家所赐！"张母说着指了指自己残破的小院，还有周围同样遭遇的邻里。

听到张母的训斥，几户邻里也围了上来。当知道眼前的玉面公子就是萧詧的儿子后，他们竟也个个变成了苦主，站在张母一边数落萧家的不是。原来这些人都是当年张缵的族人和老部下，在张缵被萧詧杀死后，跟着张母四处漂泊，最终才在郢城落脚下来。现在连这个落脚之地都要被萧家毁掉，他们岂能不激动？

不过好在张缵以诗书传家，身边之人皆惇信明义，倒也没有做出过分的举动来。

萧岿等他们把心中积攒多年的怨怒发泄了大半，才作揖道："我萧家的确亏欠你们和江南的百姓太多，所谓欠债还钱，朕已决定用余生来缔造一个新的盛世，来弥补先辈们欠下大家的！"

张母苦笑两声，诘问道："如果不是今日亲眼所见，你会知道我们这些市井之人的苦难吗？你不知道，但陈霸先、陈蒨、陈顼知道！因为他们陈家当年和如今的我们一样，没有显赫的门第，没有朝廷的人脉，在你们这些世家门阀眼里不过是不入流的寒门。陈国立国这十年来，他们叔侄铸新钱，平抑物价；兴土木，对百姓一视同仁；垦荒田，让饱受战乱的流民有了安身之所。我们有吃有喝，有房有田，这不算是盛世，什么才是盛世？"

这时，一个身上满是泥浆的老头上前一步，语速像是发射连弩似的嚷道："我们现在已做了十年的陈国人，过了十年的太平日子，不想再做什么梁国、周国人，你赶紧带着你的人回西梁去吧！"

陈国人……朕在他们眼里竟然是异类？！萧岿茫然若失地看

着周围越涌越多的百姓，他们个个眼中写满了敌意，明明近在咫尺，却拒之千里。

"诸位，请静一静！"许久没说话的徐陵忽然出现在了萧岿身前，用高大的身躯将他这个梁国人和周围的陈国人隔开，"我曾侍奉梁武帝、梁简帝、梁元帝多年，眼前的这位梁家天子是我见过的最为贤明的，也是最有心胸的。我想大家的话他都听进去了，如果他还是执意进犯我陈国，咱们便与郢城共存亡。如果他愿意成全我们的太平日子，便是一位奉'三无私'的绝代贤君。"

众人安静了下来，齐刷刷地看着萧岿，等着他的决定。

天无私覆，地无私载，日月无私照，是为"三无私"，试问古往今来的帝王，有几人能真正做到奉"三无私"？萧岿心中默默自问。

片刻后，他请徐陵让开，正视着眼前的一张张面孔："志同方能道合，盛世不是朕一人创造的，需要千千万万的百姓与朕同心协力，方能成就。既然诸位暂时不愿与朕同创盛世，那朕今日就撤军而去，成全诸位的太平与安宁。"

说罢，他朝众人深施一礼，朗声一句"叨扰了"，然后毫不拖泥带水地转过身，就要离去。

"等等，"张母叫住了他，"照顾好雪瑶，也看好你自己的命，千万不要让她重复老身的苦难……"

虽然不认他这个女婿，但木已成舟，女儿的终身幸福现在全系于他的身上了。

萧岿转身连拜三下，郑重承诺："岳母放心，朕这一世，一定会与雪瑶白头偕老。"

泪珠猛然间大颗大颗地从老人的眼眶中掉落，这一世，她怕是再难与女儿相见了。

萧岿随即再次转身，一步一缓地向城门走去。李广赶忙追了上去，紧紧护在身后。徐陵亦是转身相随，并肩相伴。

"徐公，朕有一事不明，"萧岿的眼中此刻只有渐行渐近的城门，"以你和程使君的才智，有不下十种办法与朕周旋，为什么偏偏要用最迂回，也是赌性最大的办法来劝阻朕攻城？"

徐陵的口气是前所未有的温和："记得令曾祖梁武帝在世时，最为担心两件事，一是有功之臣得不到奖赏；二是担心言路不通，民间的好建议得不到采纳。所以他在都城专设两个木函，一为谤木函，一为肺石函，令天下人人皆可进谏于谤木函，皆可表功于肺石函。"

萧岿点点头："的确如此，太爷爷治下的江南，虽称不上是盛世，但也至少算得上是治世。"

"虽然他之后的元帝等人差之千里，但我相信，总有一天，武帝的衣钵会有人传承。而你就是他的衣钵传人！"

萧岿停了下来，转头正视徐陵："那你为何不愿辅佐于朕？"

徐陵轻叹了一声："因为你生不逢时，当今之江南已为陈家之天下。虽然陈顼无论私德、学识、才具都未必是最好的，但他却是江南今时今日最无可挑剔的当家人。百姓需要的不是一片新天地，而是现世安好的延续。能满足他们这个心愿的是陈顼，不是你萧仁远！"

萧岿默然。

"我知道你是武帝那样包元履德、胸怀苍生的贤君，所以我昨日才赶到郢城，说服程使君与我一起赌上一次。"徐陵目光曜曜地与萧岿对视着，等待着一个更大的答案。

萧岿双目如百尺深潭，看似清澈见底，实则深不可测，与当年的梁武帝如出一辙。徐陵因而目光曜如烈日，希望能照亮那王者独有的深邃。

终于，萧岿的眼神中出现了一丝涟漪，沉声道："你赌赢了一半。”

“一半？”

“朕可以放过郢城，却不打算放过武昌。武昌郡的太守是我萧家的支脉萧淳风，朕相信他会举城归降的。”

“何必如此执着？”徐陵微微叹息道，“到了武昌，你遇到的还是一样的陈国百姓。”

“人一辈子总要为梦想活上一次，拼上一次，不然就会白白辜负了这一世！”萧岿坚定道，“朕不求来世弹压山川，只求今世无怨无悔。”

“那如果武昌亦是拒你于千里呢？”徐陵追问道。

萧岿毫不迟疑道：“那朕就当这一世投错了胎，从此甘为一隅诸侯，此生再不踏足江左一步！”

顿了顿，萧岿又道：“徐公可敢与朕赌一赌，不报建康，不知会吴明彻，看看我族叔作何抉择？”

“好，一言为定。”徐陵慨然道，然后朝萧岿猛地跪下道：“也请陛下遵守誓言，臣先替江南百姓叩谢陛下大恩！”

不远处就是郢城的北门城楼，在城楼上的军官和士兵们的众目睽睽之下，徐陵毫不避讳，恭恭敬敬地坚持行了一套三叩九拜大礼。

待他行完君臣之礼起身，萧岿方才问道：“你既是陈国人，为何对朕俯拜？”

“诚之者，择善而固执者也。天子之善，贵在仁达天下，当今天下四帝，唯陛下说到做到，诚不欺人。此等大德乃是真正的‘君恩’，当受我徐陵一拜！”

萧岿苦笑了一声：“可惜徐陵只为陈臣，再也不为梁臣了。”

“陛下乃是美玉，私德、公德俱佳，无须臣在侧警醒。但安成王还是一块半成之璧，瑕疵颇多，尚需臣辅弼矫正。”

"最后一个问题，你既恪守臣道，为何要鼎力相助陈顼去篡夺侄子的帝位？你的忠何在？你的节何存？"作为一个帝王，萧岿对此颇为反感。

徐陵毫无愧色道："忠有小忠、大忠，小忠只忠于一人，然人如果德不配位，忠心就变成了愚忠。大忠则忠于天下苍生，社稷所需、百姓所求者，方可成为辅佐的对象。"

"愿来世朕恰逢其时，能得你的辅佐。"萧岿无限感慨道。

徐陵没有答应，也没有拒绝，只是淡淡道："此世尚未终结，我如何敢遥想来世。"

是呀，今世还未到中途，何必急着想什么来世？萧岿拱手向徐陵拜别道："朕继续征途去了！"

徐陵亦是拱手相送："我会说服程使君，如果梁帝此去武昌不动干戈而返，郢城绝不设防设阻。"

"保重。"萧岿道完，不再留恋这里的一草一木，带着李广大步向城外走去。

看着萧岿安然出来，紧张了半天的王操等人总算是长出了半口气，另外半口气则留着紧紧盯着城头的程灵洗。王操原本是想带人跑上去护着他回队列的，但萧岿示意他无碍，坚持自己走回去。

萧岿还没赶回阵列，王操就翻身下马来到他近前，上下打量了下，确认毫发无损后，正要问他进城做了什么，就听萧岿平静道："下令撤军，发兵武昌郡。"

在场的将领都是目瞪口呆，郢城眼看唾手可得，为什么要撤？

萧岿与众人激烈地交换着目光，坚定道："这里的人心暂时还未归附于朕，即便攻下，百姓也会暗中抵抗，占之无益，反要分重兵留守，实在是得不偿失。"

这叫什么理由？华皎手握剑柄道："陛下多虑了，如果他们不从，那就杀几千，把他们杀到服服帖帖为止。"

"如果都不从呢？全部杀光？"萧岂摇了摇头，"朕要地盘，更要民心，否则要一座空城有何用？"

王操抬手示意众人安静，他独自面对萧岂道："陛下宅心仁厚，我看徐孝穆正是利用了这一点设计好诡计，来诓骗陛下的。陛下切不可妇人之仁，上了他的当呀！"

萧岂无比淡然，亦无比自信地看着舅爷："舅爷以为天下有人能蒙蔽得了朕？下令吧，朕要的是心悦诚服，不是简单的武力征服。"

行事一向极有分寸的王操突然卸下头盔，重重丢在地上。由于扔的手劲太大，头盔被生生弹了起来，然后滚落到萧岂的脚下。

同时，他手指颤抖地戟指着萧岂的鼻子道："你姓萧，你是大梁的天子，首先要对大梁，对梁国的百姓负责，管他陈国人怎么想？要撤你撤，我王子高绝不撤！"

帝相竟然公开争执，还是在战场之上当着敌人的面，众人一时噤若寒蝉，呆呆地看着二人。

　　不知是帝王心术已至化境，还是心中颇感愧疚，萧岢没有发怒，只是默默弯腰捡起头盔，用洁白的衣袖将上面的尘土擦拭干净，然后上前亲自捧给王操。

　　"朕当然是大梁的天子，但既然要拿下这江南半壁，江南每个子民的福祉朕都要挂怀。"见王操不接，萧岢便一直捧着。

　　王操沉默了片刻，声音和缓了些许道："天予弗取，反受其咎，唾手可得的东西，你为什么不要？"

　　"天下之大，何止一个郓城？即便秦始皇贵为千古一帝，尚且在灭掉六国之后容得下一个卫国。"萧岢说着又把头盔往前递了递，"舅爷放心吧，朕只是放过了郓城，可并未放弃整个江左！"

　　听他这么说，王操才接过了头盔，重新戴上，但他并未下令，而是矗立原地，眼睛死死盯着近在咫尺的郓城北门。

　　萧岢叹了口气，来到自己的坐骑前翻身上马，面朝整齐如林的将士们高呼道："所有人听令，立即回撤上船，准备兵发武昌！"

　　随后他又派李广执自己的令牌赶往城南，通知马武率军火速到岸边会合，一同出发。

士兵们不折不扣地执行了萧岿的命令，后队变前队，在华皎、章昭裕等人的率领下立即开拔向江边挺进。独独王操依旧杵在原地，寸步未移。

萧岿令侍卫牵着舅爷的坐骑跟随自己来到近前，打趣地问："舅爷难道想变望夫石，就这么一直待下去？"

王操目不转睛地望着城门道："我想替过世的蔡令君多看两眼这里。"

萧岿心头一紧，那个一脸福相的和蔼老者不由得浮现在眼前。在自己客居长安的两年中，是他呕心沥血和舅爷一起秘密操持着东征的诸项杂务。秘密水军大营的选址、水军的招募、船只的建造、鹘鹰的驯化、建康卧底的安插……这些不为人道却功在当下的诸多事务耗尽了他全部的精力，以至于还没来得及看到东征成行的那天，就猝死于中书省的政事堂。

"朕有愧于蔡令君。"萧岿感慨道，"但是，朕无愧于自己的初心。"

王操没有接话，默默地一直注视着郢城，直至马武的大军赶到，才不舍地转身向他和蔡大宝一起打造起来的船队走去。

我宁肯这些战船全部在战火中葬身长江，也不愿它们这么不放一弹，就无功而去……王操心中愤懑道。

虽然块垒在胸，王操还是恪尽职守，在大军全部上船后，指挥大军沿江东进，直逼武昌城。

萧岿原本估计在去往武昌的路上会有一场硬仗，因为吴明彻的主力尚存，指不定在什么地方就会再次遭遇。孰料大军一直前进到武昌江面，也没有见到一艘吴明彻的战船。

跑得可真快！也好，失去了水军作为屏障，拿下武昌就更加易如反掌了，萧岿望着渐行渐近的武昌城，心中再次充满了期待。

这武昌郡的太守萧淳风本是萧岿太爷爷的长兄长沙王的孙子，既非梁帝的直系，亦非家中的嫡长，所以在陈霸先改朝换代的过程中，非但没有被清洗，反而被授予官职，成为陈家以示宽仁的榜样。

萧岿的这位族叔为求自保，多年来一直远离建康，在郢州各地任职。

萧岿先前安插在建康的间谍曾探知，族叔的考绩多年都是郢州之首，按惯例早该升到刺史一级的高位。但陈霸先、陈蒨忌惮他的身份，只是年年厚赐金银，却极少加官晋爵，且安插亲信在临近的几个州郡，时刻加以监视。直到去年，陈蒨见他规规矩矩多年，从未有所不轨，才放松了警惕。

之前为了保护族叔的周全，萧岿从不派人与他联络。但以萧岿对人心的了解，一个时刻被人四面盯防又得不到重用的人，一定积攒了大量的怨气。只要给个机会，他一定会发泄个痛快。

此次，朕一定不动刀枪，就拿下武昌城！

萧岿令大军立即登岸，排兵于武昌城下。为了向族叔表达善意，他并未令大军剑拔弩张，亦没高举"蒨"字旗，而是旗帜鲜明地打出了一面"萧"字旗。然后由马武一人举旗跟随，随自己骑马来到武昌城已匆忙紧闭起来的北门前。

宁饮建业水，不食武昌鱼……萧岿立马于高耸的城楼下，不禁想起了三国时吴国皇帝孙皓一意孤行迁都武昌，以至于百官、百姓极为抵触，拿武昌鱼编起了民谣。如今在建业城基上建立起来的建康重为国都，而武昌则再次沦落为地方重镇，世事无常，诚如斯也。

大事当前，萧岿迅速收拾起感喟，向城头喊话："我乃大梁国主萧岿，请萧太守上城头一叙！"

片刻后，城楼上出现了一个蓄着三绺胡须、举止庄重的文官模样的人。

此人原本面色沉着，但见到下面鲜红的一面"萧"字旗，不禁瞪大了眼睛，一下子冲到墙边，手扶着垛墙仔细打量了下来人。

"你就是仁远侄儿？"

萧岿点点头，朝城头拱手行礼道："叔父忍辱负重十年，难为你了！"

"想不到呀，你竟御驾亲征，且进兵如此神速，有胆有识，真是我兰陵萧氏的好男儿！"萧淳风朗声笑道，如沐春风。

果然还是血浓于水，萧岿亦是微微激动地扯起旗帜一角，向族叔喊话："十年了，江左从未飘起过一面我萧家的旗帜。今日，我想请叔父与小侄一起将这面旗插上武昌的城头，重振我兰陵萧氏的辉煌！"

不料，萧淳风突然脸色转阴，斩钉截铁地说："不行，我不能这么做，也绝不会让这面旗子出现在武昌的任何一个角落！"

萧岿有些愕然，刚刚还和煦如春，怎么转眼间就凛若冰霜？

只听族叔掷地有声道："刚刚为你，为萧家高兴的是你的族叔萧淳风，现在严词拒绝你的是陈国武昌太守萧淳风！职责所在，请梁主莫要强求。"

"为什么？"萧岿不解道，"十年前我巍巍大梁被他陈霸先一朝篡夺，敬帝萧方智不过十六岁，就被残忍地杀死，我族中子孙要么被囚，要么被放逐，叔父你难道就一点儿都不心痛？没有一点儿怨恨？"

萧淳风沉默了片刻，叹息道："仁远呀，你想过没有，如果你成了这江左的主人，会比陈家人为帝时的危害至少大上两倍。"

萧岿不解，要他解释。

萧淳风捋着三绺胡须道："你率军来攻，陈家必定拼死抵抗，百姓受一次涂炭。你恢复大梁，必然要摆脱北周的控制，势必还有一战，甚至是无休止的你来我往，百姓受第二次涂炭。这还不算惯于趁火打劫的北齐，趁机再图江左，将当年高洋未实现的东西朝梦想变为现实。所以，你若执意如此，陈家人用十年时间辛辛苦苦恢复的国力恐将被你挥霍一空！"

这……萧岿从前不是没有估计到，但他自信梁朝被取代不过数年光景，以太爷爷御极四十七年攒下的声望，陈国的那些梁朝旧臣中一定会有很多人响应自己。还有百姓、士人也一定会感念太爷爷的德政和文治，倾力拥护自己的复辟大军。

有了江左的臣心、士人之心和民心的拥戴，便可以迅速重建起一个强大的梁国。即便北周势大，也得投鼠忌器，免得消耗国力过大，让老对手北齐钻了空子。

然而如今一路走来，欧阳纥刚刚举事，就被冼夫人困在了广州；湘州军前脚刚走，徐度就兵不血刃拿下了华皎的老巢；郢城与西梁近在咫尺，本应积极响应，却全城军民齐上阵，让元定苦战无果。就算是自己有经天纬地之才，但仅凭一己之力如何对抗得了这如长江之水一般滔滔向东的民心？

很快，另一个念头又涌上了萧岿的心头——朕以仁德之心放过了不肯归降的郢城，这等胸襟前无古人，恐怕今后也难有来者，如此善举难道还不能赢得百姓的拥护？

想到这里，萧岿再次鼓起了自信，仰视族叔道："即便朕不打陈国的主意，但三国之中陈国最弱，北周、北齐还是免不了攻伐江左，到时百姓还是一样会受战火殃及！朕自登基之日起就在三国之间周旋，所以朕自信有足够的能力折冲樽俎，纵横捭阖，保我江左百姓平安。"

见他执迷不悟，萧淳风的脸色变得难看起来，叱责道："你这是拿所有江南百姓的福祉冒险！如此鹬蚌相争，只会让北朝人得利，忘了你父亲当年是如何引狼入室的了？"

"这么说，叔父你是不打算开城了？"

萧淳风重重点了下头："当年我兰陵萧氏何等的枝繁叶茂，但经过元帝和几个兄弟、子侄间的自相残杀，如今只剩你家一脉尚属人丁兴旺。我不能看着你冒进，让萧家连最后一块容身之处都没了！"

萧岿此时竟是前所未有的执拗，明白地告诉族叔："那请恕小侄得罪了。朕会命人把朕这些年来对陈国百姓的善举写成文书，飞箭射入城中，让他们知道朕虽然尚未与他们结下君臣之缘，但早已心怀君父之心。"

"可以，我不会阻拦。"萧淳风认真道，"并且，我会将之全部张贴于大街小巷，由府中的文书当街照实诵读。"

"如果明日朕攻城之时，百姓对你袖手旁观或是自愿助朕，叔父你当如何？"

萧淳风毫不犹豫道："不用你动手，我自会开城放你进来。"

"好，一言为定。"萧岿不再多费口舌，打马转身返回了队列。

当日中午，由他亲自口授的上百封信函被绑在箭杆上，由梁军弓弩手从东西南北四个方向射入了城中。他用极简的文字将过去太爷爷的功绩，以及自己这些年来对江左的善意倾囊而告，毫无隐瞒，连前日阵前弃攻郓城一事都没落下。

朕不信，武昌百姓分不清孰好孰坏！

武昌城在平静中度过了大战前的一夜后，迎来了新的一天。旭日初升，赤红的阳光把江面染成了火红色，如同此时此刻正背江列阵中的梁军，群情激昂似火。城外一整圈的垂杨柳扶风而立，柔弱中带着一丝倔强，似乎在用纤弱的柳条极力守护着这里的祥和与安宁。

辰时时分，一万梁军在王操的指挥下排成形如一对巨翅的鹤翼阵，从北面对武昌城构造了一个大大的半包围圈。麾下的将士都是他一手练出来的，他有足够的自信挥动这对"翅膀"，将武昌城掀个底儿朝天。

萧岜骑白马立于王操身边，面对这即将发挥雷霆之力的"翅膀"亦是信心满满。当然，他还是希望在进攻前的最后一刻，能看到城门大开，族叔出城归降，将一个毫发无损的武昌交到他的手上。

"陛下，现在是辰时三刻，可以进攻了。"王操这时提醒道。

武昌城门依旧闭得紧紧的，没有一丝动静。

看来终究还是免不了自家人相残呀，萧岜心中不禁扼腕。如果雪瑶知道了，一定会说朕变成了自己曾经最为厌恶的七叔爷的模样！究竟是朕太执着，还是现实太过倔强，偏偏要和朕的意愿逆着来？萧岜攥着缰绳的双手突然有种无力感。

"记住，箭弩可以无眼，但手中的刀剑不能不长眼。谁要是伤了朕的族叔，朕要他的命！"萧岜向全军警告道。

昨日他亲手画了一幅萧淳风的画像，传令全军，想来众人应该牢牢记着了。

王操不再迟疑，抽出腰间的长剑一指北门："进……"

突然，就听城门处传来一阵咯吱咯吱的声音，重达千斤的城门竟然慢慢地打开了！

萧岜瞪大了眼睛，只见族叔未披片甲，一身布衣从城中走了出来。他心中不禁激动起来，终于不用自相残杀了！

萧淳风不是一个人出来的，在他身后，跟着一群身着蜀锦、绫罗、麻布等各种面料衣服的城中百姓。显然，这群人中包括了士人、乡绅、贫民等城中各色阶层。

萧岜有些疑惑，族叔这是要率全城的各色头面人物献城？但很快，他就否定了这个想法，因为这些人不是一个人来的，而是拖家带口来的，有的扶着老人，有的抱着孩童，有的夫妻携手。

更让他意外的是，出城的人越来越多，似乎没个头。开始几十，然后是几百、上千，直至把城门前原本留作战场用的空地排满了都还不见头。

这是要把全城的百姓都搬出来吗？萧岿暗暗吃惊，即便翻遍所有史册，也从未见过这样的献城仪式，哪怕是历代的亡国之君亲自献城！

城中的人整整出了一个时辰，队伍排得比整面城墙还长出去一里，才算走完。

这时，萧淳风向前大迈几步，然后一撩袍角跪下。有了他的带头，身后的武昌百姓呼啦一下也全部跪下。

萧岿震惊之余，正要打马上前，问他何意，突然见族叔从腰间拔出佩剑，横于自己的项间。

身后的百姓们亦是纷纷照做，不过有的拿的是长剑，有的拿的是菜刀，还有的拿着砍柴刀，全部照着族叔的样子将脖子高高扬起，横利器于脖子上。虽然众人的利器不同，但眼神是同样的决绝。

一时间，梁军士卒皆是手足无措，此战唯一的障碍全跪在眼前，准备自行了断，他们反倒胆怯了。

在这令人窒息的气氛中，萧淳风面向族侄道："仁远，你不是想看看百姓对你的投书什么态度吗？这就是，既然要无以为家，那就以死明志！"

萧岿不满道："叔父为何要曲解朕的意思？朕比任何人都想要武昌完完整整归入大梁，从未想过要毁掉百姓的一屋一舍呀！"

"屋舍是家，城池是园，陈国为乡。乡为他国，即便保存了屋舍，何以为家乡？城池沦陷，即使屋舍无损一砖一瓦，何以为家园？"萧淳风声声悲壮道。

萧岿不免想起了当年江陵城破，城中百姓被宇文氏的军队随意屠戮，掳离家园。国之不存，家何来安宁？

"陛下，切不可听他蛊惑！"王操在一旁雷鸣般吼道，"这些百姓一定是被他裹挟而来，在我军们面前做做样子的！"

王操声音刚落，就听对面一声高呼："梁帝想要看我等的决心，这条命给你便是！"

萧岢循声望去，就见前排的一个壮汉握紧菜刀一横，顿时血喷如注，抽搐着倒地挣扎了几下，气绝身亡。

紧接着，百姓队列中又是一声大叫，一个干瘦的大个子也以死明志，倒地而亡。

不消片刻，便有不下十来个人死在萧岢的眼前。虽然自从出征以来，他已慢慢习惯了死亡，但这样的情形还是极大地震惊了他——我不杀伯仁，伯仁却因我而死。照此下去，朕便成了屠城的刽子手！

终于，在第十六个人握刀砍向脖子的时候，他大喊一声："慢着！朕撤军！"

王操、马武、李广、章昭裕等将领皆是急劝不可，不要妇人之仁。

"仁就是仁，哪里分什么妇人、男人？"一向沉着的萧岢忽然间激动起来，他转头朝剑已在脖子上压出印痕的族叔高声道："叔父的心志，所有百姓的心志朕已明了。朕自继位以来，一直饱尝被强人所难的滋味。己所不欲，朕不会施于大家！"

突然，一把锋利的长剑寒在了萧岢的脖子上，满满的杀气瞬间凉彻了咽喉。

萧岢用余光扫向剑的主人："舅爷你要干什么？"

"昔日楚成王打了败仗，大臣鬻拳紧闭国都之门，不许成王进城，是为胁君之谏。"王操的目光比手中的剑更寒更锐，"今日我王子高就做一次鬻拳，执剑相谏，请陛下履行大梁国主之责，带领全军攻下武昌！"

"如果朕拒谏呢？"

王操又把剑迫近了一分，压入萧岢的肌肤中："那我就弑君一次，然后带领大军拿下武昌，再立陛下的弟弟为帝，最后以死谢罪！"

萧岢反而镇定了起来，挺着脖子道："朕字仁远，仁者之路非一件善事、一桩善举即可修成，而是一生为仁，事事为仁，无论面对什么样的困难和诱惑，都矢志不渝。这条路很远，朕会一直走下去。如果王录君要做鬻拳，朕今日便杀身成仁。"

"你，你……"王操气得呼吸骤急，胸膛剧烈起伏。就听"噗"的一声，他猛地喷出一口鲜血，溅红了萧岢的一条衣袖。

随后他不许旁人搀扶，硬挺着坚持坐在马背上，将剑撤回，双手平举于萧岢面前。

"陛下，臣刚刚血谏一次，实属大逆不道。现在，请陛下手刃我吧，我愧对先皇，愧对蔡令君，实在无颜苟活于世！"

其他众将呆呆地看着帝相二人，都不知该如何相劝。这时，度支尚书傅准忽然打马上前，从王操手中一把夺过长剑，卸去王操的头盔，一剑削去其发髻上的一缕灰白发丝。然后收剑递回给王操。

"王子高之罪已以其发代偿，速速领兵随陛下班师吧。"傅准加重了口气，"先皇、蔡令君的遗愿首先是梁国周全，我国今日已结怨于陈国，还望录君不负先皇所托，护我梁国平安。"

萧岢也道："大梁已失去了蔡令君，舅爷要朕独自应付这大争之世吗？"

王操沉默了半晌，终于接过了佩剑，转身向全军下令："撤军，回江陵！"

梁军无人敢质疑，遵照他的命令掉头向江岸边的战船行去。

"叩谢梁帝大恩！"萧淳风放下佩剑，领着武昌百姓向萧岿叩拜。

萧岿下马回礼："多谢诸公的及时警醒，我萧岿的福分不够，还不能与这样好的子民共处一国。诸君……保重！"

说罢，他翻身上马，顿了顿，终是再也没回一次头，向着战船的方向疾驰而去。

望着侄子和梁军远去的背影，已起身的萧淳风总算是得以长出一口气——多亏了那几个死囚慨然献身，不然今日遭殃的是武昌，明日亡家的就是仁远侄儿了！

"吩咐下去，厚葬这些死囚，不，即日起他们就是我武昌的恩人，厚葬这些恩人！"萧淳风说着朝这些恩人一一拜谢。

梁军全部上岸后，萧岿本想让舅爷休息，由马武、华皎来代为指挥，但王操坚持自己领军。好在随军的大夫把脉后，确定他只是急火攻心，并无大碍，萧岿这才勉强同意。不过他还是嘱咐马武、李广从旁协助，不可让其过于劳心。

萧岿虽然放弃了对武昌、郢城的图谋，但一路上他都在努力说服自己：现在只是时机不成熟，陈国的气数未尽。只要朕韬光养晦，积蓄力量，等到陈顼惹得天怒人怨的那天，一定能拿下江左，光复我大梁！

即便朕等不到这一天，琼儿也一定能等到。因为这南北朝以来，除了北魏，还没有哪个国家能挺过一百年的！

当他终于用这个理由说服了自己，再次风度翩翩地出现在众臣面前时，已是三天以后，船队已行至郢城外的江面。

原本华皎等人还担心徐陵会言而无信，进行堵截，没想到江面上畅通无阻，连一艘渔船都见不到。倒是在路过郢城正对着的那片江岸上时，徐陵头裹四方平定巾，身着灰色长衫，端坐在一张席子上，双手抚琴，弹奏着一首委婉连绵的曲子。

萧岂听得明白，这分明是太爷爷创作的《上云乐》中的第七首——《金陵曲》。那曲调宛如玄音，灵动九天，将太爷爷眼中凤泉回肆、鹭羽一流的金陵美景尽显琴弦之间。

萧岂在船头听完一曲，然后默默拱手向徐陵施礼——金陵的美，朕怕是再也见不到了，多谢徐公以曲绘景，让朕再临金陵之境。

徐陵亦起身默默还礼——虽无明君之时运，但有明君之度量，多谢成全陈国的安宁！

过了郢城，再往前走不远就要进入西梁地界了。萧岂将随行的重臣召集起来，正式宣布：在接下来的十年中，朕计划让西梁休养生息，与世无争。如今的其他三国之中，北周最强，北齐、南陈势弱。但北齐没有当年蜀国的山川之险，南陈也无东吴的三江之固，所以朕预计十年之后，三国之中必有一国灭亡。届时天下大变，就是我西梁厚积薄发、重整山河之时！

"诸公，可愿意与朕再等十年？"萧岂真挚地注视着群臣。

"臣愿意！"马武第一个抱拳应允。

紧接着李广、傅准、章昭裕、钱明等人也纷纷应允，华皎、戴僧朔见他人都这么积极，也跟着表忠愿意。

萧岂的目光与众人一一交换过后，最终落在了王操身上。这几天来，舅爷仿佛又老了十岁，两鬓的白发明显占据了绝对的多数，已从灰白变为银白。但他的眼神依旧锐利，一刻也未曾变钝。

与萧岂对视了片刻，他终于最后一个从座位上站起来，沉声道："不就是十年嘛，我陪陛下等！"

萧岂从正坐上起身，向众人躬身行礼："此生能与诸公同殿为君臣，我萧仁远三生有幸。"

约定好了下一个十年，萧岂多日来心中堆积的块垒也卸去了大半，遂与众人详细规划起这十年的大计来。

他的想法是这十年中一是要避免与陈国的冲突，不仅西梁要避免，就连北周有这念头也要劝阻。这样陈国的外部压力顿消，好使陈顼心生懈怠；二是诱使陈顼多行弊政，多养奸佞，让民众一步步地对其失望，直至绝望。

君臣正商量得热火朝天，突然有士兵进来呈上一个蜡丸，说是刚刚俘获了一艘小船，船上一人自称是萧淳风的心腹，受东翁差遣冒死送来的。

萧岿打开蜡丸，发现里面是一个纸条。原来这位族叔担心他的安危，在纸条中透露说吴明彻、淳于量听闻梁军撤退，补充了一批石弹后再次西进，准备尾随突袭。

众人一听纷纷请战，誓要将这两个手下败将彻底打入江底。萧岿也觉得有必要一战全歼他们，如此一来陈国的水军实力大损，陈顼只能放弃报复，西梁十年内休养生息的计划也才能实现。

"那咱们就火攻！"王操定计道。

至于火攻的地点，他对着地图思考了半天，圈定了一个地方——沌口。沌口是沌河的入江口，河道由北向南，直切长江。可以把一部分战船埋伏于沌河河道，等吴明彻赶来后，突然从沌河河道纵火船杀出，同时主力舰队掉头也纵火船反击。这样两面合力，一举歼灭敌军。

萧岿称赞此计甚妙，就请王操全权负责此战。王操也不推辞，命章昭裕、钱明率百艘轻舟，其中一半装上干柴、硫黄等物，埋伏于沌河河道。曹宣再率同样数量满载干柴的轻舟，藏于主力船队的后部。待陈军船队全部通过沌河入江口，先由曹宣从正面火攻，再由章昭裕、钱明部截断退路。

众人立即分头行动，准备大干一场。同时，王操装作对吴明彻的行动毫不知情，令船队继续保持原有的速度向西驶去。

吴明彻果然上当，率军全力追击，终于在两天后的晚上追了上来。在他看来，梁军正停靠江中休整，毫无防备，正是进攻的好时机。遂下令淳于量、程文季等人率百艘金翅大船熄灭船上正面的灯火，只留背面的少许灯火保持最低限度的照明，以避免相撞。待梁军战船进入大拍的射程后，立即石弹齐发，予以猛击。

淳于量趁着夜色掩护，在座舰的顶层甲板上小心翼翼地指挥大军向一动不动中的梁军船队靠近，眼看就要进入射程，突然就见梁军尾部的一排金翅船忽然开动了起来，向两边散去。随后，江面上像是触发了厉害的机关一样，嚯嚯地蹿起一个个"火把"。

他赶忙冲到栏杆前，瞪大了眼睛往下瞅去，才看清楚那些根本不是"火把"，而是一艘艘敌船。这些敌船两艘为一组，一艘为火船，一艘为牵引船，分明是埋伏好了就等着自己来。

"停船，快让他们给老子停船！"淳于量朝瞭望台上的传令兵大吼。

传令兵急忙把瞭望台上的火把点亮，其他船只上的人看到信号，也立即点燃火把。他紧接着亮出旗语，将淳于量的命令传达下去。

应该说士兵们的反应还是很快的，先是按照淳于量的命令停船，然后拍竿、强弩齐发，全力阻击梁军的火船。然而，梁军的火船阵容强大，又是身轻体便的小船，加之大拍的准头有限，所以一时间只闻巨石落水，不见几艘敌船沉没。

望着那一个个疾驰中的"火把"，淳于量心说：难道我这把老骨头今日就交代在这里了？

这时，就听得"嘭"的一声，一个坚硬的东西突然飞撞在了后背上，竟有些莫名的疼痛。淳于量正上火中，转头一看，只见一根插着小旗的旗杆钉在了自己的牛皮背甲上！旗杆的头部是一根矛状的尖刺，钉得还很牢实。

他顾不上拔出旗杆，转头怒向瞭望台上的传令兵大骂："你是娘们儿吗？连个令旗也拿不稳！"

传令兵不知咋弄的，站都站不稳，紧紧抓着栏杆连忙求饶：“小的该死，是突然来了一股邪风，小的没抓牢……”

“邪风?！”淳于量急忙转过身，这才发觉迎面一阵呼呼的大风在猛刮脸颊。但由于自己背后有船舱挡着，他还不至于像传令兵那样几乎要被卷上天去。

他急忙又向邻船望去，只见顶层的一面军旗被大风拽得直直的，方向直指梁军。这是……东风！

真是天助我也，他一把从背上拽出令旗，向天空高高抛起。只见令旗刚撒出手去，就像被强弩弹射出去的一样，嗖地飞出了老远，直到跑出船面几十尺才落入江中。

“哈哈哈，天降神风，天助我大陈，天要亡梁贼呀，哈哈哈……”淳于量笑得像得了失心疯一样合不拢嘴。

与此同时，梁军旗舰顶层上的萧岿则是面色惨白。就在刚刚，插于甲板上的旗杆竟被突如其来的东风折断。此等大风，且是从东面而来，这无异于直接宣判了梁军的死刑！

他痴痴地握紧栏杆，眼睁睁地看着本已出列的火船被大风逆向而袭，先是引燃了后面紧跟的其他拖船，接着又被卷回船队，引燃了毫无防备的金翅大船。

原本为了迷惑吴明彻，舅爷以假乱真，令船队抛锚江中，摆出停泊休息的样子。现在四五百艘船只首尾相连，这不是坐等被大火烧个精光吗？

“天呀，我萧岿对陈国百姓仁至义尽，你为何还要如此待我大梁?”萧岿仰天悲怆道，手像是失控了一样，不知疲倦和疼痛地猛捶着栏杆。

这时，王操忽然冲上了甲板，冲着瞭望台上的传令兵下令：“后队的所有船只立即撤退，再令李广率船组成一道隔火墙，死死挡住前面的火势蔓延！”

第十二章 英雄梦断沌河口 梁后归来话余生

萧岿大惊，李广人在后队前端，他来组建隔火墙，这是要舍弃七八成的战船呀！

　　他转身跑上去一把抓住舅爷的手，恳求地问："就没别的办法了吗？这可是大梁大半的家底呀……"

　　十年中的自保，十年后的问鼎天下，全靠这些人和船了！

　　王操面色铁青，没有作答，只是让马武扶陛下到底层的甲板，一旦旗舰也不保，就是拼了命也要护送陛下登上轻舟，逃回江陵去。

　　"不，我不走！"萧岿望着正处于大火摧残中的战船，他虽没身处其中，但完全能够猜到那些跟随自己原本打算建功立业的西梁战士，此刻正经历着怎样的痛苦。

　　朕就算不能带领他们封侯拜将，起码也要把他们囫囵地带回江陵，带回家人的身边。

　　此时，水手们已一面急急忙忙地从江底起锚，一面上桨准备掉头，整条船上的人都忙作一团。

　　王操没有和他搭话，只是瞪了马武一眼："还不快走？"

　　马武不再犹豫，上前一把将萧岿扛在肩上，叫上一队侍卫就跟自己往底层跑去，因为他已经能够闻到一丝前方失火船只的烟味了！

　　"你放开朕，朕是皇帝，你连朕的话都不听了……"

　　萧岿一开始是命令着，发现命令不管用，便改为抡拳猛砸马武的背，全然没有了往日的矜持与雅度。

　　马武默默承受着，任凭萧岿喊出杀头、诛灭九族等吓人的话，也没有停下脚步。

　　然而刚到了船楼的底层，他就发现船尾已经失了火。原来刚刚一阵风猛地吹落了底层楼檐上的一盏灯笼，灯笼滚落到船尾，顺势引燃了甲板。

现在船已经开始掉头，马上船尾就要成为迎风的一面！

马武顾不上许多，将还在大骂中的陛下放下，交由几个御前侍卫紧紧守着，然后迅速指挥士兵将船上盛装饮用水的木桶滚到着火点上，然后将木桶击碎，才算是扑灭了大火。

"掉头，马上！"马武看着如同骑着千里马一样猛追而来的前方大火，向底舱中的水手大吼。

水手们哪儿敢迟疑，右侧的一队赶紧换上长桨，用上吃奶的劲儿一起开桨，总算是将重达万斤的巨船缓缓开动起来。

坚守指挥岗位的王操在座舰完成掉头后，最后望了一眼李广所在的位置，那里已是烈火熊熊，浓烟滚滚。他心中默默道一句：拜托你了，只要你能筑起一道厚实的隔火墙，等章昭裕他们从背后纵火成功，下一个被烧的就是吴明彻了！

但凡事都有意外，就如这场东风。王操不敢再赌一次，遂领着能带走的几十艘战船火速向西撤去。

第二天，整整一天，王操都没收到李广送来的信鸽。这意味着有两种后果：要么李广和所有留下的梁军船队都已覆没，要么他们与吴明彻的船队同归于尽。

战争的成败不是靠猜的，王操不敢停留，下令船只疾速前行。路过洞庭湖时，接上华皎等人的家眷，又昼夜不停地赶路，才算安全回到了江陵。

第二天，沌口会战的确切消息终于传来——梁军没来得及撤走的四百余艘金翅大船和一百余艘纵火船几乎全部焚毁，吴明彻军则毫发无损。

代为主持朝政的王操和中书监刘盈皆是大惊，陈军怎么会没有任何损失？章昭裕、钱明他们的纵火船都干什么去了？

细作回报：那晚钱明见江上忽起东风，逆燃了我军的战船，竟放弃了火攻，将章昭裕将军捆绑，然后率军投降了吴明彻！

"那李广呢？"王操追问。

"受伤被俘。"

完了，大梁的护身符没了！

王操正琢磨着怎么将这个坏消息告诉闭门不见任何人的萧岿，五兵尚书魏益德从座位上冲了起来，拽着细作就直奔萧岿的寝宫，将情况如实告知。

让魏益德吃惊的是，几日来没修边幅，胡子茬已然爬满了下巴、嘴唇的萧岿没有释放任何情绪，只是呆坐在席子上沉默着，良久才淡淡吐出一句："父皇，陈国上下人和，又有天时相助，岿儿纵有再大的本事，也大不过天，大不过民心呀……"

这时，王操、刘盈、傅准、岑善方等一干重臣也赶了过来。他们不是来看萧岿有没有崩溃的，而是等着他拿主意，因为梁军水师只剩下不到五十艘金翅船，各地剩余的军队不足万人，根本无力自保。而吴明彻携此大胜，正准备联合进占湘州的徐度大军，水陆并进攻打西梁本土。

萧岿呆呆地望着头顶有些褪色，甚至破旧的天花板，叹息道："天要兴他陈家，灭我萧家，朕有什么办法？"

众人一听虽然怒其不争，但也深有同感。前次殷亮纵火焚烧吴明彻，是上天突然降下的一场大风扭转了战局。沌口会战，本来我军胜利在望，又是一场不早不晚的东风让吴明彻反败为胜。

一片愁云之中，王操忽然上前几步，严词质问萧岿："陛下可还记得与老臣的十年之约？臣日日在履约，难道陛下想要毁约吗？"

萧岿的声音不再洋洋盈耳，非但如此，还有些像缺弦的古琴般苦涩："定下誓约的是朕，但毁约的是天，朕如之奈何？"

"那皇后呢？太子呢？还有尚未满周岁的小公主呢？陛下就任由他们没了家园，在长安沦为宇文氏赏赐功臣的婚配对象？"

萧岿眼中的世界终于从高高在上的天花板变回了一脸殷切的舅爷。

王操见他脸上终于有了一丝表情，就继续道："江陵是兰陵萧氏仅存的立锥之地，陛下无论如何也要替整个家族守住！"

萧岿苦笑一声："兰陵萧氏之所以叫兰陵萧氏，是因为郡望在兰陵郡。但自永嘉南渡时举家迁往江左，我萧家已漂泊了二百多年，又何必在乎这一时的颠沛？"

与其回到江陵等死，还不如留在长安，起码能得一世平安……

见王操说不动他，刘盈顶了上去："我听闻陈霸先叔侄之所以一直未敢动陛下曾祖武帝、祖父昭明太子的陵寝，就是因为忌惮西梁的存在。只要我们西梁存在一天，就有反攻江左的可能，陵寝是他们关键时保命的筹码！"

魏益德说话直，质问萧岿："陛下也不想想，如果江陵丢了，别说是建康的祖陵，就是江陵城外先皇的陵寝也难以保全。你想眼睁睁地看着祖坟一座座被刨吗？"

萧岿虽未继续颓废之言，但亦未振作起来，只是默然不语。

众臣面面相觑，难道陛下真的就这么沉沦下去，坐视西梁的灭亡？

"陛下，"王操终于不再犹豫，将心中潜藏的秘密和盘托出，"事实上，老臣当初力荐殷亮前去宇文直处，并不单单是让他当向导，更是要他在关键时刻当替罪羊！"

"什么替罪羊？"萧岿总算是又开了次口。

"你的替罪羊，还有我西梁的替罪羊。"

"朕有何罪？西梁又有何罪？"萧岿实在是不想思考什么东西，颓然问道。

王操大声道："正如今天这般，水陆、陆路全败，宇文护的颜面尽失，宇文直的军令状得有替罪羊来担责！"

"大不了他们废了朕，朕一人承担便是。"

"晚了，殷亮已经去了长安，将宇文直大军失败的罪过全部揽下。还声称是他上书蛊惑陛下冒进，不要对陈国手软。"说到这里，王操眼中有些湿润，"当时老臣我将真正的算计告知时，殷公想都没想，便慨然应允。他说他这把老骨头就是陛下的甲胄，愿意为陛下扛下这一波明枪暗箭。"

萧岿眼中微微有些动容，低声自语道："不值得，朕不值得他这么做。"

"陛下请看，这是殷公的亲笔信，嘱咐我等他扛不完的明枪暗箭，我等要继续顶上！"刘盈说着，打怀里掏出一封信。

随后，魏益德等人也纷纷掏出同样的信封，呈与萧岿。

萧岿将其中一封打开，看着看着不禁眼睛泛潮。殷亮的信虽然只有短短百余字，但字字皆用赤胆忠心挥就。尤其是一句"国虽亡国之境，但君非亡国之君，民非亡国之民，我等愿取义成仁，誓不做亡国之臣"，丹心碧血跃然纸上。萧岿感动之余，胸中不免热血沸腾。

他猛地从席子上起身，握着信纸对众人深施一礼："萧岿不才，承蒙诸公厚爱，以丹心赤忱辅佐。朕在此立誓，西梁绝不会亡于朕手！"

众人亦是还礼，铮铮之声响彻大殿："臣等也绝不做亡国之臣！"

仅仅过了两天，沌口大败的消息就传到了长安，举朝震惊。

当日的中外朝会上，天子宇文邕、宇文护为首的六官、十二大将军和诸部尚书齐聚一堂。会才开了一半，众人仿佛被宇文邕传染，皆默然不语，唯有宇文护一人背着手，像在自家院子似的来回在大殿上踱来踱去。

这时，一个内侍急急忙忙进入殿中，口中说的是"启禀陛下"，但眼睛却看的是宇文护。

"清河郡公宇文神举奏报，殷亮已正法于鼎路门外刑场。"

宇文护停下了脚步，转身面朝众臣道："此老儿老不中用，昏着儿频出，误导卫国公胡乱分兵，始有郢城之败。现在总算是罪有应得了！"

说着，他有意顿了顿，等着有人站出来替从弟宇文直求情。虽然他已从权景宣等人的军报中得知郢城大败的真相，但豆罗突是诸多从弟中跟自己最为亲近的，也是几个亲信中地位最尊贵、最有资格取代宇文邕的。留着他，对钳制宗室力量有着至关重要的作用。

然而他等了半天，除了亲信侯伏侯龙恩、吕思明肯替宇文直求情外，杨忠、达奚武、于谨等一干老家伙都是把嘴闭得紧紧的，不发一言。

看来，是得给豆罗突一点儿惩罚了。

宇文护黑着脸道："卫国公身为主帅，听信昏言，用人不当，除免去襄州总管一职外，爵位一并降为卫郡公。即日起，未有宣诏，不得参与朝会。"

就在这时，背后突然有人求情道："大兄，对豆罗突的惩罚是不是太重了点儿？"

大臣们皆是一惊，天哪，陛下竟然主动开口了！

宇文护也是倍感意外，弥罗突和豆罗突虽是亲兄弟，但平日里并不亲近，见面连句亲近的话都很少说上一句，今天这是闹得哪一出？

"不行！这场仗是他以人头担保过的，现在成了这般局面，降爵免官已属从轻发落。"

宇文邕见他这么说，便不再发一言，重新变回了木头，一动不动地坐在御座上。

让殷亮、宇文直做了百官的出气筒，接下来便是善后了。宇文护很清楚，陈国携郢州、沌口两场大胜，士气正旺，下一步定会剑指江陵、襄阳，今天必须拿出个对策来。

他的想法是废掉萧岿，给陈顼出出气，以使其打消进攻江陵的计划。经过此次大败，他实在是没信心在水战上与陈国一较高下了。

宇文护正要宣布朝会进入这个议题，杨忠忽然拖着病体起身，艰难地来到御阶前，向宇文邕和宇文护奏陈道："启禀陛下、大冢宰，老臣有一家事启奏。"

宇文护一愣，奴奴从不在外人面前说起家事的，今日怎么反倒在朝堂上谈论起来了，还偏偏挑谈正事的时候。

"讲。"他有些不耐烦道。

"老臣近日偶遇张皇后，见到其女儿甚是喜欢，便私下为我的孙子求娶一桩婚事，张皇后已然应允。但老臣觉着要联姻的毕竟是一国公主，兹事体大，所以老臣特向陛下、大冢宰禀明。"

你胆子不小！宇文护正想发作，不料背后的宇文邕忽然替杨忠高兴道："这是好事，大好事呀，弘农杨氏与兰陵萧氏同为四海大姓，能结为连理，当使两国世代友善！"

见宇文邕这么说，李穆、达奚武等人也纷纷向杨忠道贺。

宇文邕不知怎么了，今儿个的话特别多，他又道："朕听闻你的孙女丽华十分聪慧，不过才七岁，已能熟背整部《诗经》。朕的长子赟儿今年也已九岁，与丽华很是般配。不如好事成双，国公将丽华与我的赟儿结为娃娃亲可好？"

杨忠哪儿有不乐意的，不顾身体虚弱，跪倒在地就是一通三叩九拜，向宇文邕千恩万谢。

"国公快快请起，哪天记得把丽华抱进宫来，朕还想教教她象戏。女孩子嘛，要琴棋诗画样样精通才行。"

一天到晚就想着你的破象戏！宇文护心中大为不满，却也无法当着众人驳了他这皇帝从弟的面子，只能强作欢颜也向杨忠贺喜。

被二人一番搅和，宇文护只能按下废黜萧岿的话头，转而问计众臣，如今该如何保住江陵？

杨忠、达奚武等人都建议让正回撤襄阳的权景宣驰援江陵，极力规避水战，设法将陈军诱到陆上，发挥北人骑兵的机动优势，在陆上击败陈军。

吕思明补充道："战是一方面，另一方面我们也得准备和，应派人前往建康聘问，争取与陈顼化干戈为玉帛。"

这句话说到了宇文护的心里，他宁肯出一点点血，在江陵一线尽快息事宁人，也不愿冒险鏖战下去，免得再尝败绩。

众人商量了一番，都觉得庾信最为合适。于是宇文护任命庾信为特使，即刻动身前往建康。

当夜，杨坚听闻朝会的消息后，立即赶往父亲的书房中，问他一向不参与大冢宰和陛下的事情，今日怎么一反常态，竟然当众答应陛下结为姻亲了？

房中没有旁人，杨忠捋了捋花白的胡须，冷笑一声："别以为你爹我不知道，之前我率军出塞外，千里奔袭北齐，那两个漠北的向导就是你小子放跑的，对不对？"

杨坚大吃一惊，赶忙跪倒在地，向老爹告饶。

"行了，起来吧，为父要是想揭穿你，三年前就把你交给宇文护了。"

杨坚这才起来，上前端起茶杯奉给父亲。杨忠呷了两口，放下茶杯，指了指下首的椅子，让儿子坐下。

"之前你与陛下秘密接触，我知道你是想交好陛下，以图来日。但是你做得不够高明，暗自破坏我军东征大计这种事是见不

255

得人的，这是陛下的污点，将来一不小心，你就会成为灭口的对象！"

杨坚嶙峋突兀的脑门儿上不禁冷汗森森，他一心只想为家族的未来谋条出路，才接受了陛下的招揽，可从未想过他扳倒宇文护之后的情形。

"请父亲教我！"

杨忠现在的气越来越不够用，缓了好半天，才重新开口道："为父时日不多了，今天再给你上最后一课：在你不能决定自己生死的时候，要与那些能决定你生死的人结成一荣俱荣、一损俱损的铁关系。"

正是出于这种考虑，当宇文邕暗中派亲信王轨找到他，请他出手与张雪瑶结为姻亲，以挽救萧岿的帝位时，他才毫不犹豫地答应，同时提出了与宇文邕再结为姻亲的条件。当然，他的理由是这样更能让宇文护投鼠忌器，放弃废黜萧岿的馊主意。

既然结为了儿女亲家，便与宇文邕生死同命，密不可分了。如此一来，宇文邕也就再没有任何理由对儿子杨坚下手了。

杨坚由衷地向父亲竖起大拇指："还是父亲高明，孩儿受教了！"

"记住，从今往后咱们家与陛下生死与共，绝不可有任何藏私了。"杨忠以父亲和长官的双重身份对儿子命令道。

在他看来，宇文护经过两次东征北齐和一次南征陈国，已经输掉了全部的声望和称帝的可能性。未来只要宇文邕找个合适的时机，一定能扳倒他。现在全心全意地投靠宇文邕，将来必能赚取一份天大的富贵。

杨坚起身向父亲拱拜，谨遵父命。

"弘农杨氏的未来就看你的了。"杨忠将心中的话一吐为快完，不觉有些疲惫。如果再年轻二十岁，也许老夫还可以突破杨震、杨骏等历代先人的成就，干一番更大的事业……

宇文护费尽心机将庾信派往建康，却被陈顼拒之门外，只是派徐陵和亲信江总二人接待一番。三人都是当世的大文豪，每当庾信谈到政事时，二人都是极力避之，只谈诗词歌赋。庾信在建康住了半月，毫无收获，只得无功而返。

这段时间里，徐度、吴明彻等人将湘州、巴州等华皎原先的地盘全部攻陷，并将没来得及逃走的巴陵内史潘智虔等人全部押送到建康。陈顼则大笔一挥，将他们与先前俘虏的曹庆和投降的钱明等共计四十余名将领、官员全部判处弃市，押赴刑场斩首。反倒是死不投降的章昭裕因为兄长章昭达的关系，被赦免了罪过。只是因其已心属萧岿，不愿再为陈顼效命，所以被朝廷公示永不叙用。

吴明彻又花了一段时间将朝廷的惠民措施——在湘州落实，巩固了后方，同时又伐取当地的杉木，重新赶造了一批战船，才于当年九月率领各式战船，共计六百余艘分道进击，向西梁本土发起猛攻。

萧岿为了力保江陵，将仅剩的战船全部置于江陵一带。江南的天门、长沙、武陵、南平等郡，他只得派出五兵尚书魏益德、大将尹德毅前往督战，各城皆紧闭城门，坚壁清野。他原本是想请权景宣率大军前往协防的，但权景宣认为江南诸郡无山川之险，且吴明彻手下的兵马多达八万，根本无力对抗，所以只同意协防江陵。

即便如此，魏益德、尹德毅二人也是十分了得，凭着各地百姓的支持，用仅仅数千正规军硬是坚持到了年底。除长沙郡丢失外，其余诸郡依旧牢牢掌握在西梁的手中。

冬季水势骤减，吴明彻只得暂时退回湘州。

此时，经过去岁的郢城、沌口大捷，陈顼在朝中的声望如日中天，朝中劝进的声音已经由地下转入了地上。相比之下，陈伯宗即位之初各种贪玩、怠政的劣迹早已在陈顼的刻意安排下，广为传播，百官、百姓对其无不失望至极。

沈妙容、陈伯宗母子追悔莫及，整日以泪洗面，早知今日，当初就该多听到仲举、刘师知的话，多修私德，多近政务。但一切为时已晚。加之陈顼在毛喜的建议下，抓住陈蒨临终前授遗诏于萧岿，致使梁贼出兵郢州，造成百姓涂炭一事大做文章，百姓们对陈蒨这一遗诏的不满遂转移到他的儿子陈伯宗身上。

一时间，陈伯宗被废已不是一个能不能的问题，而是一个何时进行的问题。

陈顼原本是打算新年伊始就行废立之事的，因为新年新气象，最是大吉大利。但徐陵坚决反对，在他看来所谓的郢城大捷没有变成郢城大败，全是萧岿仁义的结果。至于沌口大捷，则是老天爷帮忙的结果。凭运气取得的武功战绩如何能成为称帝的本钱？

"既然郢城是徐公保住的，孤就听徐公一言。"陈顼不过才三十有八，有的是时间等。

他遂在新年的第一次朝会上宣布：陈国今年的头等大事就是西征，孤今岁誓要拿下江陵、襄阳，将天下之腰的荆襄全部揽入手中。

他任命吴明彻为主帅，淳于量为副帅，调集十五万大军、各式战船千余艘，待时机成熟，就从南面的湘州和东面的郢州两个方向齐头并进，直指江陵、襄阳。

经过近半年的准备，当年的六月淳于量从郢州出发，首先攻克了江北的沔州城。沔州属于北周，原本宇文护已派人加强了此地的防御。奈何淳于量采用了升维打击的战术，把北朝习惯的平面战改为立体战，将麾下的数百艘金翅大船置于江岸边，所有大拍满载石弹齐发，势如泰山压顶。

当初北周为了控扼江上的航道，有意将城池修得离江岸很近。结果铺天盖地的巨石像上天特制的電子一样轻易落在了城墙、城楼上，甚至连城中的军营都没能幸免。在陈军的猛攻下，南面城墙一下子坍塌数百尺，城门被砸毁，开战仅仅两个时辰，城池就失陷了。沔州太守还没来得及逃走，就被活捉。

吴明彻一路从湘州出发，一改去岁费力耗时的攻城战，改为引水灌城——他先是在江河的上游拦河蓄水，或是在湖泊处挖渠引水，待水量达到一定程度，便破堤放水，用人造洪水灌入城中。在他的指挥下，陈国大军用沅水淹武陵，用洞庭湖淹巴陵、南平，用长江淹河东，短短一月之间就把西梁的江南诸郡全部攻克。

魏益德、尹德毅誓与防地共存亡，一个战死武陵郡，一个战死南平郡。

在大水淹没魏益德的头顶前，他仰天大呼："陛下，臣没有做亡国之臣，你也不许做亡国之君，西梁决不……"

无情的大水没让他说完遗言，就将他和身边仅剩的百名将士卷入一片黑暗之中。

经过这几场淹城大战，吴明彻名震天下，陈国上下人人称赞他是"江左龙王"。吴明彻也自信满满，认为凭着这着儿绝活，三天之内必能拿下荆襄最大的通都大邑——江陵！

萧岿这厢则是把城中的老弱妇孺交给刘盈，由他率领全部转移到纪南城，他本人则和王操、马武、吉彻等仅存的几名将领，以及自愿留下来的青壮百姓一同坚守国都。此时，他能动用的西梁正规军仅剩五千人，而吴明彻的这路大军多达八万人！

萧岿原本想请权景宣一同协防，但对方担心淳于量攻至襄阳，遂将襄州军的主力集中于襄阳及周围诸城。倒是江陵总管田弘坚持不走，带着原有的五千北周驻军留守江陵西城。

一场决定西梁生死存亡的大战，在双方力量极其悬殊的情况下开始了。

开战的前夜，吴明彻的船队满挂灯火，如巨蛇一般缠绕于城外的诸条江洲上，将江陵城围得水泄不通，几欲窒息。城中的守军无不产生一种错觉：究竟是在与陈军作战，还是在与蛇妖作战？

望着城外绵延数十里的大军，在枇杷门城楼上南向而立的萧岿亦是面色严峻。虽然江陵是他不容有失的地方，但手中却没一种办法能确保这里绝对不丢。

雪瑶，你是对的，朕不该破坏他国的安宁，如今连自己国家的安宁都无以为继。朕先前向天下欲求的太多，但朕能给予天下的太少了……

在他的身后，一左一右分别侍立着舅爷和田弘。二人皆是外表年龄看着要比真实年龄老上许多岁，然而他们面对近在眼前的死亡威胁却没有愁云满面，反倒是如初生牛犊一般无所畏惧，只待开战。

这令萧岿有些诧异，他侧头先问田弘："使君如何看待江陵的这场生死大劫？"

田弘因为左肩受过重伤的缘故，整个人看着被沉重的铠甲压得摇摇欲倒，但他只是一个眼神就让萧岿安心了不少。

他指了指身上的甲胄："记得先皇赐予这副铠甲的时候，曾嘱咐我：倘若天下平定，再把铠甲脱下来。如今天下依旧四分，还不到我卸下铠甲的时候，更没到我考虑生死的时候。"

萧岿的头又侧向另一边，询问王操："舅爷你呢？"

王操看着城外连起来比江陵城墙只长不短的陈国舰队，一如平常道："江陵不只是千万块砖头堆砌起来的城墙，更是成千上万百姓的家。陛下数年前花费万金，将那些在长安饱受离乡之苦的江陵百姓赎回故土的一刻，他们就成了这里的一砖一瓦，这是再大的洪水也冲不垮的！"

没错，萧岿不禁想起了五天前，当他向全城宣布江陵即将面临生死一战，任何百姓都可以自由离去，甚至可以选择成为周国、陈国的民户时，不仅是那些青壮年，就是白发苍苍的老爷爷、刚刚束发的孩童也坚持要留下来与江陵共存亡。最后还是他跪下来相求，那些老弱妇孺才悻悻离去。

"朕不会食言的，"萧岿想起了当日向那些恋恋不舍的老人和孩童所承诺的，"朕一定会守住你们和朕共同的家园！"

次日，在江陵城外耀兵一夜的吴明彻正式吹响了进攻的号角。他原本是想采取淳于量的战术，将金翅大船围在江陵四周，然后拍竿齐发，来个万石轰顶，迅速击毁城墙，最后大军冲进去大肆掩杀。

然而他派船只靠近后才发现根本无法驶近城墙，因为四面的江洲都很浅，除了吃水不深的走舸以外，连艨艟靠近都会搁浅。

原来早在去岁吴明彻大肆水淹武陵、河东等郡时，萧岿和王操就未雨绸缪，用土石垫高了江陵四周的水道。

吴明彻见不能给江陵一个最惨烈的破城方式，就退而求其次，下令全军下船筑渠蓄水，准备重演一次大水淹城的好戏。

江陵四周的江洲枝杈有百洲之数，最不缺的就是水。所以吴明彻为了让西梁在灭亡前还饱受煎熬，就在南北两个方向的江洲上同时筑坝，好使江陵遭受一次南北对冲。

由于是就近取水，两条拦水大坝仅用了五天时间就全部完成。吴明彻下令城南、城北同时破坝，顷刻间滚滚大水以吞噬万物之势涌向江陵最外面的罗城。不消半炷香时间，大水就将整个罗城淹没，然后涌入子城。一炷香时间过去，江陵东城除了最里面的宫城外，外面的两重城池全部沦为一片泽国，民宅、街巷、衙署等统统没入水中。

即便是萧岿对这位"江左龙王"的淹城战术早有预料，由于时间仓促，也只来得及对处于城中高地的宫城进行筑坝。在滔天的江水肆虐下，他和留下的百姓只能躲在宫城避水。

吴明彻趁水势高涨，派出上百艘走舸向枇杷门、长阳门南北两座城门同时发起冲锋。陈军官兵依据之前攻打武陵、南平等郡的经验，原以为江陵此时一片汪洋，只要驾着船顺水进入城中收割战利品即可。孰料刚刚划近城墙，暴雨般的弩箭就扑面而来，将最前排的几艘战船上的士兵纷纷射成了刺猬！

负责进攻枇杷门的大将黄法抃站在船头一看，原来敌人竟然也乘着船，正开弓张弩向他们猛烈射击。这些船比走舸更小，有些竟是门板、床板拼接而成。

但由于黄法抃压根就没想到城里会有人守株待兔，一时只能被动挨打，被射得七荤八素。梁军在王操的率领下不仅打退了他的进攻，还顺势俘获了三十多条走舸。陈军在北面的长阳门也是同样的遭遇，被田弘一通猛射，丢下二十多条走舸狼狈逃窜。

吴明彻大为光火，遂让黄法抃等人带上箭弩，再次攻向南北两门。这次他们倒是顺利进入了城中，但舟行至半路，大片的石头突然从天而降，将他们纷纷击沉入水。

黄法抃被石头砸了半天才搞明白是宫城尚未被淹，梁军正由此处用投石机投射石弹。陈军能投射石弹的金翅大船体型庞大，根本不能越过城墙攻入城中，与梁军的投石机展开对射。第一天的攻势就在陈军的无功而返中落下了帷幕。

吴明彻见萧岿尚有力气反击，决定一是加大水量，誓要将宫城也一块淹了；二是采用车轮战术，轮番派船进攻。

接下来的几天，江水被吴明彻大军源源不断引入城中。城中的人，只要是能喘气的全部都加入了排水的行列。与此同时，他们还要不断地对抗陈军一轮接一轮的进攻，昼夜不停，无休无止。

江陵上至皇帝，下至百姓，共同经历着前所未有的煎熬。

这其中，压力最大的莫过于萧岿。已经和几个兄弟一起加入排水队伍的他，不仅要承受着时刻都在迫近的亡国之忧，还要面对每天不断倒下的百姓。

这些人中的很大一部分是他费尽心机，从长安迎回来的那批客民。原本他想替父皇补偿这些百姓一片富足的天地，谁料却只给了他们一个残破的家园。每每看到有尸体被他们的父亲、兄弟或是儿子从眼前抬过，他就倍感自责。

有一天，他终于忍不住上前问一个正为父亲的尸体擦拭着脸上的血污的粗壮汉子："江陵被围前，你们有机会走的，为何不走？"

壮汉停下了手，起身指了指东南方向的一处地方，就在几天前，那里还是一处繁荣的街巷。如今除了滔滔不绝的江水，就是漂散的木板、竹篮和牲畜的尸体。

但萧岿却听壮汉坚强道："俺家就在那里，安敢舍弃？"

"怕是已经冲毁了，甚至片瓦不存。"萧岿表情痛苦得更像是谈自己的家。

"不怕，只要国还在，城还在，打退了陈贼，原地再修个院子便是！"壮汉明明眼中有泪，却努力笑着回道。

萧岿有些动容，向他躬身道："是朕不好，朕愧对了你们……"

壮汉手足无措之下，大声道："陛下说得哪里话？十二年前，俺们全家十几口子像牲口一样被赶到长安，给一个郡公当了八年的奴仆。要不是陛下散尽万金，替俺们一家子赎了身，怕是俺爹就算能善终，也不能叶落归根，葬在自家的祖茔！"

萧岿更觉得自责："如果你也死了呢？日后谁给你爹上坟？"

壮汉脱口而出："俺想不了那么多，俺只想守好俺的家，陛下只管守住你的国。你把国看住了，俺家的姊妹自然能替俺料理后事，还有俺爹的年祭。"

守好我的国……不，这国不仅是我萧家的，也是所有西梁百姓的！朕就是舍掉这条命，也要守住了！

下定了决心，萧岿向壮汉道谢过，重新投入了无休止的战局之中。为了供应投石机的石弹，他将宫中的石狮、假山、石雕全部贡献了出来。同时，为了堵住不断涌现的堤坝决口，他甚至把闲置良久的后妃宫殿全部拆了，所得砖瓦、木料全部用作堤坝堵漏之用。

但吴明彻亦是志在必得，把手下能用的人轮番派上战场，就算不能迅速击败梁军，累也要把他们统统累死！

双方就这样消耗了长达七天之久。七天中，萧岿的皇宫中除了上朝用的前朝三殿，其余地方几乎被拆得片瓦不剩。宫中的粮食不仅被吃得一干二净，就连马匹也被宰杀殆尽。而吴明彻也没有好到哪里去，他在耗尽了二百余艘走舸后，还是毫无所得，江陵虽然依旧是一片泽国，但也依旧没有投降。

既然不愿投降，那就永远也不用投降了！吴明彻决定在东明门方向也修筑拦水大坝，三面水淹江陵，誓要把城中弹丸大的宫城冲垮。

如此两军又耗了三天，皇宫的前朝也被拆了个精光。更可怕的是，包括萧岿在内，所有人都断粮一天。

就在当晚，吴明彻紧急赶工的一条新坝开始蓄水。江陵城东的地势稍高，引来的江水可居高临下直入皇宫。

吴明彻站在大坝上，一面是滚滚而来，越积越多的大水，一面是像水缸一样盛满了水，行将崩溃的江陵城。他颇为自信地想只要蓄上一夜，明日一早就可破坝放水，彻底将萧岿和他那些又臭又硬的残兵们一同送下地狱！

江陵被淹毁之后，世上便再无你兰陵萧氏的立足之地！吴明彻甚至盘算向陈顼上奏，战后重建一座城，不过不再叫江陵，而是改叫萧陵。

打定主意后，他下令除黄法抃一部继续值守外，其余将士都好好休整一夜。他要和弟兄们养足精神，明日亲眼见证这历史性的一刻。

与他的志得意满相反，萧岿此时正疲惫地坐在前殿残存的台阶上，面向北方，像祈盼救星一样望着黑黢黢的夜空。

在他的旁边，田弘亦是有气无力地坐着，用仅存的一点儿体力喃喃道："十天了，就算马武、吉彻他们不能按时动手，我们也无憾了。"

一万人对抗八倍于己的敌人，且是在大水漫城的情况下，能坚持这么久，已经是一个天大的奇迹了。即便见了先帝宇文泰，他也可以挺起胸膛说：我田广略对得起身上的军服！

萧岿虽然一脸的疲顿，但眼中的坚定丝毫未减："马武答应了朕十天，就一定是十天。朕相信他不会食言的。"

"老臣也相信。"立于萧岿身旁的王操笃定道，"咦，那个星星怎么在跑？"

他忽然发现北斗的天玑星附近有一个亮点在快速移动。

"不，那是孔明灯！"萧岿猛地从台阶上冲站起来，朝北斗的另一侧指了指，"你看，那边也有一盏！"

王操眼睛有些老花，听萧岿这么一说，他努力又瞧了瞧，果然见到一个亮点，只是更大，像一个大一号的荧惑星。

他不禁和萧岿、田弘依次对视了一下——这是马武发的信号！

果然，天上的孔明灯越聚越多，像一片星辰照亮了饥饿、疲惫、绝望中的江陵城。

萧岿心中激动起来：吴明彻，今夜，朕和西梁的军民就赐你一败！

陈军此时经过连日来的车轮战，亦是疲惫至极，船上、岸上的军营中都是鼾声大作，呼声如雷。

值守的黄法抃原本也有些昏昏欲睡，听闻士兵禀报天上的孔明灯，第一遍没反应过来。过了几瞬，才又追问了一次，方恍然大悟。等他出营帐一看，只见上百盏孔明灯正有打北方飘来，浩浩荡荡好似一支骑着飞马的奇兵。

"这是……"黄法抃实在搞不明白，遂决定赶去向吴明彻汇报。

人刚走到半路，就听长江上游的方向似有雷霆之声，势震山河。他掉转马头向长江的主河道赶去，虽然今夜无月，江上一片漆黑，但他却清晰地听到渐行渐近的奔流之声。之前跟随吴明彻水漫各城，他对这种声音再熟悉不过——这是暴涨倾泻中的洪流！

难道是长江上游突降暴雨？

他顾不上许多，赶紧让随从向主舰队报警，因为这几日进攻的都是艨艟、走舸等轻舟，金翅大船都停在水深的长江主河道中。这一通洪水下来，那些金翅大船就是铁船也难保！他本人则快马加鞭，狂奔向吴明彻的中军营地。

人还没到辕门，黄法抃就大吼起来："洪水来了！洪水来了！"

吴明彻正做着攻破襄阳的美梦，费了好大的劲才不情愿地从梦中挣脱出来。等他终于搞明白外面报警的内容后，顿时一个激灵，赶忙一边披战甲，一边冲出帐门。

此时营中已乱作一团，有的在牵马，有的在挨个儿帐篷叫醒战友。

他迎面撞上了纵马奔来的黄法抃，得知是长江主流发生了洪水后，急忙找来一匹马，向江边赶去。

待到他急匆匆赶过去时，借着江上战船的灯火，他霍然发现江面像是被垫高了一样，猛地升抬了一大截。更糟糕的是，整支舰队下锚江中，还没来得及起锚，一些战船就被滚滚而来的巨浪掀了个底儿朝天。

吴明彻大惊失色，这是天要败我陈军呀！

突如其来的洪水像一只无坚不摧的铁拳，猛烈地贯穿、击碎着江上的一艘艘巨舰，几瞬间，就把几十艘金翅大船破成了碎片。

让吴明彻更头疼的还在后头。江面上的水军自顾不暇的同时，岸上的营地也遭到了一支梁军的猛攻。大批的骑兵冲入营地，一边纵火，一边放箭，很快就将自己的主营变成了火海。

更令他想不到的是，城中的梁军竟然有胆量冲杀出来，攻占了东面的拦水大坝，并将蓄积起来的江水换个方向放掉，淹没了附近的一处陈军大营。

吴明彻知道大败已不可避免，只得急匆匆率军撤退。好在梁军由于兵力有限，且损失惨重，没有追击上来。等回到郢州，他才知道原来是萧岿提前安排马武、吉彻赶到江陵上游的南郡，费了九牛二虎之力筑起了一道拦江水坝。那天晚上正是二人破开了水坝，引长江主流之水淹没了自己的舰队。

长江主流不同于江陵周边的江河，水深不说，那里一带江流九曲回肠，水流湍急，筑拦水坝的难度不可想象。他经过进一步打探才知，是马武等人发动了提前转移的江陵百姓和南郡等地可以调动的全部军民力量，昼夜不停终于赶造好的。

更让他震惊的是，萧岿原本在去岁就挖好了一条暗渠，直通城外的一条江河，可以随时将城中的积水排出去。但为了迷惑他，同时也为马武争取时间，萧岿竟然一直等到那晚见到孔明灯，才开闸放水。这一点，城中的百姓、士兵人人皆知。

"此等决绝和耐力绝非常人所及！"吴明彻不无感慨道，"我大陈有不屈的郢城、武昌百姓，西梁也有同样的硬骨头。看来萧家的气数未尽，灭之尚需时日。"

经过此役，西梁虽然保住了江陵，但也永远失去了收复江南疆土的实力，长江成了西梁与陈国的界江。陈国则除了巴蜀之地外，完全拥有了江南。

作为西梁的宗主国，北周见识到了南朝水军的威力和陈国百姓的坚决，意识到短期内攻灭陈国无异于痴人说梦。遂在宇文护的统筹下，与陈国进行了议和。陈国提出的条件给了萧岿又一次重击——陈国不求割地，不求赔金子，只求那一千多名客居长安的江南客臣和名士！陈顼还特别点名，沈重也包括在内。

宇文邕原本还想以编修律法的名义，多留这些人几年，但陈顼坚持必须送到他的手上，否则就与北齐结盟。最终在宇文护的劝说下，双方各退一步，宇文邕最为倚重的庾信、王褒二人留下，其余人等全部送归建康。

萧岿原想着就算此生不能坐拥江南半壁，能收揽天下名士，每日坐而论道，也是美事一桩。

看来朕此生只能与诗书为伴了！

当年的十月，殷不害等众多客臣在周军的护送下，全部从长安赶至江陵，然后准备由此登船前往建康。

萧岿在城外的空地设宴款待众人，畅谈了一天的经史子集后，才依依不舍地送他们登船上路。

眼看夕阳就要西下，须发银白的恩师沈重才最后一个向萧岿拜别："仁远，你虽身处立锥之地，但此生已游历了黄河、塞外、河东、关中，看遍了北方的名山大川。为师知道你还有一桩憾事，就是未能看遍江南的秀丽山川。老朽此去江南，必游遍那里的山山水水，然后每月寄一幅画来，供你卧游。"

萧岿向恩师深深拜谢道："从今以后，仁远与恩师分属两国，怕是再难相见，请恩师保重。"

这时，沈重突然凑近道："放心吧，我观北齐国主高湛纵欲享乐无度，北周宇文护声望日减，料想不出十年，天下四国必有一番巨变。老朽一定会好好保重，看看这天下最终为哪家一统！"

萧岿点点头，他早已听闻高湛当上太上皇后，生活更加放纵，毫无节制，上个月竟然在酒宴上昏厥，怕是命不久矣。他死之后，北齐必然是已为皇帝的儿子高纬做主。这位儿皇帝今年不过才十二岁，先不说有什么帝王之才，他连说话都是结结巴巴，且身边全是高阿那肱、陆令萱这些奸佞小人。如今，连兰陵郡王高长恭都不得不收受贿赂以自污，求得家族的平安，这样的王朝岂能长久？

至于北周，他笃定宇文邕已隐忍了很久，很快就会对宇文护下手。届时皇兄宇文毓的大仇得报，皇权在手，这位石像皇帝必然会施展拳脚，在这大争之世干出一番伟业。

萧岿想到这里不禁苦笑起来，朕连自己的未来都无法把握，操那么多心干什么？

他握住沈重皱皱巴巴的手，无限不舍道："恩师，一定记得常写信，没了梦想，朕会孤独难挨的。"

沈重郑重地点了点头，又摇了摇头："陛下不会孤独的，你看那是谁？"

萧岿顺着他的手指向身后转去，只见夕阳下，一个美丽的倩影一手抱着女儿，一手牵着长子萧琮的手，萧琮则牵着弟弟萧瓛的手，一家人正朝自己微笑着。

"妻儿所在，便是心安之处，何来孤独？哈哈哈！"沈重笑着向船板走去。

萧岿顾不上目送恩师，紧走几步来到雪瑶身边，一把将她和女儿紧紧搂在怀里。两个儿子许久未见爹爹，竟然有些不满地扯扯他的衣角。萧岿赶紧一手一个，将他们兄弟二人一起抱了起来。

他明明在笑，眼中却是饱含热泪，使劲想把妻儿看个够。

"看够了没？"雪瑶轻柔地问，怀中的女儿眨着水汪汪的眼睛，用奇怪的眼神看着眼前的陌生人。

"怎么会？永远不会够！"

雪瑶看萧岿亦很认真——没错，这如水一样干净的眼神正是我从前认识的萧郎！

"萧郎今后如何打算的？"

萧岿看了看怀中的两个儿子和对自己有些不待见的女儿，脱口而出："在后宫做一个好爹爹，在前朝做一个好家长，把你们和西梁的百姓照顾好。"

雪瑶半满意地点点头："还要做一个道德传家的好父亲，让萧家继续造福苍生。"

"会的。"萧岿立誓道。

几乎在同时，长安郊外的一处猎场中，宇文邕在王轨、宇文神举的随扈下，立马良久，终于等来了一个人——他那不成才的六弟宇文直。

此时的宇文邕气宇轩昂，全然没有了常人面前的木讷和憨厚。就在上个月，他那位迎娶了数年的未婚妻阿史那公主终于来到了长安，与自己结为夫妻。现在，他有足够的底气去拿回自己想要的东西了。

见到四哥，从前未曾毕恭毕敬行过一次君臣大礼的宇文直立即翻身下马，俯拜在地道："臣弟豆罗突拜见皇兄，愿吾皇万岁万岁万万岁！"

宇文邕缓了几瞬，才下马将他扶起，与之携手道："自家兄弟，何必见外？"

宇文直见他不计前嫌，感激涕零道："还是自家兄弟好，哪像那宇文萨保，仗打赢了，功劳是他的，仗打输了，罪过全是我的！"

宇文邕攥紧了他的手："那咱们兄弟就齐心协力，共振我宇文氏的江山！"

"一切都听皇兄的。"

"你还可以叫大冢宰皇兄。"

宇文直的脸顿时红了起来，连忙认错："那是萨保强迫臣弟……"

宇文邕抬手制止道："为兄都知道，为兄是让你今后还称他皇兄，继续亲近他，把他的一举一动随时告诉为兄即可。"

"遵命！"宇文直应道。

当年的十二月，筹备良久的陈顼以陈霸先的皇后，如今的太皇太后章要儿的名义下旨，以无德、无能、荒政为由废掉侄子陈伯宗的帝位，降为临海王。然后自立为皇，改元太建。

原本亲信们都力劝他十月就登基的，但他在徐陵和吴明彻的劝说下，多等了两月，直到不肯侍奉他为天子的程灵洗过世，才行篡位之举。

登基大典的次日，他身着崭新的龙袍，率毛喜、徐陵、江总、吴明彻等一干重臣来到江边，指着长江北面的锦绣河山道："皇兄一生都在平叛，固守江南，却从未涉足江北。我大陈现在被江陵所阻，无法西进巴蜀或是北上荆襄。朕决定攻略江北，第一步拿下两淮之地，然后静待时日，攻取山东。"

众人对第一步都毫无异议，现在北齐皇帝昏聩，朝堂奸佞当道，仅存的战将高长恭和斛律光又被处处压制，北齐无疑是一个可以捏的软柿子。但他们对第二步都抱有强烈的怀疑，这静待时日到底是什么时日？

当徐陵提出这个疑问的时候，陈顼自信地笑道："自然是北齐行将亡国之时！那时周、齐两国必然忙于在晋阳、邺城两地交手，山东空虚，我军便可长驱直入，一战而定！"

到时天下为我陈、周两家所有，朕一定要和宇文氏掰一掰手腕，看谁才是这统一四海之人！

尾　声

　　十四年后，萧岿的女儿嫁与已为隋朝开国皇帝的杨坚的次子晋王杨广，成为正妃。

　　又过了十二年，杨广在长安即位为帝，封萧妃为大隋皇后，母仪天下，实现了兰陵萧氏"三鸣半天下"的谶语。萧氏一门成为隋朝最大的外戚，满门显贵，史称"诸萧昆弟布列朝廷"。

　　进入唐朝之后，兰陵萧氏兴盛依旧，仅萧岿一脉就先后涌现了八位宰相，《新唐书》赞曰："凡八叶宰相，名德相望，与唐盛衰。世家之盛，古未有也。"

图书在版编目（CIP）数据

四国演义.Ⅲ，江左龙王 / 韩小博著.—北京：中国国际广播出版社，
2019.4
ISBN 978-7-5078-4432-0

I.① 四… Ⅱ.① 韩… Ⅲ.① 长篇小说—中国—当代 Ⅳ.① I247.5

中国版本图书馆CIP数据核字（2019）第048027号

四国演义Ⅲ 江左龙王

著　　者	韩小博	
策　　划	张娟平	
责任编辑	筴学婧	
版式设计	国广设计室	
责任校对	张　娜	

出版发行	中国国际广播出版社 ［ 010-83139469　010-83139489（传真）］	
社　　址	北京市西城区天宁寺前街2号北院A座一层	
	邮编：100055	
网　　址	www.chirp.com.cn	
经　　销	新华书店	
印　　刷	天津市新科印刷有限公司	

开　　本	710×1000　1/16	
字　　数	220千字	
印　　张	18	
版　　次	2019 年 4 月　北京第一版	
印　　次	2019 年 4 月　第一次印刷	
定　　价	42.00 元